大森藤ノ
ill 夕薙
原作 大森藤ノ・青井 聖
（講談社 週刊少年マガジンコミックス）
杖と剣のウィストリア
グリモアクタ
始まりの涙

CHARACTERS

WISTORIA'S WAND AND SORD

GrimoActa

「頑張るよ。君と『夕日』を見られるように」

ウィル・セルフォルト

孤児院で育ち、リガーデン魔法学院に入学を認められた少年。

「一緒に夕日を見に行こう！」

エルファリア・セルフォルト

ウィルと同じ孤児院で育った幼馴染。優れた才能を持つ。

「平民の分際で！」
シオン・アルスター
ウィル達と同じ一年生であり、炎魔法の名家アルスター家の出身。
「魔法学院は貴方の来訪を期待しています」
エヴァン・ガロード
学院の教師でありながら、教育者らしからぬ雰囲気を纏う人物。
ウィルとエルファリアに推薦状を渡した張本人。
「貴方も、死にたいの？」
コレット・ロワール
没落した貴族ロワール家の一人娘。何よりも昏《くら》い瞳を持つ。

「エ、エルフィ!?」

「女子寮、抜け出してきちゃった！
ウィルに会いたくて！」

大切な人を護れるように

決して折れることのない
この白銀の刃のように——!!

WISTORIA'S WAND AND SORD
GrimoActa

CONTENTS

［目 次］

杖と剣のウィストリア グリモアクタ

――始まりの涙――

大森藤ノ

illustration 夕薙

原作 大森藤ノ・青井 聖
（講談社　週刊少年マガジンコミックス）

カバー・口絵・本文イラスト

夕薙

The story begins

Prologue

色褪せぬ約束

Wistoria's
Wand and Sord
GrimoActa

「ほんものの空にはね、『月』と『太陽』がうかんでるんだって！」

毎日が宝物だった。

そんな宝物の中でも、あの時の君の瞳《ひとみ》は、青《あお》い宝石のように綺麗《きれい》だった。

「そうなの⁉　エルファリア！」

きらめく瞳は真《ま》っ直《す》ぐ僕を見つめていた。

花のように小さな唇《くちびる》は、僕に向かって笑みを咲かせていた。

だから僕も嬉《うれ》しくなって、惹《ひ》かれるように、君が持つ『本』を指でなぞった。

未知を求める勇者が、意地悪な魔女を連れて、世界を冒険していく物語。


開かれた頁《ページ》に描かれていたのは、いくつもの挿絵《さしえ》。

そこには冷たい夜に浮かぶ光の船があった。

そこには晴れた朝を照らす光の源《みなもと》があった。

『月』と『太陽』。

世界を見下ろす雄大の象徴。

朝と夜の番人。

恵みを授ける光の恩恵。

伝説が生まれる場所――。

本を読み上げる君の鈴のような声音《こわね》もあって、その二つの輝きは『魔法』以上に幻想的な何かに感じられた。

「ぼくたちの知らない『空』に、うかんでるもの……」
昼を告げる頭上に浮かんでいたのは、眉《まゆ》のように細く、弧《こ》を描く光の塊《かたまり》。
本の言葉を借りるなら『三日月』と呼ばれているそれ。
だけど、昼に『太陽』は欠けず、『月』は姿を現さない。
それが本の語る『月』と『太陽』ではないことを、幼い僕達は知っていた。
それは『魔力の塊《かたまり》』。
この世で最も偉大な五人の魔導士《メイジ》が生み出す、界《かい》の守護者にして『大結界』。
魔女王の時代から受け継がれる『天と地の境界』。
だから、おそらく、きっと。
あの結界の奥、偽《いつわ》りの空の向こうに、『月』と『太陽』は存在するのだ。
「それでね、空のむこうには美しい『夕日』があるの！」
そして。
とっておきと言うように、君はその挿絵を指差した。
剣《つるぎ》を背に差し、崖《がけ》の上に立つ一人の勇者。

彼が望む水平線の彼方には、今にも沈もうとしている大きな『太陽』。

「たくさんのものが真っ赤にそまって、世界でいちばん綺麗なんだって！」

単色の挿絵だけでは、その鮮やかな彩《いろど》りを知ることはできない。

だから想像した。

君が語る最も美しい光景を。

全ての存在が優しい赤に染まりゆく絶景を。

それはきっと、世界の果てにある景色。

辿《たど》り着《つ》いた者しか目にすることのできない、どんな宝にも代えがたい秘宝。

（それでも――）

目の前の輝きには決してかなわないと、あの時の僕は、思ったんだ。

夢を語る君の瞳は、とても眩《まぶ》しかったから。

夢に焦《こ》がれる君の笑みは、僕の胸を何度だって叩いたから。

この宝物を誰よりも近くで、叶《かな》うなら抱きしめていたいと、そう願ったから。

あの時に芽生《めば》えた想いは、心の奥に刻まれて、今も残ったまま。

「空にいちばんちかい塔のてっぺんにいけば……至高の五杖《マギア・ヴェンデ》になれれば、『夕日』を見れるかもしれない！」

決まりきっていたんだ。

そんな君に、あの時のウィル・セルフォルトが言うことなんて。
「じゃあさ、いっしょに見にいこうよ！」
雪の宝石のように綺麗で、円《つぶ》らな瞳が、僕のことを見た。
穏《おだ》やかに揺《ゆ》れる花のように可憐《かれん》で、小振りな唇が、甘く、優しく、喜びに綻《ほころ》んだ。
「うんっ！　約束！」
二人の憧憬《しょうけい》が花開き、重なった瞬間。
君と一緒に『夕日』を見たい。
君の隣《となり》にずっと一緒にいたい。
たとえ、世界の果てに辿《たど》り着いても。
そんな取るに足らない子供の願い。
そして、決して色褪《いろあ》せることのない、僕達の大切な約束――。

chapter 1

一章

HELLO RIGARDEN

Wistoria's Wand and Sord

GrimoActa

『この世界は遥《はる》か昔、闇に閉《と》ざされていました』

魔力で増幅《ぞうふく》された拡声《かくせい》が響いている。

一階はおろか四階の箱席《ロージェ》まで埋まりきった講堂《こうどう》、その隅々《すみずみ》にまで届くほどの声。

『空より舞い降りた【天上《てんじょう》の侵略者《しんりゃくしゃ》】によって、我々楽園《リザンス》の住人は滅びの危機に瀕《ひん》していたのです』

大きくて、厳《おごそ》かな声。

だけど妖精《ようせい》が耳もとで囁《ささや》くようでもある、不思議な声音《こわね》の連《つら》なり。

僕はそれを、ガチガチに緊張しながら聞いていた。

『そして世界の終焉《しゅうえん》を間近《まぢか》にした時、偉大《いだい》なる始祖《しそ》、魔女王《まじょおう》メルセデスのもとで立ち上がったのが――【至高の五杖《マギア・ヴェンデ》】』

けれど、その至高の五杖《マギア・ヴェンデ》という単語を聞いた瞬間、はっとする。

ほぼ同じ時、ぎゅっと、手も握《にぎ》られる。

『今も最強の称号として讃《たた》えられる五人の魔導士《メイジ》によって、空には大結界が張られ、世界には平和がもたらされた……。しかし、それも束の間の安寧《あんねい》』

すぐ隣《となり》を見れば、そこに立っているのは一人の女の子。

雪の結晶を鏤《ちりば》めたかのような天色《あまいろ》の髪に、同じ色の瞳《ひとみ》。

着ているのは僕と同じ、ピカピカで真新しい制服と、紫宝石のループタイに、黒いマント。

それは今日から『魔導士《メイジ》』と名乗ることを許される、魔法使いの証《あかし》。

『今もあの偽《いつわ》りの空の向こうで、【天上の侵略者】はこの世界を狙っている』

正面を真《ま》っ直ぐ見つめる、その凛々《りり》しい横顔に見惚《みと》れる。

ずっと前からとてもキラキラしていて、可愛《かわい》い女の子だと思っていた。

だけど、同世代の子が沢山集まるこの場所に来て、あらためてわかった。

彼女の顔はびっくりするほど整《ととの》っていて、お伽噺《とぎばなし》の住人のように綺麗《きれい》なんだって。

『故《ゆえ》に、魔法世界には大結界を支える義務《ぎむ》があり、この魔法学院には将来の【至高の五杖《マギア・ヴェンデ》】を生み出す責務《せきむ》が存在する』

今まで前を向いていた天色の瞳が、ゆっくりと僕の方を見る。

「大丈夫だよ、ウィル」

小振《こぶ》りの花のような唇《くちびる》を曲げて、彼女は――エルフィは微笑《ほほえ》んだ。

「一緒に至高の五杖《マギア・ヴェンデ》になって、夕日を見に行こう！」

「――うんっ！」

エルフィの笑顔は、いつだって僕にとっての魔法だった。

あれだけガチガチだった緊張はどこかに行って、代わりに、胸に温かい何かが宿る。

僕は彼女の手を握り返し、破顔《はがん》していた。

『貴方達《たち》がいつか、空を支え、邪《じゃ》を退《しりぞ》ける礎《いしずえ》とならんことを。……この度《たび》は入学おめでとうございます、新たな魔《ま》の子《こ》らよ。リガーデン魔法学院は貴方達を歓迎《かんげい》します！』

壇上《だんじょう》で式辞《しきじ》を述べていた魔女、コルドロン校長先生が両腕を広げる。

次に巻き起こったのは、講堂を満たす万雷《ばんらい》の拍手。

年上の在校生《ざいこうせい》や教師、他にも沢山の大人が、今日という日にいっぱいの希望を詰め込む。

並んでいる新入生の列の真ん中で、僕達はその祝福《しゅくふく》を浴びた。


魔導暦《まどうれき》五〇〇年。

二の月《ラデル》、十五の日。第三週『光《ひかり》の曜《よう》』。

僕達、ウィル・セルフォルトとエルファリア・セルフォルトは、リガーデン魔法学院に入学を果たした。


同じ孤児院《こじいん》で暮らしていた僕とエルフィのもとに、その報《しら》せが届いたのは二ヶ月前のこと。

『リガーデン魔法学院』からの入学推薦状《すいせんじょう》。

その学院の名は、魔導士《メイジ》を目指す楽園《リザンス》の住人なら知らない者はいない。

妖精《エルフ》や土の民《ドワーフ》だってきっと知ってる。

多くの魔導士《メイジ》の卵《たまご》を育成し、世《よ》に名を残す上級魔導士《ハイ・メイジ》を何百人と輩出《はいしゅつ》している、世界最優の魔法教育機関だ。

その歴史はなんと四百年！

由緒正しい学院でもある。

普通は大勢の貴族《きぞく》と、少しの平民《へいみん》しか行けないと聞いていたんだけど……。

その後者《こうしゃ》に選ばれたとわかって、僕は飛び上がるほど喜んだ。

だって、エルフィとの約束を叶えるには、一番の近道だったから！

夕日を見に行くためには、リガーデン魔法学院に入学することが！

推薦状が届けられた日、義弟《おとうと》達や義妹《いもうと》達は自分のことのように喜んでくれた。

僕達を育ててくれたお義父《とう》さんも、笑って祝《いわ》ってくれた。

一緒に学院へ行くこととなったエルフィとは、約束を叶えようと張《は》り切った。

そこからは大忙し。色々な準備をしたり、ささやかなパーティーもしてもらったり。

そして、みんなに送り出された僕達は今日《きょう》、このリガーデン魔法学院の門をくぐったんだ。

「諸君、静粛《せいしゅく》に！」

入学式を終え、僕達は講堂《こうどう》から学院の第一校舎に移動した。

大勢の新入生のうち、五十人ほど振り分けられた広い教室には、多様《たよう》な同級生がいる。

黄水晶《シトリン》の色の長い髪をボサボサにした女の子。

エルフィと似た青白の髪を指でいじっている男の子。

金《ブロンド》の髪にリボンの装髪具《ヘアバンド》を巻いた、酷《ひど》く姿勢のいい女生徒。

他にもいっぱい。

僕達と同じ制服を着てるけど、高そうな宝飾《ほうしょく》や家の紋章《もんしょう》を付けた子もちらほら。

式の最中《さいちゅう》は周囲をじっくり見る余裕もなかったけど……。

やっぱり、ほとんどの子が貴族なのかな？

まだ完全には緊張が解《と》けず、ちらちらと周りを窺《うかが》っていると、

「……ぐぅ」

「エルフィ⁉　寝ちゃだめだよっ、先生がお話するよ⁉」

「だってぇ、昨日からずっと馬車だったし、学院についたらバタバタしっ放《ぱな》しだし……」

ねむぅい、と言って、隣《となり》にいるエルフィは舟を漕《こ》ぎ始めた！

僕の幼馴染《おさななじみ》は良い意味でも悪い意味でも、いつも通り！

小さな肩を必死に揺《ゆ》するも、夢の世界に旅立《たびだ》とうとするエルフィを止められない。

「なにやってんだコイツら」なんて視線が、周りの生徒達からいっぱい！

巣が火事になった栗鼠《リス》のように慌《あわ》てふためいていると、とうとう、先生が教壇《きょうだん》に立った。

「無事《ぶじ》入学式を終え、まずはおめでとうと伝えておこう。私はワークナー・ノーグラム。風魔

法を中心に教えている学院の教師だ。今日は君達への概略説明《ガイダンス》を務《つと》めさせてもらう」

教室そのものは、すり鉢状《ばちじょう》って言えばいいのだろうか。

半円形に沿《そ》って机が並び、前に行けばいくほど階段状となって下がっていく。

その一番下、奥の教壇《きょうだん》に立つのは、銀灰色《ぎんかいしょく》の髪を結《ゆ》わえた男の人だった。

お義父《とう》さんよりも若くて、年齢は二十歳くらい？

ワークナーと名乗った先生は、もう一人の先生を背後に置いて、教室を見回した。

「まず伝えておくのは、魔法学院と密接に関わっている『ダンジョン』についてだ」

そういう作りなのか。

あるいは特殊な『魔法』が施《ほどこ》されているのか。

広い教室に、ワークナー先生の声はよく通った。

「この学院、いや央都《おうと》全体の足もとに存在する広大な地下迷宮。私達魔導士《メイジ》が研鑽《けんさん》する上で欠かせない修練《しゅうれん》の場《ば》であり、未だ『未知』が連《つら》なる異界《いかい》でもある」

僕と同じように眼鏡をかけるワークナー先生の眼差しは、真剣だった。

最初はお喋《しゃべ》りが絶《た》えなかった他の生徒も、居住《いず》まいを正《ただ》してしまうくらいには、怖かった。

「君達も授業の一環でダンジョンへともぐり、魔法の腕を試される。恐ろしい魔物と対峙《たいじ》し、戦わなくてはならない。――最悪の場合、命を落とすこともありうる」

いつの間にか静かになった教室の中で、ごくり、と。

僕は一人、音を立てて喉《のど》を動かしていた。

「……だが、私達《たち》教師の言いつけを守る限り、そのようなことは起きないと断言しよう。ひと学年に必ず五人は規則《きそく》を破り、痛い目を見る生徒がいるからな！」

そこで一転して。

ワークナー先生は笑みを浮かべ、おどけるように、わざと怒ってみせた。

先生にしっかり脅《おど》された生徒達が瞬《まばた》きを繰り返し、安堵《あんど》の息をついたのがわかった。

勿論《もちろん》、僕だってそう。

空気が弛緩《しかん》し、ほっとした様子の男の子や女の子がざわめきを復活させていく。

──あの先生は、きっと優しい人なんだ。

教室の上段あたりでエルフィを隠すように座る僕は、何の根拠《こんきょ》もなく、そう思った。

「ここにいる多くの者が『至高の五杖《マギア・ヴェンデ》』に憧《あこが》れ、ここからも見えるあの『塔』を目指していることだろう。私達はそれを応援するし、手助けするつもりだ。どうか頼ってほしい」

『至高の五杖《マギア・ヴェンデ》』と『塔』。

その言葉を聞いて、多くの生徒が教壇から目を離し、真横を向いた。

僕もその動きに倣《なら》う。

ぱちっ、とエルフィも瞼《まぶた》を開く。

窓の向こうには、空へ伸びる巨大な白亜《はくあ》の柱が見えた。

あれが、みんなから『塔』と呼ばれているもの――『魔法使いの塔《メルセデス・カウリス》』。

誰よりも偉《えら》い魔女の名を冠《かん》するあの『塔』は、比喩《ひゆ》抜きで、この魔法世界で一番高い。

空に最も近い場所にあって、僕とエルフィの目標でもある。

「学院から『塔』に上《のぼ》れるのは成績上位者のみ。たった五人しかいない『至高の五杖《マギア・ヴェンデ》』になるには、それこそ想像を絶《ぜっ》するほどの狭《せま》き門をくぐらねばならない。もし『塔』の頂《いただき》を目指す者がこの中にいるのなら、並大抵《なみたいてい》の努力では至《いた》れないとあらかじめ言っておこう」

「「……！」」

「さて、ここからは学院の規則や魔法学院寮《リガーデン・ドミトルス》について伝えておく――」

耳の側《そば》で踊った情報に、僕とエルフィは揃《そろ》って反応した。

ワークナー先生の話が続く中、お互《たが》いの顔を見合わせる。

「頂《いただき》、って言ってたし、やっぱり『塔』の天辺《てっぺん》に行くには……」

「うん。『至高の五杖《マギア・ヴェンデ》』になるしかない。とっても難しいみたいだけど……」

すっかり目を覚ましたエルフィは、そこで唇を曲げた。

「私達ならなれるよ！　二人一緒なら！」

また弱気《よわき》な自分が出かかっていた僕は、胸に花が咲いたような気分になった。

そして、うんっ、と頷《うなず》き返そうとした、まさにその時だった。

「『至高の五杖《マギア・ヴェンデ》』になる？　平民が？　おいおい、やめてくれよ！」

嫌味《いやみ》を隠そうとしない笑い声が、後ろから上がったのは。

「君は……」

僕達の真後ろ、一つ高い席から見下ろすのは、一人の男の子だった。

折襟《おりえり》の襯衣《シャツ》は、僕が着るものとは品質が違うと一目でわかるくらい高価《こうか》。

マントの留め具は純金なのか、きらきらと輝いている。

その強気で自信家な性格を表すかのように、髪は炎のように紅《あか》い。

間違いなく貴族。

もっと言えば、きっと名家《めいか》の生まれだろう。

「僕はシオン・アルスター。見ての通り貴族で、あのアルスター家《け》の長男さ」

世間知らずの僕は、あのアルスター家《け》がどのアルスター家《け》かわからなかった。

申し訳なかったけれど、でも、きっとすごい家なんだろう。

気圧《けお》される僕に、シオンと名乗った男の子は、残酷《ざんこく》な猫のように目を細める。

「僕達《たち》貴族は平民と違って、学院に入る前から魔法を学《まな》んでるんだ。そんな僕達を差し置いて平民ごときが『至高の五杖《マギア・ヴェンデ》』になるだなんて、これは侮辱《ぶじょく》だよ？」

「そ、そんなつもりは……」

「そもそも、このリガーデンは選ばれた貴族が通《かよ》う名門中の名門。平民が来ること自体間違ってるって、父様も言っていたよ。お前達は卑《いや》しい金をどれだけ積《つ》んだんだ？」

彼はもう、蔑《さげす》みと嘲笑《ちょうしょう》を隠そうとしなかった。

彼の両隣にいる女の子のような顔と、がっしりとした体格の男子生徒も同じだ。

笑ってる。

僕達の周りで、聞き耳を立ててる生徒も。

彼等も、彼女達もみんな貴族！

途端《とたん》に心細くなり、僕が孤独感と不安感に襲われていると、

「貴族って、そんなにすごいの？」

すぐ隣で、エルフィが何てことのないように尋《たず》ねた。

片方《かたほう》の眉を上げたシオンは、すぐに小馬鹿にするように口の端《はし》を曲げる。

「当たり前だろう？　貴族はもとを辿《たど》れば『至高の五杖《マギア・ヴェンデ》』や彼《か》の『十賢人《けんじん》』の末裔《まつえい》で、高貴な血《ノーブル・ブラッド》のことを指すんだ。僕の家も偉大なる炎術師《えんじゅつし》バーデリオンに連なる由緒《ゆいしょ》正しい血統で、氷名家《レインバーグ》や騎士《オーウェン》一族にも負けていない。父様だって、あの名誉魔導隊《レギオン・オノール》勲章を授与《じゅよ》された栄《は》えある炎征隊《フレイ・マーチ》の一人で――」

どんどんと、ぺらぺらと、貴族がどれほどすごいのか語られる。

難しい単語が多くて、僕が必死に理解しようとしていると、

「ねえ、言ってる意味が全然わからない」

エルフィが、ばっさりと切り捨てた。

青ざめる僕。

ぴたりと動きを止めるシオン。

「貴方は頭がいい貴族なんでしょう？　なら、頭の悪い私達にもわかるように説明して？　貴方、ちっとも貴族らしくない」

エルフィはいつも通り綺麗な顔で、いつも通り単刀直入《たんとうちょくにゅう》に、思ってることを告げた。

『貴族が平民に貴族的義務《ノブレス・オブリージュ》を説かれる』。

それがどれくらいの屈辱《くつじょく》なのか僕にはわからない。

その代わり、目の前の男の子の反応が、全てを教えてくれた。

「へ、へっ…………平民の分際《ぶんざい》でぇ!!」

シオンの顔がカァァァと真っ赤に染まり、勢いよく立ち上がる。

教室中に響く怒鳴り声を上げながら——腰から『短杖《ワンド》』を引き抜いた！

「私、知ってるよ。学院の授業以外で杖《つえ》を抜くのは決闘《けっとう》の合図だって。いいの？」

「うるさい！　身のほどを教えてやる！」

両隣の男子があわあわとする中、短杖《ワンド》の先端がエルフィに突きつけられる！

僕だってアワアワだ！

貴族の魔法使いとエルフィが決闘だなんて、危ないに決まってる！

「エ、エルフィ!?」

「ウィルはそこにいて」

僕の悲鳴《ひめい》じみた声を他所《よそ》に、エルフィは立ち上がって、机の脇の階段に躍《おど》り出てしまう。

シオンも同じだった。

紅《あか》い魔宝石《まほうせき》を取り付けた立派な短杖《ワンド》を片手に、上の階段からエルフィを見下ろす。

他の生徒達は机から身を乗り出し、誰も止めず、興味津々《きょうみしんしん》に見物しようとしている！

ま、まずいよエルフィ！


「お前達！　何をしている！」

その異変に、ワークナーも当然のように気が付いた。

一人の男子生徒と女子生徒が階段を挟んで対峙《たいじ》している。

新入生が入学したての魔法学院では、よくある光景だ。

プライドの高い貴族と、侮《あなど》られ我慢できなくなった平民が決闘紛《まが》いのことを起こす。

今回もその例に漏《も》れないだろう。そして、この手の騒動《そうどう》にいくら言って聞かせても無駄だ。

ワークナーは例年通り、実力行使で両成敗《せいばい》せんと、愛用の短杖《ワンド》を向ける。

「お待ちを。ワークナー先生」

「エヴァン先生？　何故《なぜ》止めるんですか⁉」

だが、それまで影のように背後に控えていた男の手で、短杖《ワンド》を上から下ろされた。

瘦身長軀《そうしんちょうく》で、何事にも過敏《かびん》そうな男だった。

教師の制服を着ているものの、どこか不気味で、学《まな》び舎《や》の聖職者とはほど遠いように見える。

片眼鏡《モノクル》をかけた、細く、つり目がちな双眼《そうがん》を、今はある少女だけに向けている。

ワークナーの抗議に、エヴァンと呼ばれた男は、唇《くちびる》を笑みの形に歪めることで答えた。

「彼女を学院に連れてきたのは、この私。……見れますよ、『非凡たる力』が」


―


勝負は『一瞬《いっしゅん》』だった。

僕が飛び出して、エルフィを庇《かば》う暇もなく、決着はついてしまった。

「炎《ほのお》よ、従《したが》え！」

力強い魔の言の葉《スペル・ワード》。

それはこの世界で『魔法』を発動させるための準備にして合図。

紅《くれない》の魔法陣が砲門《ほうもん》のごとく展開する。

シオンから魔力が吹《ふ》き上がり、構えられた短杖《ワンド》から火の矢が放たれる――。

その直前。

「**氷結の祈園《フレイズ・グレイス》**」

無、詠、唱。

本来、必要の筈《はず》の過程《かてい》をすっ飛ばし、『魔法』が高速の発動に至《いた》る。

先に放たれる筈だった炎との順番が入れ替わり、蒼《あお》い光が閃《ひらめ》いた。

目を見開いたシオンは次の瞬間……『氷漬《こおりづ》け』となっていた。

「うっっ――うわあああああああああああああああああぁぁぁぁ!?」

シオンの叫び声が再《ふた》び、教室中に響き渡る。今度は悲鳴に形を変えて。

左半身と首から上を除く、全て。

下半身も、短杖《ワンド》を持っていた右腕も、全て氷の塊《かたまり》に呑《の》まれたシオンの姿。

それを見て、僕は息を呑《の》んだ。他の生徒達も強い驚愕《きょうがく》をあらわにした。

エルフィの魔法がすごいことは前から知っていた。

孤児院でもその腕は一番だった。それでも、貴族を圧倒《あっとう》しちゃうなんて！

杖すら持っていないエルフィは、突き出していた左手を下ろす。

代わりに、右の人差し指を軽く振ると、パリンッ、と。

涼《すず》やかな音を立てて、シオンの動きを封じていた氷が砕《くだ》け散《ち》った。

「私の勝ち。いい？」

「う……ぁ……⁉」

「私はいいけど、ウィルのことはもうバカにしないでね？」

雪のように舞う氷の破片。尻もちをついたシオンに、エルフィがずかずかと歩み寄る。

指を突きつけられた貴族の男の子は、心底怯《しんそこおび》えるように、ぎこちなく頷いた。

生徒も、先生も言葉を失い、教室が静まり返っている。

あらゆる注目を集めるエルフィはゆっくり振り向き、みんなに可憐《かれん》な笑みを振《ふ》りまいた。

振りまいた――かと思ったら、勢いよく、跳《と》んだ。

「⁉」

誰もが驚く中、側にあった机の上に（行儀悪《ぎょうぎわる》く！）着地《ちゃくち》する！

「私はエルファリア・セルフォルト！　愛称《あいしょう》はエルフィ！　一緒にいる男の子は幼馴染《おさななじみ》で、将来《しょうらい》を誓い合ってる運命の人、ウィル！　二人とも平民！」

なんかすごいことを言ってた気がするけど、それどころじゃない！

僕が慌てて駆け寄るより先に、エルフィはみんなを見下ろしながら宣言する。

机の上で両腕を組んで、堂々と立ちながら！

「私とウィルをいじめたら、倍にしてイジメ返すから覚えておいて！　これからよろしくね！」

にっこりと満面の笑みで、そんな物騒《ぶっそう》なことをのたまう。

あれは……孤児院でもやってた『ちびっこ掌握術《しょうあくじゅつ》』！

自分を認めさせるには、実力を示すのが一番手っ取り早いって知ってる天性《てんせい》のガキ大将！

自己紹介と一緒に『警告』も行う幼馴染に、僕の表情《かお》が酷《ひど》いことになる。

『ウィル……エルフィが暴走しないように頼んだぞ……本当に頼む』

疲れた顔のお義父《とう》さんにあれだけ言われていたのに！

「はっ、はいっ！　わかりましたぁ！」

「す、すげぇ……！　なんなんだ、あいつ⁉」

「本当に平民なの⁉」

僕が顔色を青や紫に変える一方で、教室は信じられないくらい賑《にぎ》わった。

エルフィに向かって何度も頷く子、興奮で立ち上がる子、目の色を変える子。

男子も女子も、驚きと尊敬《そんけい》の眼差《まなざ》しをそそぐ。

あっという間に、エルフィを中心に大盛りあがりを見せた。

これが……魔法世界。

平民も貴族も関係ない、魔法の才能さえあれば誰もが称《たた》える魔法至上主義《しじょうしゅぎ》！

「エルフィ、早く机から下りて！　お行儀が悪いし……パ、パンツが見えちゃうよ！」

「大丈夫！　魔法で氷の鉄壁下着《ドロワーズ》を作ったから！　ほら！」

「スカートめくっちゃダメー⁉」

「本物のパンツはウィル以外には見せないから安心して！」

「僕にも見せちゃダメだよ⁉」

自信満々で的外《まとはず》れなエルフィに、情けない叫び声を何度も上げてしまう。

僕に向かってスカートをめくっていた彼女はすぐにもとに戻して、降下《こうか》！

机から飛び下りて抱きついてきた体を受け止めきれず、「ぐえっ⁉」と倒れてしまう。

視界の隅《すみ》でシオンがすごい苦《にが》そうな顔をしてたけど、僕も似たような顔してると思う！

まだ騒然《そうぜん》となっている魔法学院の教室。

そこで僕は心の中、お義父《とう》さんに平謝《ひらあやま》りすることしかできなかった。


「……信じられん」

一部始終を見たワークナーの唇から、そんな呟《つぶや》きが漏《も》れる。

口もとを右手で押さえ、今も啞然《あぜん》とする彼の隣で、エヴァンはうっとりと目を細めた。

「やはり、素晴らしい……」

無事に、とは言えないけど、何とか概略説明《ガイダンス》が終わった後。

僕達新入生《しんにゅうせい》は学院の大食堂に連れられ、華《はな》やかな歓迎会が開かれた。

机の上に並ぶのは、それはもう美味しそうな料理の数々。

大鶏《ビッグチキン》の丸焼きに、中身がぎっしり詰まったミートパイ、びっくりするくらい大きなオムレツパスタ、粉チーズをかけた光鮭《ライトサーモン》の薄切り料理《カルパチョス》に、ほかほかの美肉雄牛《デリシャス・ブル》のシチュー、あとは肉果実《ミルーツ》の一種と言われている葡萄肉《グレープ・ミル》の挽肉巻き《ガランティー》（初めて食べたけどすごい好きになった）。

僕の嫌いな魔草《モリィ》のサラダもしっかりあって、これも立派な魔法使いになるためだって我慢しながら食べた。エルフィの方は机の半分も埋めそうな——チョコやビスケット、マシュマロや木苺《きいちご》のソースで作られた——『お菓子の家』に夢中だったみたい。

僕達は二人で目を輝かせ、お腹がはちきれそうになるくらい料理を堪能《たんのう》した。

ただ罪悪感もあって、孤児院のみんなにはこっそり謝ったけど。

校長先生の言葉と一緒に歓迎会は終わり、生徒はみんな魔法学院寮《リガーデン・ドミトルス》に移動した。

リガーデン魔法学院は全寮制《ぜんりょうせい》。

学院が存在する『魔導の央都《ウルブ・リガーデン》』に家がある生徒も、寮《りょう》に入らなくちゃいけない。

僕とエルフィのような他の地域出身の者は言わずもがなだ。

豪邸《ごうてい》のような男子寮にびっくりする暇《ひま》もなく、寮長の上級生に部屋へ案内される。
三階の角部屋《かどべや》で、住人はなんと僕一人だけ。
運がいいのか悪いのか、新入生の中で数があぶれてしまったらしい。
薄暗い部屋の床に、少ない荷物を下ろし、マントを脱いだ僕は……短杖《ワンド》を取り出した。
余裕のない生活の中、お義父《とう》さんが僕とエルフィのために用意してくれたもの。
質素《しっそ》な作りのそれをじっと見つめた後、備《そな》え付けのランプに向かって振ってみる。
「……はぁ」
当然のように、灯《あか》りはつかなかった。
どんな建物も魔法で灯りをつける。
そして僕は魔法を使えた試しがない。
だから同室者《ルームメイト》のいないウィル・セルフォルトは、灯りをつけられない。
もう一度漏《も》れそうになる溜息《ためいき》を我慢《がまん》しながら、薄明かりが差し込む窓辺《まどべ》に近寄る。
窓を開けると、学院内の敷地は薄闇《うすやみ》に沈んでいた。
宝石のように点々《てんてん》と光っているのは魔法の街灯。
学院では先生が見回りでもしているのか、蠟燭《ろうそく》のように揺《ゆ》らめく光が見えた気がした。
時間帯が『昼』から『夜』に変わったせいで、空気が少し冷たい。
ぼーっと外の景色《けしき》を眺《なが》めていた僕は、おもむろに頭上を見上げた。

「この時期はまだ、『光』は欠けてない……」

暗闇の向こうには、今は青々《あおあお》と輝く、大きな『光』が存在した。

『光』の形は円形で、エルフィと幼い頃に読んだ本では、『満月』と呼ぶのかもしれない。

けれど、あれが『月』ではないことを、世界の誰もが知っている。

あれは無数の魔法陣で編まれた『大結界』。

『塔』の天辺《てっぺん》にいる最強の五人の魔導士《メイジ》、至高の五杖《マギア・ヴェンデ》が生み出している大魔法だ。

僕達は本当の『空』を知らない。

『太陽』も、『月』も、『星』さえも。

本の世界でしか描《えが》かれず、見た人は誰もいない。そう言われている。

僕達が目にできるのは、あの『大結界』が生み出す『偽《いつわ》りの空』だけ。

――遥《はる》か昔、世界は『闇』に閉《と》ざされていた。

――空からやって来た、『天上《てんじょう》の侵略者《しんりゃくしゃ》』に脅《おびや》かされていた。

それは子供の頃、誰もが読み聞かされる御伽噺《おとぎばなし》。

それと同時に、実際にあった『伝承《でんしょう》』の一節《いっせつ》でもある。

気が遠くなるほどの昔に、『天上の侵略者』は突如《とつじょ》現れたとされている。

そして、この魔法世界を滅ぼす寸前まで追い、い、い、い、詰めた。

正体はよくわからない。だけど侵略者達はあまりにも強大《きょうだい》で、残忍《ざんにん》で。

多くの者が殺され、大地は壊れ果てたらしい。

『闇は彼方《かなた》に。光あれ――』

だけど、そんな一節とともに侵略者達を押し返《かえ》したのが、偉大なる魔女王。

そして彼女に付き従《したが》った五人の魔導士《メイジ》。つまり、至高の五杖《マギア・ヴェンデ》だ。

彼女達は空に『大結界』を張り巡らせ、侵略者が来れないよう封印を施《ほどこ》した。

それで、できあがったのが今の魔法世界。

世界の真ん中に浮かぶ『大結界』は動かず、消えず、沈《しず》まない。

時間帯によって変化する魔法陣の明暗《めいあん》で『朝』と『昼』、『夜』が生まれる。

だから『太陽』も『月』もなく、『夕日』もない。

全て、五百年も前に形作《かたちづく》られた世界――。

「想像もつかないな……」

今も見上げているあの大きな『結界』が消えた時、世界には再び厄災《やくさい》が訪《おとず》れるらしい。

『天上の侵略者』が押し寄せて、世界を滅茶苦茶《めちゃくちゃ》にしてしまうんだって。

ただの迷信でしょ、と笑い飛ばしたいけど、大人達《おとなたち》は大真面目だ。

そもそも、このリガーデン魔法学院が建《た》てられた理由も『天上の侵略者』に対抗するため。

入学式で校長先生が言っていたように、優秀な魔導士《メイジ》を育てようとしている。

だから、魔法学院に入学する多くの生徒が至高の五杖《マギア・ヴェンデ》を夢見ているらしい。

空を支える重要な役目で、世界で一番偉《えら》い名前で、輝《かがや》かしい栄光。
誰もが一度は憧《あこが》れる魔法世界の頂点を、僕とエルフィも目指してる。
ただ……世界を護《まも》るなんて立派《りっぱ》な理由じゃない。
あの結界の先にある『夕日』を見てみたいなんていう、子供の頃の約束のため。
こんな理由で至高の五杖《マギア・ヴェンデ》を目指しているなんて知れたら、またシオンにバカにされる？
それとも怒られるだろうか？
でも僕達にとっては大切な約束で、だから僕達はあの温かい孤児院を飛び出して……。
「……一人部屋、贅沢《ぜいたく》だなぁ」
蒼然《そうぜん》とした夜空を見上げながら、孤児院のことを考えちゃったせいか。
僕は窓辺《まどべ》に手を乗せたまま、後ろを振り返った。
与えられた寮の部屋は広い。ちょっとひんやりとするくらい、空っぽだ。
みんながいた孤児院はいつもうるさくて、賑《にぎ》やかで、狭《せま》くて、ぎゅうぎゅうで。
寝る時だって体を寄《よ》せ合って、義弟《おとうと》や義妹《いもうと》の体温がすぐ側に感じられるほどだった。
こんな静かな時間だって、初《はじ》めてだ。
エルフィもこれからは女子寮で暮らすから、今日から一人きり。
「……寂《さび》しいのかな」
もう懐郷病《ホームシック》になってしまったのだろうか。

だとしたらウィル・セルフォルトはやっぱり弱虫で、意気地《いくじ》なしだ。

一度唇《くちびる》を閉じた後、ぶんぶんと顔を横に振り、窓を閉めようと視線を前に戻す――。

「――ウィル！」

「うわぁ⁉」

その時だった。

開いてる窓の下から、いきなり女の子が顔を出したのは！

「エ……エルフィ⁉　どうしてここに⁉」

「女子寮、抜け出してきちゃった！　ウィルに会いたくて！」

「えぇえぇぇぇ……⁉　ど、どうやってっ……！」

「それよりウィル、早く入れて？　誰かに見つかっちゃう！」

後ろに腰から倒れた僕を見下ろす形で、エルフィはにこにこ笑ってる。

情けない声を上げていた僕はすぐにはっとして、立ち上がり、手を差し出した。

エルフィは嬉しそうに手を取って、するりと猫のように室内に入ってくる。

「女子が男子寮に忍び込んだなんてバレたら、怒られちゃうよ⁉」

「バレなきゃ大丈夫！　今はちゃんと、隠蔽魔法《ハイド》も使ってるんだよ？」

「そういう問題じゃあ……。そもそもエルフィが女子寮からいなくなったこと、すぐにわかっちゃうんじゃあ……？」

慌てて窓とカーテンを閉めて、へなへなと脱力する。

この部屋は三階なのに窓から現れたことは、もう何も触《ふ》れない。

孤児院にいた時から、エルフィはどんなに高い場所でも魔法で侵入してきたから。

「それも平気。『もう一人の私』にいてもらってるから」

「あっ、もしかして……白の芸術《アルスワイス》？　『分身魔法』を使ったの？」

「当たり！」

魔法がすごく上手なエルフィは、とっておきの『分身魔法』を使える。

自分の分身を女子寮に置いてきて、本物のエルフィはここまでやって来たんだ！

「だ、大丈夫なの？　エルフィ、教室ですごい目立ってたし、寮だって……」

「うーん、貴族の子達にお茶を飲もうって誘われてるけど……うふふ、オホホホ、とか笑ってれば何とかなるよ！」

「何とかならないよ⁉」

エルフィのことはバレちゃいけないのに、つい大声を出してしまう。

慌《あわ》てふためくそんな僕に、エルフィはころころ笑った。

「大丈夫だよ！　だって――」

「エルファリアさん！　あの無詠唱《むえいしょう》、どこで覚えたの⁉　すごかったよ！」

「──うふふ」

「あ、あのっ、わたくしとご友人になってくださいませんこと⁉」

「ちょっと、抜け駆けは卑怯《ひきょう》よ！　エルファリアさん、この高価な茶葉《ちゃば》なんていかが⁉」

「──オホホホ」

「まぁ、さっきからなんて上品な微笑み！」

「平民なのに貴族のよう！　いえ聖女よ、聖女！　エルファリアさん、素敵‼」


「今、こんな感じだから！」

……うそぉ。

『分身』と視界を共有してるエルフィから女子寮の様子を聞いて、すごい変な顔をしちゃう。

魔法の才能がすごければ、どんなことにも目を瞑《つむ》っちゃうのかな、貴族って……？

僕がとうとう疲れた顔をしていると、エルフィは人差し指を振った。

それだけで、僕がつけられなかった部屋の明かりが灯る。

「……何してるの？」

「私がいない間、別の女の子がウィルにちょっかい出してないかなって！」

「いないよ……それにここ、男子寮だよ……」

僕の周りをちょろちょろと動き回り、クンクンと鼻を鳴らす幼馴染の女の子。

更に疲労《ひろう》を重ねる僕とは対照的に、エルフィはご満悦《まんえつ》そうだった。

「じゃあウィル、もうお風呂に入った？　まだなら一緒に入ろう！」

「だ、だめ！　ここは僕達の孤児院《いえ》じゃないんだから！　それに学院に行ったら一緒に入るのは卒業するって、お義父《とう》さんと約束したでしょ？」

「ちぇ〜」

抱きついてきそうな勢いで両手を握ってくるエルフィを、顔を赤くしながら叱りつける。

ずっとニコニコ笑っていたエルフィは初めて唇を尖《とが》らせた。

と思ったら、すぐに機嫌を戻して、僕と一緒に部屋の探検を始める。

「私達の部屋より広い！」

「でもお風呂は狭いね？」

「前に使ってた人の魔法道具《アイテム》が残ってる！」

なんて、間取りを調べたり戸棚《とだな》を探ったり。僕はすっかりエルフィに振り回された。

だけど、いつの間にか寂《さび》しさなんて、どこかへ吹き飛んでいた。

僕は自然と笑みを浮かべ、エルフィを帰そうなんてことは忘れてしまっていた。

その後は、交互《こうご》にお風呂。

僕を先にお風呂へ入れたエルフィは、着ていた部屋着《へやぎ》をポンポン脱いで、ささっと終了。

エルフィは暑《あつ》がりで、長いお風呂はあまり好きじゃない。

だけど僕に髪を拭《ふ》いてもらうことはお気に入りで、ブラッシングもねだってきた。

口ではダメだと言うけど、僕はつい、エルフィを甘やかしちゃう。

懐《なつ》かれて嬉しいというのはある。

頼《たよ》られるのだって誇らしい。

でも、それ以上に、家族だった。

血の繋《つな》がりがなくったって、僕達は大切な家族なんだ。

姿見《すがたみ》の前で、長く、綺麗な天色《あまいろ》の髪を、彼女の魔法で作った氷の櫛《コーム》で何度も梳《す》く。

鏡に映ってるエルフィは、猫のように目を細め、気持ちよさそうにしている。

僕もまた、微笑んでいた。

「ウィル、一緒に寝よ？　それならいいでしょ？」

良くはないけど……結局、押《お》しきられてしまった。

エルフィがランプの光を消して、部屋が暗くなる。二人で一人用の寝台《ベッド》へ。

ぐいぐい入ってくるエルフィに慌てながら、横向きの体勢で寝転《ねころ》がり、向き合った。

「小さい頃、思い出さない？　義妹《クレア》達がいない時、こうやって二人きりで寝てたよね？」

「そうだったたっけ？　お義父《とう》さんと一緒に寝てたのは覚えてるけど……」

「私がおねしょしちゃった時、ウィルは庇《かば》ってくれたんだよ？　それと、それと……」

すぐには寝ようとせず、エルフィは昔の出来事《できごと》の話に花を咲かせた。

エルフィは二人きりの時、何故《なぜ》か、よく思い出話をする。

僕があまり覚えていない話ばかりだけれど、その時の彼女の目は真っ直ぐで、真剣で。

それでいてどこか寂しそうだから、僕は何度も相槌《あいづち》を打って、その瞳《ひとみ》を見返すんだ。

円《つぶ》らで、睫毛《まつげ》が長い。

蒼《あお》く、綺麗で、本当に宝石のよう。

少し動けば、おでことおでこがくっついてしまいそうな距離。

お互いの吐息《といき》もすぐ側に感じられる。温《ぬく》もりだって。

ひんやりとした彼女のつま先が、悪戯《いたずら》するように、ちょんちょんと僕の足をつついてくる。

僕もお返しでつつき返した。細い足首は反撃してくる。

くすくすと笑う僕達は、気付けば、小さな足を絡め合っていた。

「……始まったね、学院生活」

カーテンの隙間《すきま》から青白い光が差し込む中、僕はぽつりと呟《つぶや》いた。

「そうだね」

「『夕日』を見るには、やっぱり『天上《てんじょう》の侵略者《しんりゃくしゃ》』をやっつけないといけないのかな」

「だと思う。だから『塔』の天辺にいる至高の五枚《マギア・ヴェンデ》はすごくて、強い人しかなれない……」

「だよね……。これから、頑張らないと……」

「ウィルならできるよ。ウィルは頑張り屋《や》で……私よりすごいんだから」

「そんなことないよ。エルフィの方が、ずっとすごい……」

僕の気持ちがどこに向かっているか、わかったのだろう。

エルフィは敷布《シーツ》を鳴らし、お互いの間《あいだ》にある隙間《すきま》を埋めてきた。

「僕は、魔法を全然使えない。一人じゃあ、この部屋の灯りもつけられないし……今日、エルフィを守ってあげることもできなかった」

部屋を明るくすることもできない自分。

シオンとの決闘を見てることしかできなかった自分。

そんな、ずっと抱えている劣等感を吐き出してしまう。

ウィル・セルフォルトは魔法を使えない。少なくとも、今までは。

孤児院にいる間、エルフィが使う鮮《あざ》やかな魔法にずっと憧れ続けてきた。

何度も練習して、何だって試して、それでも何も実《みの》ることがなかった。

だから僕は、魔法学院にやって来たことで何かが変わることを期待してる。

それと同時に僕は、『無能』の烙印《らくいん》が証明《しょうめい》されてしまうことを恐れてる。

二人の約束を、一緒に叶えられないことが……何よりも怖い。

目を伏《ふ》せるそんな僕を、エルフィは静かに見つめていた。

すると。

腕を伸ばして、僕の頭を抱きしめた。

「！」

「大丈夫だよ、ウィル。ウィルは、大丈夫」

胸の中に優しく顔を閉じ込められ、目を見開く。

エルフィはまるで、顔も声も知らないお母さんのように、髪《かみ》を撫《な》でてくれた。

胸の中の心臓の音が穏《おだ》やかになる頃、エルフィは放《はな》してくれた。

そして上体を起こしたかと思うと、懐《ふところ》から、あるものを取り出す。

「エルフィ……それは？」

「学院に来る前、こっそり作ってたの。……ウィルのために」

僕も体を起こす中、エルフィは両手に置いた『蒼の輝《かがや》き』を差し出した。

それは蒼い石の首飾りだった。

エルフィの瞳と同じ色で、その小ささから涙の宝石のようにも見える。

「名前はね、『蒼涙《なみだ》のペンダント』」

「蒼涙《なみだ》……？」

「うん。泣き虫のウィルの代わりに泣いて、元気をあげられますようにって」

驚きを隠せない僕の手に、エルフィは『蒼涙《なみだ》のペンダント』を握《にぎ》らせた。

そのまま僕の手を両手で包み込み、目を瞑《つむ》って、祈るように囁《ささや》く。

「ウィルの学院生活《これから》が、上手くいきますように」

握られ、重ねられた指の隙間から、蒼い光が漏れた。そんな気がした。

エルフィがゆっくりと手を離す。

指を開いた僕は、手の平にあるペンダントを見つめ、そっと首にかけた。

胸もとで小さな石が揺れ、きらめく。

温もりが、勇気が灯った気がした。僕の大切な場所で。

顔を上げ、青白い夜の光を浴びる美しい彼女に向かって、口を開く。

「ありがとう……エルフィ」

心からの感謝を伝えた。

この想いが少しでも届くように、瞳に彼女だけを映《うつ》して。

世界で一番大切な女の子は、幸福《こうふく》に抱《だ》かれるように、顔を綻《ほころ》ばせた。

「僕、頑張るよ。君と一緒に『夕日』を見られるように」

「──うんっ」

寝台《ベッド》の上で、膝を崩《くず》し、いつかの『約束』のように、僕達は笑い合った。

2

chapter

二章

魔法学院の日々

Wistoria's
Wand and Sord

GrimoActa

夢《ゆめ》を見ている。

僕達が家族となっていった、大切な過去《ユメ》を。


ウィル・セルフォルトには赤ん坊の頃からの記憶がある。

孤児院《こじいん》の玄関に置かれた二人の赤ん坊と、一冊の本。

用意された哺乳瓶《ほにゅうびん》をくわえたり、泣き喚《わめ》いたりしてる女の子《エルファリア》と男の子《ぼく》。

不思議な話だけど、まるでお義父《とう》さんの視点を借りたような光景を、いくつも覚えていた。

大きいとは言えない『セルフォルト孤児院』で、僕とエルフィはいつも一緒だった。

同じ捨て子で、血は繋《つな》がっていないのに一緒に玄関に置かれていて。

お義父さんの手で抱き上げられた日が、二人同じ誕生日になって。

兄妹《きょうだい》のように、あるいは姉弟《してい》のように。

僕達が絆《きずな》を深めていくのは、ある意味当然《とうぜん》のことだったのかもしれない。

「ウィル〜！　みて〜！　ばひゅーんっ！」

エルフィは、孤児院の子供の中で誰よりも魔法が使えた。

もしかしたら大人のお義父《とう》さんよりすごかったかもしれない。

エルフィが作り出す綺麗な氷の花や、宙《ちゅう》をきらきらと舞う雪に、いつも見とれていた。

「ウィルおにいちゃん、クレアたちよりへタっぴ～」

「おかたづけはウィルにいちゃんの方がうまいけど、魔法はおれたちの方がすごいぞ！」

一方で僕は、ちっとも魔法が使えなかった。

自分より幼い義妹《いもうと》や義弟《おとうと》にいつも馬鹿にされるくらい。

杖《つえ》を振って一人で灯《あか》りもつけられない。ものを浮かすこともできない。

どんなに本を読んでも、エルフィの真似をしても、僕は憧《あこが》れに手が届かなかった。

「至高の五杖《マギア・ヴェンデ》になれれば、夕日を見れるかもしれない！」

だけど、いじけてる暇《ひま》なんて、なかった。

五歳の時、僕とエルフィは約束をしたから。

二人で『夕日』を見に行くため、僕だけが諦《あきら》めていいわけがなかった。

大切な約束を守ろうと、できることをなんだってやったんだ。

お義父《とう》さんに見守られながら、いつだって。

「ねぇ、ウィル？　みんなが困ってるんだけど、どうしたらいいとおもう？」

そんな僕を、エルフィはいつの頃からか、頼ってくれるようになった。

それまでは馬鹿にしてくる義妹《いもうと》達を追い払って、いつも僕の手を引っ張ってくれていた。

だけど気が付くと、前にいて守ってくれたエルフィは、僕の隣に並んでいた。

目の前にあった小さな背中は、すぐ横でくっつく肩に変わった。

「ウィル、だいじょうぶ⁉ 何もなかった⁉ わたしのこと、わかる⁉」

それと同時に、『過保護』になっていったような気もする。

頼ることと矛盾《むじゅん》するかもしれないけど、エルフィは僕の傷を酷《ひど》く嫌った。

たとえば、怪我《けが》をしそうになった義弟《おとうと》達を僕が体を張って庇《かば》った時。

いじめてくる近所の子供から義妹《いもうと》達を守った時。

エルフィはどこからともなく飛んできて、僕の身《み》を案じるようになった。

当然、やんちゃをした義弟《おとうと》達は叱って、いじめっ子達には震え上がるような制裁《せいさい》もして。

エルフィは僕を頼りにしながら、僕の側《そば》から離れる時間をなくしていったような気がする。


エルフィはいつから僕を認めてくれたんだろう？ きっかけは？


夜の泉に反射する光のように、浮かんでは消えていく記憶の水鏡《みずかがみ》を眺めながら、そんな風《ふう》に問いかける。

だけど返ってくる答えはない。思い当たることも何もない。

首を何度も傾《かし》げながら記憶の泉《いずみ》を見下ろしていると、月日《つきひ》は一気に流れていく。

あれは、そう、一向《いっこう》に魔法が使えない自分に焦《あせ》りが募《つの》るようになっていた頃。

決して行けないと思っていた魔法学院から——入学推薦状が届けられたんだ！

魔法がまだちっとも使えない、この僕に！
『ウィル・セルフォルト君。魔法学院は貴方の来訪《らいほう》を期待しています』
推薦状を直接《ちょくせつ》持ってきてくれたのは、エヴァン先生という男の人だった。
エヴァン先生が笑顔で差し出してくれた書状《しょじょう》は、まさに夢への切符《きっぷ》のように見えた。
僕は震えるくらい喜んで、お義父《とう》さん達に報告した。
義弟《おとうと》達は手を取り合って祝福《しゅくふく》してくれた。
義妹《いもうと》達の中には、離れ離れになるのが嫌で泣いちゃう娘《こ》もいたっけ。
エルフィは、僕と同じものを受け取っていて、頷いてくれた。
僕達はリガーデン魔法学院に行くことを決めたんだ。
お義父さんのヘソクリで、専用の短杖《ワンド》や必要な道具を買ってもらった。
学院に入学するための申込書《もうしこみしょ》も、エルフィと一緒に書いた。

『リガーデン魔法学院入学申込書

以下の問いについて記入されたし。
・年齢（魔導歴から記入）
・種族（妖精《エルフ》の場合は王家の許可証を用意すること。絶対。必ず）

・出身地（魔導の央都《ウルブ・リガーデン》が発行している大陸地図を参照のこと）
・ご先祖様の血筋（わかる範囲で）
・判明している魔法の属性（複数属性者《ムルトス》は扱える全ての属性）
・風邪を引いた回数（できるだけ詳しく）

　　　　　　　　　　　　　　　　』

　申込書の中にはヘンテコな質問もあったけど、何とか埋めた。
　エルフィなら使える魔法は『氷』になって、僕の方は『わかりません』。
　風邪の項目ならエルフィは『いっぱい』、体だけは頑丈な僕は『ありません』になる。
　正反対の回答に、僕達は顔を合わせてクスクスと笑った。
　そして旅立ちの日、みんなに見送られながら、僕達はセルフォルト孤児院を発《た》った。
　エヴァン先生が手配してくれた馬車に乗って、遠い道程《みちのり》を揺《ゆ》られながら。
　魔法学院が存在する世界の中心――魔導の央都《ウルブ・リガーデン》に到着した時のことは忘れないだろう。
　何重《なんじゅう》もの大きな壁に囲まれた大都会。
　何より、僕とエルフィが目指す世界で最も高い塔、『魔法使いの塔《メルセデス・カウリス》』。
　間近で見る白亜《はくあ》の巨塔は、首が痛くなるほど高くて、雄大だった。
　エルフィと一緒に、頬《ほお》を興奮で染めながら、僕達は約束の思いを新たにしたんだ――。

「………んっ」

ゆっくりと、目を覚ます。

ぼやける視界に、最初に映るのは、絹《きぬ》のように滑らかな天色《あまいろ》の髪だった。

エルフィが僕の胸に埋まるように抱きついて、まだ眠っている。

首もとにかかる、小さな寝息がくすぐったい。

エルフィも夢を見ているのだろうか？

「ウィル……どこ？」

すると、閉じた瞼《まぶた》から、宝石のような涙が一粒《ひとつぶ》、頬を伝《つた》って流れた。

「どこ、ウィル……？　いかないで……」

「……ここにいるよ」

怖い夢を追い払うように、小さな体を抱きしめる。

君の側にいるよ。だから、安心して。

そんな思いが届くようにしっかりと、優しく。

涙を流していたエルフィは目を瞑《つむ》ったまま、唇の端《はし》を小さく持ち上げて、身を委《ゆだ》ねてきた。

寂しがり屋の幼馴染《おさななじみ》を一頻《ひとしき》り抱きしめた後、起こさないよう、ゆっくりと身を起こす。

カーテンの隙間《すきま》からは『早朝』とも言える、ささやかな光が差し込んでいた。

エルフィが寂しい思いをしないよう、小さな手は握ったままの僕は目を細める。

不意に、胸もとで揺れる蒼《あお》い光。

大切な女の子がくれた『蒼涙《なみだ》のペンダント』。

僕はそれを指でつまみ、愛《いと》おしむように転がした後、エルフィに笑みを落とした。

「今日からがんばろうね……エルフィ」

学院生活の本番が、今日から始まる。


学院生活一日目。

寝坊した上に寝ぼけた幼馴染の支度《したく》を、僕が大急ぎで済ませた後。

女子寮の分身と何とか入れ替わったエルフィと、最初に入った教室は——地下にあった。

「朝の挨拶《あいさつ》など不要だろう。なにせ昨日《さくじつ》、歓迎の言葉を嫌《いや》になるほど浴びた諸君等《ら》のことだ、闇のように深く、永遠の学習意欲が高まっているに違いない」

僕や他の生徒が胸に秘めていたワクワクやドキドキは、どこかへ吹《ふ》っ飛んでしまった。

おどろおどろしい地下教室の雰囲気と、僕達を待っていた一人の先生によって。

「むしろ高まっていないというのなら、私は今年の芽《め》は不作だと校長に断《だん》じ、この六年間を牢獄《ろうごく》の日々と忌々《いまいま》しく恨《うら》むしかなくなるだろう。……嗚呼《ああ》、全《まった》くもって度し難い」

鍋で闇を煮詰めたかのような真っ黒な髪。

昨日のワークナー先生とは正反対に、親しみの欠片《かけら》もない冷たい表情。

切れ長の瞳は蛇《へび》のように鋭い。

はっきり言ってもいいなら……立っているだけで、すごく怖い。

「自己紹介だけは済ませておこう。エドワルド・セルフェンス、担当教科は『闇魔法』と『魔源学史《まげんがくし》』。諸君等《ら》との六年間が有意義なものであるよう願っている」

僅《わず》か一分で教室の空気を呑み込んだエドワルド先生に、生徒達は汗を流し、怯《おび》えていた。

僕は僕で、今も寝ぼけているエルフィのせいで顔から血の気が引いていた。

必死に彼女の肩を揺らして覚醒《かくせい》を促《うなが》す中、エドワルド先生は話を続ける。

「時間は有限だ。早速始めるが……今回行《おこな》うのはなんてことはない、ただの『属性検査』だ」

その『属性検査』という言葉を聞いて、僕は肩を揺らす手を止め、はっとした。

「リガーデン魔法学院では、生徒個々人《ここじん》の属性魔法を極《きわ》めることを推奨《すいしょう》している。まずはそれを把握《はあく》した上で『筆記』や『実技』、そして『実習』の授業に進むのが慣例《かんれい》だ」

この世界に存在する魔法属性は、光・炎・風・土・雷《いかずち》・水・闇の七つ。

正確には妖精《エルフ》達の専用魔法もあるんだけど、ここでは除外した方がいいだろう。

楽園《リザンス》の住人が扱えるのは、共通魔法《コモン・マジック》を除けば『一人一属性』が原則《げんそく》、と言われている。

「これは稀有《けう》な複数属性者《ムルトス》を見極めるための処置でもある。既《すで》に魔法を学び、己の属性を理解している貴族出身の者も受けてもらう。例外はない」

複数属性者《ムルトス》というのは、二つ以上の魔法属性の使い手のこと。

つまり今から始めるのは、適性の判断。

多分、ここに入り切らない新入生も、他の教室で同じ属性検査を受けているんだろう。

魔法の各属性によってクラス分けも変わると言うし、大切な儀式に違いない。

だけど……。

(僕は、一体なんの魔法が使えるんだろう……?)

エルフィなら水属性に含まれる『氷魔法』が得意だ。

でも僕は今まで魔法が使えた試しがない。属性魔法どころか共通魔法《コモン・マジック》さえも。

もし属性もわからなかったら。そんな嫌な想像に、心臓の音と戦っていると……。

「なんでただの属性検査で、あんなおっかない先生が出てくるんだよ……」

広い教室の中で、誰かがそんな呟《つぶや》きを落としたのがわかった。

そして、それをエドワルド先生は耳聡《みみざと》く聞きつけた。

「良い疑問だ、パーム・スノック。今後の学院生活でも抱いた疑念《ぎねん》は常に発信《はっしん》していくといい。その度《たび》に私は貴様の無知と無礼を咎《とが》めて『調教《ちょうきょう》』してやろう」

「え……な、なんで……」

バレると思っていなかったのか、名前を言い当てられた男子生徒が青ざめる。

「なぜ、よりにもよって闇魔法の使い手が属性検査を務《つと》めるのか？

スノックに限らず諸君等《ら》も思っていることだろう。

あぁ、何も言わなくても結構。顔に書いてある。取《と》り繕《つくろ》う必要はない。

だが答えは明快だ。闇魔法こそ全ての魔法の発端《ほったん》、原初《げんしょ》の属性であるからだ。

近頃は空が戴《いただ》く大結界、光魔法こそ原初の魔法《マギア・ヴェンデ》だと勘違いしている者が多いが……。

それは間違っている。全ては至高の五杖などという権威《けんい》を盲目的《もうもくてき》に崇拝視《すうはいし》するが故《ゆえ》。

闇は光より下《した》、どころか他の五属性にも劣るなどと論拠《ろんきょ》もなく吹聴《ふいちょう》する輩《やから》もいるほどだ。

嗚呼《ああ》、全くもって嘆かわしい」

コツコツ、と靴音を鳴らし、席の間をゆっくりと移動するエドワルド先生。

突如《とつじょ》始まった講義に、僕達《たち》生徒は汗が滲《にじ》む顔を、必死にうつむかせるしかなかった。

ちなみにエルフィは僕とおんなじ姿勢《ポーズ》でまだ寝てる！

「この教室の中にも、闇魔法に祝福される者はいるだろう。

その先に謂《いわ》れのない誹謗中傷《ひぼうちゅうしょう》も受けよう。他ならない私がそうだった。

陰険《いんけん》、陰湿《いんしつ》、負《ふ》の塊《かたまり》、果ては犯罪者予備軍などと……。

確かに歴史を紐解《ひもと》けば闇魔法の魔導士《メイジ》は偏屈《へんくつ》であり、妄執《もうしゅう》に囚《とら》われた者が多い。

だが、それは現代を生きる我々とはなんら無関係だ。一括《ひとくく》りに語るのは無知蒙昧《むちもうまい》に過ぎる。

……闇属性の同士《どうし》は、そんな愚《おろ》か者《もの》どもに言っておくといい。

『闇はあらゆる始まりであり、闇の使い手は何よりも執念深い』、と」

教壇に戻ったエドワルド先生が瞳を細め、僕達を睨《ね》めつける。

首筋がぞっとした。

(陰険っ)

(陰湿だ!)

(あの先生めっちゃ怖《こわ》っっ!!)

(自分で闇魔法のヤバさ証明してる!)

(ボクの属性は闇魔法じゃありませんように闇魔法じゃありませんように!)

(あんなの蛇《へび》だよ蛇!!)

他の生徒の心の声も聞こえてくるかのようだった。

二つほど斜め前の席、昨日あんなに威張《いば》っていたシオンの横顔も引きつっていた。

もはや学生時代の恨みつらみをぶつけているのでは、と錯覚《さっかく》しそうになる。

「では……本題に移る」

逆らう者がいなくなった教室で、エドワルド先生はあるものを取り出した。

それは土の民《ドワーフ》達が扱う携行用光具《カンテラ》によく似ていた。

黒い装飾で形作られ、今は照明部分に何も点いていない。

エドワルド先生が上部の持ち手部分を手にし、静かに力を込めたかと思うと――。

黒い光が灯った。

「「「！」」」

「『導《みちび》きのカンテラ』という。魔導士《メイジ》が魔力を流せば、属性に対応する光が灯《とも》る。この光の傾向《けいこう》をもって諸君等《しょくんら》の属性を判《はん》ずる。席を立ち、列を作れ」

エドワルド先生が空いてる手で短杖《ワンド》を振ると、都合三つの『カンテラ』が台の上に乗る。

平民と思《おぼ》しき生徒はおっかなびっくり、貴族の子は物怖《ものお》じせず、列を作っていった。

僕が腕を引っ張ると、んぅ？　とエルフィもようやく目を覚ます。

「赤い光……炎だ！」

「私は青！　水属性みたい！」

「うわぁ、土だぁ～。なんか土魔法って地味《じみ》なんだよな……」

「お祖父《じい》様のところで調べた通り、雷《いかずち》属性だったよ。複数属性者《ムルトス》ではなかったか」

「光はまだ一人もいないみたい。とても稀少《きしょう》らしいし、この学年にはいないかしら？」

三列のいずれかに並んで、『導きのカンテラ』を手に取っては、生徒達が一喜一憂《いっきいちゆう》する。

風属性なら緑、土なら橙《だいだい》、雷《いかずち》なら黄金《こがね》……様々な光が教室を照らす。

一喜一憂の理由はわかる気がする。この属性で進路の一つが決まると言ってもいい。

たとえば、至高の五杖《マギア・ヴェンデ》。

その時代の最強の魔導士《メイジ》は、七つの属性＋妖精《エルフ》の中から五属性の代表者が選ばれる。

現代の至高の五杖《マギア・ヴェンデ》を務めるのは光、炎、雷、氷、そして妖聖《ようせい》。

『光皇の杖《マステリアス・ノア》』。

『炎帝の杖《インスティア・バルハム》』。

『雷公の杖《トルゼウス・ファッジ》』。

『氷姫の杖《アルヴィス・ヴィーナ》』。

『妖聖の杖《エルリーフ・カナン》』。

現代ではこの五杖《ごじょう》の名が最《もっと》も有名で、憧れの存在と言っていい。

そしてこの検査でも、現在の至高の五杖《マギア・ヴェンデ》の属性が喜ばれているようだ。

「シオンはやっぱり炎属性かぁ」

「いいなぁ……」

「当たり前さ。僕はアルスター家の嫡男《ちゃくなん》だぞ？」

あのシオンも炎属性で、どこか誇らしげだ。みんなも羨《うらや》ましがってる。

逆に土や風属性は人気がないみたい。闇は言わずもがなだ。

エドワルド先生が睨《にら》み、生徒達が慌てて無駄話を止《や》める中……僕の番《ばん》が回ってきた。

「おい……見ろよ。アイツの番だ」

「平民だけど……エルファリアさんと同じ出身なんでしょ？」

「や、やっぱりアイツもすごいのかな？　光属性とかだったりして……」

「複数属性者《ムルトス》かもしれない。しっかり見ておこうぜ」

ひそひそ話が生まれ、教室中の視線が僕に集まる。

昨日すごい魔法を見せつけた、あのエルフィの子分ということもあって注目されてる。

そんな注目と比例《ひれい》するように、僕の緊張も高まっていく。

普通の結果ならいい。でも、もし普通じゃない結果が起こってしまったら。

孤児院で培《つちか》った劣等感が足を重くさせ、気が付けば属性検査は僕を残すのみ。

ちょうど今、青い光を灯して検査を終わらせたエルフィが、こちらに振り向く。

「ウィル、大丈夫」

「……えっ？」

「上手くいくよ、きっと」

僕の顔を覗《のぞ》き込み、誰にも聞こえない声で、エルフィはそう囁《ささや》いた。

驚いた僕は、けれどすぐに笑みを浮かべ、頷いた。

僕は、僕自身のことは信じられなくても、エルフィのことなら何だって信じられる。

笑い返す彼女に心の中でお礼を言って、台に置いてある『導きのカンテラ』に右手を置く。

他の生徒達が固唾《かたず》を呑《の》む。エドワルド先生が冷たく見守る。

僕はカンテラの取っ手を握り、ぎゅっと目を瞑った。

(魔女王《まじょおう》様、どうかお願いします!)

偉大なる始まりの魔女に祈りながら、力を込《こ》める。

その瞬間——胸もとが『熱《ねつ》』を宿した。

「!!」

今まで感じたことのない『力の流動《りゅうどう》』が、胸から右腕を駆け抜けた。そんな気がした。

びくっと体が痙攣《けいれん》する。みっともなく肩が上下する。そして、周囲がざわめく。

瞑った瞼《まぶた》の先で、何か眩《まぶ》しいものを感じて……僕はおそるおそる目を開けた。

すると。

「青い光……『水属性』だ!」

生徒の誰かが、僕の驚愕《きょうがく》をそのまま言葉に変えてくれた。

『導きのカンテラ』が灯《とも》すのは——青! エルフィと同じ色!

ウィル・セルフォルトは、水魔法の魔導士《メイジ》だったんだ!

「やっ……やったぁ!」

「すごい、ウィル!」

カンテラは両手に持って、喜びの声を上げてしまう。

すぐに後ろからエルフィが抱きついてくる。だけど注意する気にもなれない!

嬉しい！　嬉しい!!　これできっとエルフィと一緒に約束を果たせる！

二人で魔法を磨《みが》いて、『夕日』を目指すことができる！

「なんだ……ただの水属性か」

「拍子抜けかも」

「みんな期待しすぎよ。彼は平民なのよ？　やっぱりエルファリアさんが特別なだけ」

はしゃぐ僕とエルフィを他所に、他の生徒は緊張の糸が切れたような顔を浮かべていた。

がっかりとか、安堵《あんど》とか、そんな感じ。

でも、ぜんぜん気にならない。水の魔法が使えるとわかった今は！

「……？」

そんな中、眉をひそめているエドワルド先生が、視界の片隅《かたすみ》に映った。

こちらをじっと見つめ、何か怪訝《けげん》そうに感じているような……。

僕が小首《こくび》を傾《かし》げていると、エドワルド先生は違和感を振り払うように、口を開いた。

「これにて『属性検査』は終了とする。各自、遅刻なきよう次の授業へ向かうように」


「やったね、ウィル！」

「うんっ、ありがとう！」

大きな窓から『朝』の光が差し込む廊下を、エルフィと二人で歩く。

地下教室を出た後も、僕達の興奮は冷《さ》めやらなかった。

他の生徒が次の教室へ向かってしまった中、じゃれるように喜びを分かち合う。

「僕もエルフィみたいな魔法が使えるように、頑張るよ！」

「えへへ。お揃《そろ》いの魔法が使えるようになったら、飛ばし合いっこしようね！」

孤児院ではできなかった二人の未来を描《えが》いて、夢を膨《ふく》らませていると。

僕達しかいなかった廊下に、前から一人の男性がやって来た。

「おはようございます、エルファリアさん、ウィル君」

「あ、エヴァン先生！」

にこやかな笑みを顔に貼《は》りつけるその人に、僕は覚えがあった。

セルフォルト孤児院にわざわざ来て、推薦状を届けてくれたエヴァン先生。

今、学院にいられるのも、水魔法を使えるとわかったのも、全てこの人のおかげだ。

僕は笑顔で歩み寄った。

「属性検査が終わったようですね。その様子では良い結果だったようですが」

「はい！　エルフィと同じ水属性だったんです！　僕も氷魔法が使えるかもしれません！」

「それは良かった。引き続き、益々《ますます》の成果を挙げてください。そうすれば、貴方がたを学院に招聘《しょうへい》した私の鼻も高い」

うっすら紫がかかった髪を揺らし、エヴァン先生はにっこり微笑《ほほえ》んだ。

僕の後ろにいる女の子に向かって。

「ねぇ、エルファリアさん？」

「……」

いつの間にか笑顔を消していたエルフィは、黙《だま》ってエヴァン先生のことを見返していた。

どこか冷たくも感じる瞳で。

「……行こう。ウィル」

「えっ？　エ、エルフィ？」

手を引っ張られて、エヴァン先生の隣を通り過ぎる。

学院に連れてきてくれて、ありがとうございます。

そんな感謝を告げようと思っていた僕は、目を白黒させてしまった。

すぐに廊下の曲がり角を折れて、こちらをじっと見つめるエヴァン先生が見えなくなる。

「ど、どうしたの、エルフィ？」

あきらかに様子が変で、今も手を引っ張られる僕は尋《たず》ねずにはいられなかった。

エルフィは少しでもその場から遠ざかるように、前を向いたまま。

「……ウィルの前では可愛い子でいたくて、嫌な子って思われたくないんだけど……」

こっちに振り返ってくれず、どんな表情を浮かべてるのかもわからない。

ただ、はっきりと、エルフィは言った。

「私、あの人が嫌《きら》い」

彼女らしからぬ強い拒絶《きょぜつ》に、僕は驚《おどろ》くことしかできなかった。


リガーデン魔法学院はとても大きい。あとは、すごく広い。

貴族のお屋敷が二十個あったって全然敵《かな》わないくらいで、まるでお城の集合体みたい。

校舎にある教室の数はなんと八八〇！　階段は二九六で、暖炉《だんろ》は一五〇個!!

——と、階段の脇や廊下に立つ喋る影像に教えてもらった。嘘《うそ》か本当かはわからない。

魔法学院自体は『第一校舎』と『第二校舎』に分かれている。

僕達のような低学年の魔導士《メイジ》見習いが主《おも》に使うのは『第一校舎』。

この校舎を探検《たんけん》するだけでも、調べつくすには一ヶ月以上はかかってしまいそう。

まぁ、つまり、何が言いたいかというと……迷った。

属性検査の後、二人で行動していた僕達は、迷宮みたいな校舎で見事に迷子になった。

喋る影像に何度も道を教えてもらい、目的地の教室には何とか辿《たど》り着いたけど……。

「このっ――馬鹿者ぉ!!」

「「ごめんなさい！」」

それも始業《しぎょう》の鐘がしっかり鳴り響いた後。

ぎりぎり間に合わなかった僕とエルフィに、先生から特大の雷《かみなり》が落ちる。

「遅刻にはくれぐれも気を付けるようにと、概略説明《ガイダンス》であれだけ説明しただろう！　教室を移《うつ》る際《さい》には早めの移動を心がけること、迷ったらすぐにお喋り影像《ミュール》に道筋《みちすじ》を聞くこと！　いったい何を聞いていた！」

「「ごめんなさいっごめんなさい!!」」

昨日の概略説明《ガイダンス》を行《おこな》ったワークナー先生の剣幕《けんまく》に、僕達は平謝りするしかなかった。

あまりにも怖くて、あのエルフィがガタガタと震えて涙目になるくらい。

クスクスと笑う他の生徒のもとに、お説教から解放された僕達はふらふらと合流する。

「……さて、属性検査で水属性と判明した生徒はこれで全てだな。初対面の者もいるので、あらためて自己紹介させてもらうが、私はワークナー。普段は主に『風魔法』や『魔法生物』の授業を担当している」

教室はこれまでのものと比べて、一風《いっぷう》変わっていた。

というか、椅子と机がなかった。

まるであらかじめ魔法で片付けたように、何も置かれていない箱型の空間が広がっている。

「本来なら、水の魔導士《メイジ》を担当するのはブルーノ先生なんだが……彼は結婚したばかりでな。奥方《おくがた》の出産《しゅっさん》と育児《いくじ》に立ち会うため休暇《きゅうか》を取っている。よってしばらくの間、私が臨時《りんじ》で君達の授業を受け持つこととなった」

知らない先生のご結婚話《ばなし》にびっくりしていると、何故かエルフィが片腕を絡《から》めてきた。

僕の肩に頭をこてんと乗せ、しなだれかかってくる。目を瞑《つむ》った幸せそうな表情で。

な、なに……？

「短い間になると思うが、どうかよろしく頼む――」

「風属性の魔導士《メイジ》が水魔法を教えるなんて、そんなこと本当にできるんですか？」

ワークナー先生が挨拶を終えようとした、その時。

横に並んだ生徒の列から、挑戦的な声が響いてきた。

びっくりしてそちらを見ると、青白の髪を指に絡める生徒がいた。

概略説明《ガイダンス》の時にも見かけた、エルフィの髪とも似ているあの男の子だ！

「君は……ユリウス・レインバーグか。私では不満か？」

「ええ、言葉を選ばずして言えば。私は優秀な家庭教師のもとで多くの魔法学を学びました。せっかく魔法学院まで来たのに、無駄な時間を過ごすのは本意《ほんい》ではありません」

名簿《めいぼ》に目を通すワークナー先生に、ユリウスと呼ばれた生徒は臆《おく》さずに言う。

子供なのに、その振る舞いは大人じみていて、いい家の生まれだとすぐにわかる。

同時に、ワークナー先生を馬鹿にしている『嫌味』みたいなものも感じた。

今だって、どこか馬鹿にするような笑みを浮かべている。

先生が腹を立てないか、他の生徒と一緒にハラハラ見守っていると、

「やはり名家出身の生徒はプライドが高いな。よし……ならレインバーグ、構えなさい」

「は……？」

「杖を構え、私に魔法を撃ち込んでみろ。本気でな」

片目を瞑りながら笑っていたかと思うと、ワークナー先生はとんでもない提案をした。

ユリウスが目を見張り、僕達もざわついてしまう。

表情を変えていないのは、僕の隣《となり》でじっと先生を見つめているエルフィくらい。

当のワークナー先生はというと、余裕そうで、むしろ面白がっているようですらあった。

「なに、この時期の『恒例行事』のようなものだ。セルフォルト達のような遅刻者や、君のように世の広さを誤解した者が出てくるのは」

ワークナー先生は腰から短杖《ワンド》を取り出し、軽く左右に振るう。

その言葉と仕草《しぐさ》が癇《かん》に障《さわ》ったのか、顔をしかめるユリウスは、本当に短杖《ワンド》を抜いた。

「**槍《やり》となれ。穂先《ほさき》を纏《まと》え。優雅《ゆうが》たる冬争《とうそう》！**」

氷の意匠《いしょう》が刻まれた高価な杖を先生に向け、次には一気に呪文を唱える。

「**冬雪の槍《ロットル・ヒエルスノウ》！**」

生まれたのは長大な白雪の槍。

エルフィがシオンに使った魔法より殺傷性が高い、氷属性の貫通魔法！

迫りくる恐ろしい魔力の槍に対し、ワークナー先生は——。

「**軟風《メルヴァン》よ**」

——短杖《ワンド》を軽く振った、それだけだった。

それだけで目の前に『気流』が生まれ、魔法の槍を受け止め、粉々《こなごな》に砕《くだ》いてしまう！

「な……!?」

「風の魔法でも、水や氷の魔法を受け止めることができれば、制圧することもできる。全ては魔法の源《みなもと》となる魔力と、それを操る魔導士《メイジ》の力量《りきりょう》次第」

攻撃を防ぐ『障壁魔法』を使うでもなく、ただの『風』を呼び出して止めてしまった。

その事実に、ユリウスどころか僕達も愕然《がくぜん》としていた。

細かく砕けた槍の破片が、きらきらと教室中に舞っていく。

「更《さら》に言わせてもらうと、それなりの手間《てま》と相応《そうおう》の費用をかければ、私でも吹雪《ふぶき》程度の魔法は行使《こうし》できる。——このようにな」

ワークナー先生は腰から小瓶《こびん》を取り出すと、まだ消えていない気流に中身の溶液をかけた。

すると、たちまち風がピキピキと凍《い》てつき始め、雪の結晶を纏《まと》うようになる。

ワークナー先生の言葉通り、それは渦《うず》を巻く『小さな吹雪』だった。

あの小瓶はきっと氷魔法の触媒《しょくばい》なんだ。風の魔法と組み合わせることで風雪《ふうせつ》を生む！

見えない糸を引っ張るように杖を振り、吹雪を操《あやつ》っていた先生は、やがて指を弾《はじ》いた。

吹雪が霧散《むさん》し、ひんやりとした冷気が僕達の体を包み込む。

「実演《じつえん》させてもらったが……まだ私では不満か、レインバーグ？」

ワークナー先生は、まるで授業の一環《いっかん》だったように告げる。

ユリウス、それと口を開けてポカンとする僕達生徒《たち》に向かって。

「っ………無礼な真似《まね》をして、申し訳ありませんでした。ワークナー先生」

「よろしい。素直に謝れるのはいいことだ。この『恒例行事』の後でも、君達の先輩はなかなか頑固《がんこ》な者が多かったからな」

苦虫《にがむし》を噛《か》み潰《つぶ》したような顔をするユリウスは、だけど貴族の謝罪の礼をとった。

ワークナー先生は頷《うなず》き、何事もなかったように「では授業を始める」と僕達を見回す。

すごい……。

こんな凄腕の魔導士《メイジ》が僕達の先生で、これから色々なことを教えてくれるんだ！

僕は魔法学院のすごさを実感すると同時に、ワークナー先生に尊敬の思いを抱いた。

周りの生徒もそうだと思う。

まだ不機嫌そうなユリウスを除《のぞ》いて、みんなワークナー先生を見る目が変わっている。

「あの先生……強いね」

「あ、エルフィもそう思う？　本当にすごかったよね……！」

　エルフィも認めていた。かと思うと、

「普通の魔導士《メイジ》とは違う気がする。胸のあたり……『何か』を隠してる？　学院にはあんな『怪物』もいる……注意しなきゃ」

　警戒を払う猫のように、ワークナー先生のことを観察し続けていた。

　ボソボソと呟《つぶや》いている様子に僕が首《くび》を傾《かし》げていると、授業の説明が始まる。

「属性検査後のこの時間は、言わば顔合わせのようなものだ。ここにいる者達は『水及《およ》び氷のクラス』……属性別の授業、特に『実技』の科目《かもく》で最も顔を合わせる。それこそ『級友《きゅうゆう》』と呼べる存在になるだろう。同じ系統の同級生とともに、どうか切磋琢磨《せっさたくま》してほしい」

　魔法学院の授業は、本人の魔法の属性に合わせたものが多くなるらしい。

　考えてみれば当たり前なのかも。

　水系統の魔法しか使えないのに、炎魔法を学んでも多くがきっと無駄《むだ》になる。

　先生の言う通り、この場にいる生徒が、僕とエルフィの顔馴染《かおなじ》みになっていくんだろう。

「しかし、顔合わせだけというのも味気《あじけ》ない。翌月《よくげつ》には初のダンジョン『実習』も待っている……よって、今日は初歩《しょほ》の攻撃魔法を練習してみるとしよう」

「「「！」」」

　生徒の列がにわかにざわついた。

興奮する子、肩に力が入ってしまう子、反応が分かれる。ちなみに僕は後者。

ワークナー先生は生徒を一列に並べ直し、よく通る声で指導を始めた。

「魔法の基本とは魔力の制御、そして正しい呪文の詠唱《えいしょう》だ。まずは目を閉じてみるといい。息を吸って、気を落ち着け、全身を巡る魔力を手繰《たぐ》り寄せる。胸の鼓動と合わせて駆け巡る、血流《けつりゅう》とは別の何かを感じ取れる筈だ。……ルナイス・アレート！　力《りき》み過ぎだぞ！」

「は、はい！」

いきなり攻撃魔法の練習だなんて、危険だし物騒《ぶっそう》、と思わなくもないけど……。

それだけリガーデン魔法学院のレベルが高いのかもしれない。

他の都《みやこ》の学校とは比べるまでもない、と断言されるほどだし、何より貴族の入学生が多い。

シオンが言っていたように、学院に入る前から魔法を勉強している子は大勢いる。

そして貴族以外で推薦入学する平民も、少なからず才能を認められた子に違いない。

この授業速度についていけない生徒から、きっとリガーデンでは落ちぶれてしまうんだ。

僕もエヴァン先生に認められてココにいるんだから……じ、自信を持たなくちゃ……！

「魔力を掴《つか》み取れた者から私の呪文をなぞるといい。……『水よ、奉《たてまつ》れ』！」

「み、水よっ、奉れ！」

「た、奉れ！」

「**水よ、奉れ！**」

早速三人の生徒が呪文を唱える。

最初の男子生徒二人が不発、最後の女生徒だけが……成功！

短杖《ワンド》から勢いよく水流が飛び出し、窓に当たる前に『風』が阻《はば》む。

ワークナー先生の気流が教室の破損を防ぐ中、女生徒が「やったっ」と喜ぶ。

「これが水の下位魔法、**青流の侍者**《クリスト・リース》だ。熟練者になれば鉄板にも風穴を空ける。発動した魔法は私の『風』で防ぐから、遠慮なく試すといい」

同級生が発動させた『**青流の侍者**《クリスト・リース》』が文字通り呼び水となって、生徒達の熱意を生んだ。

みんながやる気を漲《みなぎ》らせ、「水よ！」『奉れ！」と盛んに呪文が飛び交う。

教室の中で分かれる反応は二つ。

一つは何度も呪文を唱え、一喜一憂《いっきいちゆう》する生徒達。

こっちは平民や、貴族の中でも魔法が苦手な子達なんだろう。

自分の中の魔力の流れを確かめ、ワークナー先生に質問しては挑戦している。

そしてもう一つは、涼《すず》しい顔で杖を構え、一発で魔法を成功させてしまう生徒達。

こっちはきっとシオンのような高等な教育を受け、ずっと前から魔法を使える子達だ。

水のクラスの中でも『エリート組』とでも言うべきだろうか。

さっきすごい魔法を使った、あのユリウスは当然この『エリート組』。

「**蒼氷の詩人**《グラス・イーティア》」

そして……エルフィも！

シオンとの決闘の時とは違う氷魔法を無詠唱で発動し、周りの生徒をどよめかせる。

「『詠唱省略《えいしょうしょうりゃく》』は上級生でも手こずるほど、高度な魔力制御が必須《ひっす》なんだが……やはり別格のようだな。エルファリア・セルフォルト」

驚きや称賛《しょうさん》の声が生徒達の間で生《しょう》じ、ワークナー先生も苦笑まじりに評価していた。

やっぱりエルフィはすごいんだ。世界の中心と呼ばれる、このリガーデンでも！

追いつかなきゃ。隣に並ぶんだ。僕も水じゃなくて、氷の魔法を！

鼻息が荒《あら》くなりそうになりながら、短杖《ワンド》を構える。

（まずは魔力を手繰り寄せる……胸のあたりがあったかい。昨日まではなかった感覚だ。これかな？　これだといいな。あとは呪文……たしか氷の魔法は……）

目を閉じて集中しながら、ワークナー先生の言ってたことを頭の中でなぞっていく。

今まで魔法は使えなくても、本を読んでたくさん勉強してきた。

シオン達が受けた教育とは比べるべくもないだろう。それでも、知識くらいはある。

目を開けて、エルフィが使った氷の下位魔法の呪文を、ゆっくりと唇に乗せた。

「氷よ……奏でよ……氷よ――」

「待て、セルフォルト！　こっちへ来なさい！」

そして、魔法が発動するよう念じていた時だった。

僕の詠唱をしっかり聞きつけたのか、ワークナー先生からお呼びがかかる。

肩を跳《は》ねさせた僕はばつが悪い顔を浮かべ、隣を見た。

「いってらっしゃい」と笑ってくれるエルフィに頷きを返し、先生のもとへ向かう。

「セルフォルト……これではエルファリアと区別がつかないか。ウィルと呼ばせてもらうぞ？」

「はっ、はいっ」

「ウィル、私は水魔法の詠唱を教えた筈だ。お前が唱《とな》えようとしたのは何だ？」

「……氷魔法です」

「そうだな。氷魔法は水の派生系《はせいけい》、肝心の水魔法が扱えなければ失敗を招きやすい。よっぽど氷属性と相性がいい者でなければな」

それも……知ってる。僕が読んだ本にも書いてあった。

それを知っていながら、僕は氷魔法に挑戦しようとした。

「ユリウスやエルファリアなど、魔法の腕が長《た》けている者達に関しては私も目を瞑《つむ》っているが……お前は違うだろう？　何故そんな無茶をしようとした？」

「……エルフィに、置いていかれたくないから……焦《あせ》っていたから、です」

怒鳴り声ではなく、諭《さと》すようなワークナー先生の静かな声に、僕は素直に白状した。

ちらっと背後を見る。

そこには僕がいなくなって、他の生徒に囲まれているエルフィがいた。

みんなエルフィに夢中だ。褒《ほ》めている子もいれば、魔法について尋《たず》ねてる子もいる。

エルフィは僕に向けるものとも違う、愛想《あいそ》のいい笑みで受け答えしていた。

僕には危機感がある。

今の光景のように、きっと人気者になるエルフィと離れ離れになるんじゃないかっていう。

さっき感じていた『エリート組』とそうじゃない方。

僕が上手に魔法を使えなければ、エルフィと僕はその二つに別《わか》れてしまうだろう。

今は繋《つな》いでいる手も、いつか離れてしまう……そんな怖い想像が頭の中で膨《ふく》らむんだ。

不安に染まる僕の視線を追っていたワークナー先生は、「ふむ」と呟《つぶや》いた。

「ウィル。それなら尚更《なおさら》、基礎《きそ》を疎《おろそ》かにしてはいけない」

「……！」

「エルファリアは確かに『特別』と呼べる生徒だろう。そんな『特別』に追いつくためには、強い意志と正《ただ》しい努力が必要だ」

向き直ると、ワークナー先生はまるで、年の離れた弟を見るような笑みを浮かべていた。

「私にも学生の頃、『特別』に追いつこうと努力し続けていた友人がいたよ」

「ほ、本当ですか？」

「ああ。彼は自分に才能がないと知っていながら、それでも強い意志を手放《てばな》さず、正しい努力を重ね……『塔』の天辺《てっぺん》に辿り着いた」

「‼」

「お前にはもう、他の生徒にはない強い意志が備《そな》わっている。だからあとは、正しい努力を積《つ》むだけだ」

僕は目を見張った。

窓の外に見える大きな『塔』……僕とエルフィの目標が、少し近くなったような気がした。

それと同時に、ワークナー先生が、その『友人』をとても尊敬していることもわかった。

「ウィル、お前にとっておきの『呪文』を教えてやろう」

「な、なんですか？」

「『決して諦めない事』――それは魔法の力にも勝《まさ》る」

思わず、瞬《まばた》きを繰り返した。

ワークナー先生は、唇《くちびる》の前に指を立て、子供のように片目を閉じた。

僕の顔に、じわじわと笑みが広がる。

僕はワークナー先生のことが、大好きになっていた。

「さぁ、焦らず、正しく、一歩を踏み出してみるんだ」

「はい！」

大きく返事をして、今度こそ正しく、短杖《ワンド》を構える。

深呼吸して、集中して、ワークナー先生に見守られながら、僕はそれを唱えた。

「**水よ、奉れ——青流の侍者《クリスト・リース》！**」

胸の辺りからあの『熱』が生まれ、右腕を駆け抜けて短杖《ワンド》に到達し、先端から吹き出る。

自分でも驚くほど勢いよく放たれた水流。

それをワークナー先生の風が受け止め、まるで噴水のようにキラキラと飛沫《しぶき》が上がった！

「……！　ワークナー先生！」

「ああ、よくやった。この調子で頑張るといい」

振り向くと、ワークナー先生も嬉しそうな笑顔で頷いてくれた。

僕は「はいっ！」と返事をして、頭を下げてからその場を離れる。

やったよ、エルフィ。上手くできた！

そんな風に幼馴染《おさななじみ》の女の子に報告しようとして、

「エルファリア嬢《じょう》、自己紹介させてほしい。私はユリウス・レインバーグ。君と同じ、選ばれた側の魔導士《メイジ》さ」

その光景が目に飛び込んできた。

魔法の試射《ししゃ》を終えた生徒が集まった輪の中、エルフィと一人の少年が向き合っている。

『水のクラス』の中でも一、二を争う実力の、あのユリウスだ。

「君の才能は本物だ。私は平民と言えど、美しい宝石には敬意《けいい》を払う。どうだろう、私の同志《パートナー》にならないかい？」

「同志《パートナー》って？」

「言葉通りの意味さ。選ばれた者同士、行動をともにし、魔法の腕を磨《みが》くんだ。この『水のクラス』を学年一に導くでもいいさ。君と力を合わせれば、『塔』の頂《いただき》にもすぐ辿《たど》り着《つ》けるだろう。……ゆくゆくは君の名に、レインバーグの名を与えてもいい」

会話の内容を聞いて、ぎょっとした。

僕の勘違いじゃなければ……お、お、お嫁《よめ》さんにするって言ってない⁉

それは駄目《だめ》だ。お義父《とう》さんに何て言えばいいかわからない。

僕だって、エルフィとお別れなんてしたくない！

僕は急いで生徒の輪の中に飛び込んだ。

「まずはお近づきの印《しるし》に、唇を落とさせてもらえるかな？」

エルフィの手の甲に、口付けしようとするユリウスの前に、割り込む！

「ま、待ったっ！」

「……なんだ、お前は？　才能もないくせに、不敬《ふけい》な奴だな」

両手を広げ、二人の間に無理やり割り込んだ僕に、ユリウスははっきりと眉をひそめた。

「エルファリア嬢の幼馴染だか知らないが、邪魔《じゃま》しないでくれ。ただの凡才《ぼんさい》が彼女の時間を奪《うば》うのなら、それは魔法世界の損失だよ？」

氷のように冷たく、劣等感を刺激する鋭い目付きに気圧《けお》されそうになる。さ、さ、さ、さっきまでなら。

僕はユリウスの眼差しを正面から受け止め、言った。

「僕に才能はないかもしれないけど……それでも諦めないよ」

「諦めないだって？　ははっ、それで何ができるって言うんだ！」

「君の魔法にも、才能にも負けない。……あとは、君みたいな子から、エルフィを守れる」

最初は笑っていたユリウスの顔が、驚きを宿した。

視界の隅《すみ》では、止《と》めに来ていたワークナー先生がくっくっと笑いを堪《こら》えてるのがわかった。

すぐ後ろでは、「ウィルぅ〜♥」なんて甘い声が聞こえたけど……こっちは無視！

ユリウスは今度こそ、顔を不愉快とばかりに歪めた。

「平民風情が物語の騎士《ナイト》気取りか？　なら、どっちがコソ泥か教えてやろう！」

凄《すご》んだユリウスが短杖《ワンド》を突きつけようとする。

ワークナー先生もそれを止めようと杖を向ける。

その全てを、僕の視界ははっきりと捉《とら》えていた。捉えた上で、行動を起こそうとした。

だけど、後ろから伝わってきた『優しい衝撃』だけは、予想外だった。

「私、貴方の同志《パートナー》にはなれないよ！　私は、ウィルと一緒にいたいから！」

エルフィだ。

背中に抱きついた彼女は、僕の肩から顔を出して、びっくりしているユリウスを見返す。

「それに、貴方は『誰か』が好きなの？」

「っ……？　なにを言って……」

「私は貴方の好きな『誰か』にはなれないよ？」

「!!」

エルフィが何を言ってるのか、僕も、他の生徒達もきっと、わからなかった。

だけど効果は覿面《てきめん》だった。

最初は疑問を浮かべていたユリウスの顔が豹変《ひょうへん》し、真っ赤になる。

まるで隠していた秘密の日記《ノート》を見られでもしたかのように。

ユリウスが口をパクパクと開けたり閉めたりを繰り返す。あ……ちょっと可愛い。

その後、何とか落ち着いたユリウスは、逃げるようにマントを翻《ひるがえ》して背を向けた。

「どけ！」と言って生徒達に道を譲《ゆず》らせ、目の前から立ち去る。

同時に、カラァン、カラァン、と。

上の方から大きな鐘《かね》の音が響いてきた。

「……終業《しゅうぎょう》の鐘だ！　次の授業にくれぐれも遅れないように！」

ワークナー先生の声に、微妙な空気に顔を見合わせていた生徒達も急いで散っていく。

あとには、エルフィをおんぶしている僕だけが取り残された。

「……エルフィ、最後に言ってたの、どういう意味？」

「う～ん……可哀想《かわいそう》な恋の結末、みたいな？」

「……なんでわかったの？」

「ん〜〜……乙女《おとめ》の勘《かん》？」

なんじゃそりゃ、と思ってしまっていると、エルフィは頰《ほお》を膨《ふく》らませて覗《のぞ》き込んでくる。

「それよりもウィル……私のこと、疑《うたが》ってたでしょ？」

「ええぇ？　あ、いや、そんなことは……」

「うそ！　ワークナー先生とのお話、しっかり聞こえてたんだから！」

あの距離で⁉

僕達がいるところ結構離《はな》れてたのに、どれだけ聞き耳立《た》ててたの⁉

戦慄《せんりつ》しつつ、しどろもどろになっていると……ぎゅっ、と。

エルフィは首に回している両腕に力を込め、頰と頰をくっつけるように、微笑んだ。

「私はウィルを一人にしないよ。絶対に」

……どうやら、つまらない不安なんて全部お見通しだったみたいだ。

それこそ僕も笑って、全て杞憂《きゆう》になってしまうくらい。


『リガーデン魔法学院』は六年制。

生徒は十一歳の年に入学して、十六歳まで高度な魔法教育を受けることができる。

だけど学年ごとの進級条件を満たさなければ、容赦《ようしゃ》なく退学となってしまう。

そんな進学条件と退学条件に関《かか》わってくる大切な数字が、『単位《たんい》』だ。

『単位』は各授業に設定されていて、先生達が合格と認めた生徒はこれを習得できる。

例えば、『魔法基礎《まほうきそ》・一』のテストに合格すれば『単位1』をもらえる、といった具合に。

授業の種類は大きく分けて三つ。


主にペーパーテストで合格の可否《かひ》を決める『筆記』。

魔法の修得《しゅうとく》状況及び練度《れんど》を見極める『実技』。

ダンジョンで指定された魔物を倒すことで実力を計《はか》る『実習』。


六年間の学院生活で得られる総《そう》単位数は12000。

内訳《うちわけ》は『筆記』が3600、『実技』が4800、『実習』は3600ずつ。

『実技』に偏《かたよ》りがあるのは魔法学院の名の通り、優秀な魔法の使い手が求められているから。

進級条件の単位数は、二年生になるには1000、三年生になるには2000……。

最終的に学院を卒業するには6000と、1000ずつ増えていく計算。

そして、『塔』に進学するために必要な単位数は、最低でも7200。

例年、数百人はいる学年の中でも、三十人も進むことのできない狭き門。

それが至高の五杖《マギア・ヴェンデ》を目指すには避《さ》けては通れない、高く険《けわ》しい道のりなのだ！

――なんて説明を先生から受けても、僕とエルフィはちんぷんかんぷんだった。

なので、とりあえず、

「「沢山の授業に合格して、7200の単位をもらわないと『夕日』を見れない！」」

という結論を合言葉《あいことば》に、学院生活に精《せい》を出すこととなった。

属性検査を終えて自分の魔法属性を知った僕達が受けるようになったのは、まず必修《ひっしゅう》授業。

『魔法基礎』、『詠唱術』、『歴史学』に『迷宮学』などなど。

世界の成り立ちや魔法の基礎について、みっちり勉強することとなった。

先生達はみんな厳《きび》しく、授業の速度が早くて、僕なんかはついていくのがやっと。

特にエドワルド先生は大勢の生徒達に怖がられて、

「この程度の問いにも答えられないとは……全くもって度《ど》し難《がた》い。私と付きっ切りの講習を受けたいとでも？　こちらの時間を浪費《ろうひ》する以上、否《いや》が応《おう》でも生まれ変わってもらうが？」

と言われる度《たび》にガクガクと震え、みんな赤点を取らないよう死にもの狂いで勉強した。

エドワルド先生担当の『魔源学史《まげんがくし》』が憂鬱《ゆううつ》になるのは生徒なら一度は通る道らしい（ちなみにエドワルド先生は陰で『蛇《へび》』なんて言われてるらしく、僕は汗をかいてしまった）。

『魔源学史』など『筆記』の授業に魔法属性は関係なく、あのシオンとも鉢合《はちあ》わせになって、

「平民！　そこは僕達の席だ！　どけっ！」

「ひっ⁉　ご、ごめんっ！」

なんて一悶着《ひともんちゃく》があったりなかったり。

エルフィが無言で人差し指を向けて「ひっ⁉」とシオンが怯《おび》え返すのが、お決まりの通例《パターン》。

僕がよく止める羽目《はめ》となり、シオンにはすっかり目の敵《かたき》にされてる気がする。

『筆記』の他に行うのは、『実技』の授業。

僕達は『水のクラス』で、あのユリウスとも毎日顔《かお》を合わせる。

ただユリウスも、シオンと同じようにエルフィの前ではたじたじになっちゃうみたいで、

「ご、ご機嫌麗《うるわ》しゅう、エルファリア様。……で、では私はこれでっ」

「……ウィル。私、最近『魔王』扱いされてて、悲しい」

「あ、うん……ソウダネ」

こんな風にそそくさと逃げ出すものだから、エルフィが微妙に落ち込んでた。

これには僕も流石《さすが》に助けになれそうになかったけど、

「……決めた。今日から私、『聖女』になる！」

次の日の朝にはそんなことをおっしゃってたから、多分《たぶん》大丈夫だと思う。

「ある意味、今の君達にとって攻撃魔法より重要度が高いのが『水の書』《しょ》十七頁《ページ》に載《の》っている『水鏡《アクルム》』だ。敵の攻撃から身を守る『障壁魔法』。こちらは魔法耐性が高く、どちらかとい

うと対魔導士戦《たいメイジせん》が想定されている。逆に物理攻撃に強いのは『氷の書』に載っている『氷壁《フォール》』だが、ダンジョンの浅層《せんそう》ならば『水鏡《アクルム》』でも十分に通用する。そこは安心していい——」

授業では、ワークナー先生から何個か魔法を教えてもらった。

下位呪文の『攻撃魔法』や『障壁魔法』。

それ以外にも『共通魔法《コモン・マジック》』と言って、どの属性の魔導士《メイジ》も使える基本の魔法も教わった。

敵を感知して異常を察知する『探知《サーチ》』。

特殊な鉱石や植物、物質を詳しく調べる『解析《アナリシス》』。

視界の奥にある存在を拡大して見る『望遠《ズーム》』。

今まで知らなかった魔法を教えてもらう度《たび》に興奮したし、緊張もした。

これらは全て迷宮の中で自分達の命を守るためのものだと、わかってしまったから。

『筆記』と『実技』の授業に毎日明《あ》け暮《く》れて。

男子寮に忍び込んでくるエルフィを止めることができず、毎夜《まいよ》同じ寝台《ベッド》で一緒に寝て。

そんな日々を過ごして、ちょうど一ヵ月が経った頃。

『筆記』、『実技』に次ぐ最後の授業、『実習』が解放された。

そう、ダンジョンの探索だ。

「ウィル、早く！　クラスのみんなはもう『入口』に行ってるよ！」

「う、うんっ！」

三《スザ》の月、十六の日。第三週『闇《やみ》の曜《よう》』。

僕とエルフィは魔法学院を出て、都《みやこ》の大通りを走っていた。

『リガーデン魔法学院』が建つのは、世界最大の都『魔導の央都《ウルブ・リガーデン》』の中心地。

『塔』とともに築《きず》かれ、沢山の施設が併設《へいせつ》された学院敷地内《しきちない》に、その『入口《いりぐち》』は存在しない。

一説には、『塔』の被害を抑えるために離れた場所に作られた、なんて言われている。

つまり、凶悪な魔物がその『入口』から溢《あふ》れ返った時に備《そな》えて、という意味だ。

そんな恐ろしい魔物が棲息《せいそく》する『怪物の坩堝《るつぼ》』に、僕達は今日、初めて飛び込むんだ。

「ここが……『深界《しんかい》の門』」

いつもの学院の制服とマントを揺らしていた僕は、エルフィと並んで、そこに辿り着く。

魔法学院から見て真南《まみなみ》に、その巨大な建造物は建《た》っていた。

『深界《しんかい》の門』。

地下迷宮『ダンジョン』の入口。

建物は『柱』にも似た巨大な円柱と、石造りの門からできていた。

魔法学院と同じくらい、見上げれば首が痛くなるほど大きくて、高い。

意匠を凝《こ》らされた門そのものは一見聖堂《せいどう》にも思えるけど、随所《ずいしょ》に悪魔の彫像《ガーゴイル》が座っている。

どれも翼《つばさ》を生やしてこちらを見下《みお》ろしており、今にも動き出しそうだ。

両腕が異様に長い悪魔の骸骨《がいこつ》が、地獄へようこそ、なんて手招いているようにも見える。

その厳《いかめ》しい威容《いよう》に、僕はごくりと喉を鳴らしてしまった。

「どうしよう、胸がうるさくなってきた……」

「私も……」

「あ、あんなに魔法を勉強したんだから、モンスターなんて倒せるさ！」

既《すで》に門前に集まっていた多くの生徒も、どうやら緊張感と無縁《むえん》ではいられないらしい。

男子も女子も、『水のクラス』以外の生徒も、自分の短杖《ワンド》を何度も確かめている。

魔法の教育を受けてきた貴族の子も、今ばかりは表情が硬《かた》い。

僕が『エリート組』だと思っていた生徒だって、落ち着いている子の方が圧倒的に少ない。

冷静に見えるのは、髪を指で巻いているユリウス。

あとは金《ブロンド》の髪に装髪具《ヘアバンド》をした、『雷《いかずち》のクラス』の小柄な女の子くらい。

――今から、この門をくぐって、ダンジョンにもぐるんだ。

そう思った途端《とたん》、手の平が湿《しめ》り出す。

周囲の生徒と負けず劣らず、ガチガチに固まった彫像になっていると――。

「どいて」

酷《ひど》く抑揚《よくよう》がなくて、温度を感じられない声が、僕の首筋《くびすじ》を凍らせた。

びっくりしながら振り向くと、そこでまた、二重《にじゅう》の驚愕《きょうがく》に襲われた。

背後に立っていたのは、一人の女の子だった。

腰を越えるほどに長い、黄水晶《シトリン》の色の髪。

全く手入《てい》れをしていないのか、ぼさぼさでちっともまとめられていない。

青白い肌は血《ち》の気《け》が全く感じられず、まともな食事を摂《と》っているのかも疑《うたが》わしい。

だけど最も目を引くのは、その『瞳《ひとみ》』だ。

髪と同じ色の筈《はず》の双眸《そうぼう》は、何も映していなかった。ただただ黒くて、昏い。

真っ黒に染まった虚《うつ》ろな硝子《がらす》に見つめられている、そんな錯覚《さっかく》さえ受ける。

本来ならエルフィにも劣《おと》らない美少女の筈なのに、そう見えない。感じられない。

世界に絶望している廃人《はいじん》のような雰囲気《ふんいき》に押《お》され、僕の足は、勝手に道を譲《ゆず》っていた。

「…………」

僕達と同じ制服を着た女生徒は、無言で目の前を通り過ぎていく。

その間際《まぎわ》、くん、と。

唇のすぐ上を撫でた香りに、僕は鼻を揺《ゆ》らしていた。

変わった『花』の香り。これはたしか……。

(黒涙花《ノエリス》……？)

医業《いぎょう》に携《たずさ》わっていたという、お義父《とう》さんの部屋で一度だけ嗅《か》いだことがある。

甘く、けれどひんやりと涼しい独特の香りに、思わず少女の後ろ姿を目で追っていると、

「ウィル！　私以外の女の子、じろじろ見ちゃダメー！」

「でゅおわァ!?」

背中にエルフィの体当たりが直撃した！

後ろから抱きつかれて前につんのめり、何とか踏みとどまるも——シュタ！　と。

素早く僕の背中から離れて着地したエルフィに、また詰《つ》め寄《よ》られる！

「女の子をくんくん嗅《か》ぐなんて、いけないいんだよ！　いやらしい！」

「え、あ、ごっ、ごめんなさい!?」

「ウィルをそんな風《ふう》に育てた覚えはありません！」

確かにそれはそうだ！　と慌《あわ》てて謝るけど、エルフィって僕のお母さんだっけ？

指を立てて怒る幼馴染《おさななじみ》に頭を下げつつ首を傾《かし》げていると……おかわりとばかりに、

「おい平民ッ！　コレットに無礼な真似《まね》をするな！」

「うわぁ二人目のお母さん!?」

「誰がお前のお母さんだ!?　ふざけるな！」

さっきから姿が見えなかったシオンが、横から突っかかってきた。

僕の悲鳴に赤くなって怒る赤毛の男の子は、唾《つば》を飛ばす勢いでまくし立てる。

「彼女は没落《ぼつらく》したとはいえ、高貴《こうき》な血を受け継いだロワール家《け》の一人娘なんだ！　お前達が気軽《きがる》に接していい存在じゃない！」

「あの子、コレット・ロワールって言うの？」

「そう言ってるだろう！　昔、至高の五杖《マギア・ヴェンデ》も輩出《はいしゅつ》したことのある高名《こうめい》な土魔法の一族なんだぞ！　彼女と関われるのは、僕のような名家出身の魔導士《メイジ》と決まっていて――」

「もしかして、あの子のこと好きなの？」

「なっ、なななななぁ⁉　なんでわかっ、いや違うぞっ、へ、変な決めつけはよせ！　僕は名家の一員としてお前等に注意しているだけであって、コレットのことは別にっ……おい、何で親指を上げてるんだ？　何で今まで見たことないイイ笑みを浮かべてる⁉　片目閉じ《ウインク》をするなぁ！　『がんばって☆』じゃない！　おい待てっ、誤解するなァァァァァ‼」

さっきの女の子について説明していたシオンは、どんどん真っ赤になっていった。

エルフィも質問していくうちにどんどんノリノリになって、応援し始める始末。

シオンの後ろにいた二人の友人が、おろおろしながら止めようとしている。

けれど、それより先に「そこ！　何を騒《さわ》いでいる！」とワークナー先生の雷《かみなり》が落ちた。

全く緊張感のないシオン達やエルフィが叱られる中、僕は視界の奥を見た。

『土のクラス』らしい彼女は門をくぐり、先にダンジョンへと向かっていく。

……思い出した。

あの子も入学初日の概略説明《ガイダンス》で確かに見かけた。

この一ヶ月間、学院の生活に慣れるのに必死で忘れてたけど……。

「コレット・ロワール、か……」

彼女の名を呟《つぶや》いた僕は、大人しく、エルフィ達と一緒に叱《しか》られることにした。


『ダンジョン』。

それは『魔導の央都《ウルブ・リガーデン》』の足もとに広がる、巨大かつ天然の地下迷宮。

横は大都会がすっぽり収まるほど広く、縦は底が見えないほど深い。

誇張抜きで、ダンジョンの階層はどこまで続いているのか判明していないのだそうだ。

それほど底が知れないダンジョンの特筆《とくひつ》すべき点は、『モンスター』が産《う》まれるということ。

各階層ごと、全く異なる種族の魔物が出現し、侵入者の行く手を阻《はば》むと言われている。

深い階層に進めば進むほど、強くて危険なモンスターが現れるのも特徴の一つ。

毎年、何人もの魔導士《メイジ》が犠牲になっていて、その中には学院の生徒も含《ふく》まれているらしい。

じゃあ、『そんな危ないダンジョンにはもぐらなければいい』と思うかもしれない。

でも央都《リガーデン》、いや魔法世界がダンジョンを無視できない理由はいくつも存在する。

最《さい》たる例が貴重な地下資源。

魔導士《メイジ》の杖の材料、街を照らす魔宝灯《まほうとう》の素材、他には道具《アイテム》の原材料……。

僕達の住む世界の随所《ずいしょ》にダンジョンの資源が用いられ、生活を豊《ゆた》かにしているのだ。

その中には魔物が身に宿す宝石や稀少金属《レアメタル》も含まれていて、『骸の宝《ドロップ》』とも呼ばれている。

ダンジョンの探索及《およ》び攻略は、魔法世界の繁栄《はんえい》と同義《イコール》である……と教科書には載《の》っていた。

そして、大きな理由がもう一つ。

ダンジョンは魔導士《メイジ》にとって、格好《かっこう》の修行の場になるということ。

恐ろしいモンスター相手に魔法を磨《みが》き、『塔』に送り出す人材を育て上げる。

少しでも多くの至高の五杖《マギア・ヴェンデ》候補を生むために。

偽りの空を形作る『大結界』を永久《えいきゅう》に維持《いじ》するために。

今も魔法世界を狙っていると言われている、『天上《てんじょう》の侵略者《しんりゃくしゃ》』に対抗するために。


『全てはダンジョンから生まれる。

魔の子らよ。

知識《ちしき》と知恵《ちえ》をもって踏破《とうは》せよ。

未知《みち》を既知《きち》に変え、攻略せよ。

全ては繋《つな》がっている――』


偉大なる魔法世界の始祖《しそ》、『魔女王メルセデス』はそんな言葉を遺《のこ》したらしい。

僕達が目指す『塔』——『魔法使いの塔《メルセデス・カウリス》』を築き上げた魔女王様の教え。

それに従《したが》い、新しく学院の一員となった魔導士《メイジ》の卵《たまご》達も今日、迷宮《ダンジョン》に初挑戦するのだ。

「く……暗い……」

「ウィル、私の手を離さないでね?」

そんな中、僕は情けなくも、エルフィと手を繋ぎながら長い階段を下っていた。

『深界《しんかい》の門』の一階大広間《ロビー》で、警備隊と魔法学院の準職員さん達に見送られたのが少し前。

ぽっかり口を開けた大穴は、どこまでも暗かった。

今は巨大な螺旋《らせん》階段を歩いているらしいけど、僕にはそれがちっともわからない。

真っ暗で、まったく視界が利《き》かないからだ。

だけどエルフィや、他の生徒は違う。

「平民、お前楽園《リザンス》の住人のくせに、この程度の闇も見通せないのか?」

「『闇目《やめ》』が利かないなんて、妖精《エルフ》か、それか土の民《ドワーフ》かよ?」

「ははははっ! 土の民《ドワーフ》じゃあ魔法は使えないだろう!」

シオンや、彼の友人……確かリリールとゴードンの笑い声が聞こえる。

シオン達が近くにいて、思いきり馬鹿にされてるみたいだけど、言い返す余裕もない。

彼等の言う通り、僕はこのダンジョンの闇に何も抗《あらが》えていないのだから。

——僕が孤児院で義弟《おとうと》達や義妹《いもうと》達に馬鹿にされていた、もう一つの理由。

それが魔法を使えない以外にも、この『闇目《やめ》』が利かないということだった。

僕達『楽園の住人《リザンス》』と呼ばれる種族は、『闇に強い種族』と言われている。

多少の暗闇なんて全く問題にならず、遥《はる》か先の光景も楽々と見通せるほど。

それなのに僕は、生まれつき『闇目《やめ》』の能力が弱かった。

『夜』になると義弟《おとうと》達や義妹《いもうと》達の姿を見失うのはしょっちゅう。

悪戯《いたずら》でよく驚《おどろ》かされては、情けない悲鳴を上げていた。

お義父《とう》さんが作ってくれたこの特製の眼鏡で、それも多少はマシになったんだけど……。

（『大結界』の光が照らす地上とは全然違う……。ダンジョンの中は本当に真《ま》っ暗闇《くらやみ》だ！）

光源《こうげん》が一切存在しない地下迷宮は、原始的な恐怖をかき立ててくる。

でも一番の問題は僕だけが困ってるということ。

他の生徒達にとって全く問題がないということ。

当然だ。『闇目《やめ》』がしっかり利いているシオン達は、何も不自由なんてないんだから。

だから……僕がここで自分勝手に灯りでもつけようものなら、非難《ひなん》の嵐を浴びる。

『眩《まぶ》しい！』

『目を潰す気か！』

『ふざけんな！』

……そんな罵倒の声がありありと想像できてしまう。

僕みたいなやつがいるなんて、引率《いんそつ》の先生達だって考えてもいないだろう。

僕も一人だけ特別扱いされるのは心苦しいし、迷惑をかけたくない。

そんな瘦《や》せ我慢にも似た一念で、ワークナー先生にも黙《だま》っていた。

黙っていたんだけど……やっぱりエルフィの言う通り、自己申告すれば良かったかも。

（エルフには闇を見通せる魔法があるらしいけど、楽園《リザンス》の住人は覚えられないって聞くし……。

何で僕はこんなダメなやつなんだろう……）

魔法を使えるようになって忘れていた劣等感が、少しだけ顔を出してしまう。

命を失う可能性もあるダンジョンで、変な見栄《みえ》を張るべきじゃなかった。

そんな後悔を抱えながら、階段をおそるおそる下っていく。

エルフィが無言で、ジロリと睨《にら》みでも利かせたのだろうか。

シオン達は「「「ひっ！」」」と声を上げたきり、静かになっていた。

そして……。

「ここがダンジョン1層、『常闇の庭《とこやみのにわ》』だ！」

階段を下りきった先、土の地面を踏みしめるとともに、ワークナー先生の声が響いた。

真っ暗闇で、周囲の状況は相変わらずわからない。

だから授業で習ったダンジョンの知識を、頭の中で引《ひ》っくり返す。

『常闇《とこやみ》の庭《にわ》』。

1層から2層まで続く暗闇の領域で、ダンジョン入門の浅層地帯《せんそうエリア》。

洞窟状《どうくつじょう》の迷路構造をとり、各通路は幅広く、天井も高い。

出現するモンスターは当然、ダンジョンの中で最も弱い種族ばかり。

強い個体はいるけど、魔導士《メイジ》見習いの学院一年生でも徒党さえ組めば基本問題はない……。

（……けど、何も見えない僕は、まともに戦うどころじゃない！）

モンスターはもう近くにいるのだろうか？　成功した試しはないけど『探知《サーチ》』を使うべき？

既に軽いパニックになりかけてる。

そんな僕の手をエルフィが安心させるように握り直してくれる中、指示の声が飛ぶ。

「この先に『広間《ルーム》』が存在する！　君達にはそこでモンスターを相手取ってもらう！」

『水のクラス』と一緒にダンジョンに降りたのは、『炎のクラス』。

生徒全員がワークナー先生の話に耳を傾《かたむ》けていることが、気配でわかった。

「魔法の間合いを見誤《みあやま》るな！　他の生徒を射線に入れないようくれぐれも注意すること！

また、炎の魔法は闇に慣れた目に負荷をかける。『光滅の目薬《ローク》』を忘れず差しておくように！

落ち着いて対処すれば、今の君達なら十分にモンスターと戦える！」

間もなく、ざっざっ、と生徒達が移動を始める。

エルフィに優しく導かれ、僕も足音の列に従う。

生徒達の行進《こうしん》はすぐに止まった。

広い空間……ワークナー先生の言っていた『広間《ルーム》』に着いたんだ。

やっぱり、何も見えない。

だけど、ソレはしっかり聞こえた。

『ググルゥ……！』

モンスターの……恐ろしい唸《うな》り声！

闇に浮かび上がるのは、いくつもの眼光！

生徒達の息を呑《の》む声とともに、一斉に呪文の合唱《がっしょう》が始まる。

「**水よ、奉《たてまつ》れ！**」

「**青流の侍者《クリスト・リース》！**」

水流の噴出音。『水のクラス』のみんなが放つ一斉射撃。

続くのは怪物と思《おぼ》しき野太《のぶと》い悲鳴！

見えない！　見えない！　……見えた！

「**蒼氷の詩人《グラス・イーティア》！**」

すぐ隣にいるエルフィが繰り出した氷魔法。

蒼い氷柱《つらら》のきらめきが闇を切り裂き、目をずっと細めていた僕の視界がそれを映す。

拳大《こぶしだい》ほどの球体の体躯《たいく》に、そこから伸びた蝙蝠《こうもり》の翼。

真ん中にあるのは僕達の目より大きな単眼。

あれは――『レッサー・ゲイザー』！

『ギキィ⁉』

エルフィの氷魔法が命中し、『レッサー・ゲイザー』が鼠《ねずみ》にも似た金切り声を上げる。

翼と体軀の一部を抉《えぐ》られ、地面に落下する。

力を失ったように動きを止めた後、ボシュウ、と音を立てて黒い煙を吐き出した。

自分が倒したわけでもないのに……どっ、と僕は全身から汗を流してしまった。

「一発で……。すごいね、エルフィ……」

「ウィルのおかげだよ！」

「いや、僕なにもしてないよ……」

「そんなことないよ！　手を握ってくれてたおかげで、魔力《パワー》がもりもり！」

はしゃぐ幼馴染《おさななじみ》に苦笑いしつつ、モンスターが倒れた辺りに視線を戻した。

エルフィが放った氷柱《つらら》が壁に刺さり、今もぼんやり光ってるおかげで何とか見える。

『レッサー・ゲイザー』は、『ゲイザー種《しゅ》』と呼ばれる単眼に翼を生やした有翼《ゆうよく》系の魔物。

ゲイザー種《しゅ》の中でも最も弱いとされる個体で、攻撃方法は体当たりくらい。

その代わり宙《ちゅう》を自在に飛行することから、魔法が当てづらいのだそうだ。

（攻撃されても重傷の心配はほとんどないから、魔導士《メイジ》見習いの訓練相手にはちょうどいい……って教科書に書いてあったっけ）

じゃあ一発で当てちゃったエルフィって何なの？　という話になるけど……。

エルフィがすごいことは今に始まったことじゃないし、きっと今更《いまさら》だろう。

「よくやったな、エルファリア」

「ワークナー先生」

「では、『魔素《まそ》』を短杖《ワンド》に吸収するんだ」

足音が響いて、僕達の近くにワークナー先生の輪郭《りんかく》がぼんやり浮かぶ。

エルフィは素直に頷いて、短杖《ワンド》を胸の辺りに持ち上げた。

目を瞑《つむ》って念じていたかと思うと、杖の柄頭《つかがしら》に取り付けられた結晶が輝く。

すると倒した魔物《レッサー・ゲイザー》から上がっていた黒い煙――『魔素《まそ》』が、杖に吸い込まれていく。

「これが『魔素』の吸収だ。授業でも触れたが、この作業を行うことで杖が記録媒体《ばいたい》となる」

「これで先生達は、杖を調べれば生徒がどんなモンスターを倒したのかわかるようになる……でしたよね？」

「そうだ、ウィル。逆に言えば、この『魔素』の吸収を行わなければ、せっかくモンスターを倒しても『単位』は与えられないから注意するんだ」

僕が代わりに答えていると、ちょうどエルフィの吸収作業が終わる。

ワークナー先生が、よし、と頷いた。

「『レッサー・ゲイザー』の撃破を確認。エルファリア・セルフォルトに単位1を与える」

「やった！」

「おめでとう、エルフィ！」

一緒に『夕日』を見るための第一歩！

喜ぶエルフィを、僕は自分のことのように祝福した。

ワークナー先生はそれから、広間中《ルーム》に声を響かせる。

「モンスターの亡骸《なきがら》から発生した『魔素《まそ》』は必ず吸収すること！　たとえ撃破済みで『単位』をもらっていたとしてもだ！　『魔素』を放置しておくと、ダンジョンが取り込んで強大なモンスターを産出《さんしゅつ》する可能性がはね上がる！」

「「「はい！」」」

ワークナー先生の怖い警告に、生徒達は忘れないとばかりに大きな返事をする。

この頃になると、エルフィ以外の生徒も落ち着くようになっていた。

魔法が当たらなかったり、発動せず不発に終わっていた子も、先生達の指導に耳を傾ける。

ワークナー先生や他の先生の目が届く範囲で、どんどんとモンスターを倒していった。

僕も慣れない闇に苦戦しつつ、『レッサー・ゲイザー』の一匹を撃ち落とすことができた。

エルフィの照準《しょうじゅん》指示に従って、ようやくだったけど。

「うわぁあああああ⁉」

「落ち着きなさい、ロイ！」

中には『レッサー・ゲイザー』以外のモンスターに襲われ、混乱する生徒もいた。

四つ足で鋭い牙を持つ『シャドウ・ウルフ』。

全長が二M《メール》を超《こ》えるムカデのモンスター『ブラック・センチピード』。

魔法が直撃しても倒れず、障壁魔法も間に合わず、肌を切り裂かれる。

血を流し、泣きながら腕を押さえながら、先生達に支えられる数人の生徒。

それを見て、気が緩んで笑っていた生徒達も、緊張感を纏《まと》い直《なお》した。

この一ヵ月間、知識や魔法をみっちり叩き込まれた理由が、はっきりわかった。

万全を期《き》すため。しっかり準備して、この迷宮の闇に呑《の》み込《こ》まれないようにするためだ。

油断も、慢心もできない。他の生徒達と同じように、僕はそう思った。

「シオン！　貴様、ふざけるな！　雑魚《ざこ》のモンスター相手にそんな馬鹿みたいな炎をお見舞いして！　私の目を潰す気か⁉」

「ワークナー先生に『光滅《ローク》の目薬』をしっかり差すよう言われてたじゃないか。それに、先に僕の獲物を奪ったのはそっちだろう！」

と、広間《ルーム》の一角がやけに明るくなったかと思うと、怒鳴り合いが始まる。

シオンとユリウスだ。燃える炎を背に、口喧嘩《くちげんか》をしている。

周囲が明るくなって僕は助かるけど……ユリウスは大層お冠《かんむり》らしい。

そうこうしてるうちに、シオンの取り巻きとユリウスの取り巻きが睨《にら》み合《あ》う。

それだけじゃなく、『炎のクラス』と『水のクラス』の生徒同士も険悪《けんあく》な空気を纏う。

「はぁ……こんなところで『恒例行事』を始めるな、お前達！　ここはダンジョンだぞ！　死にたいのか！」

それを見て、溜息《ためいき》交じりにワークナー先生が仲裁《ちゅうさい》に入った。

「二人とも名家の生まれなのに……仲、悪いのかな？」

「う～～ん……どうなんだろう。炎と水だから……？」

離れた場所にいるエルフィと僕は、そんな会話をするしかない。

呆《あき》れ返る他の先生達は、生徒に危険が及ばないよう周囲をしっかり見張る。

構えられた短杖《ワンド》から発動するのは放射状の魔力の波。あれは、『探知《サーチ》』だ。

周囲に怪しい魔物の反応はないか、生徒の人数は足りているか、確かめているんだろう。

炎と水のクラスを足《た》せば生徒数は五十を軽く超えているし、広間《ルーム》も広い。

目視だけじゃあ、全て注意しきることはできないんだろう。

手持ち無沙汰《ぶさた》の時間が続き、ようやくシオン達の喧嘩が収《おさ》まろうとしていると、

「ワークナー！　ここに『土』の生徒は来たか⁉」

『騒動』は途切《とぎ》れなかった。

奥の通路から、学院の先生が血相を変えて広間《ルーム》に飛び込んできたのだ。

「私達が担当していた広間《ルーム》から生徒が一人、姿を消した！」

「なんだって⁉　何をしていた、フェルディ！」

「すまない……。だがモンスターに襲われたのではなく、私達の目を盗んで自ら離れたとしか思えない！　『探知《サーチ》』に反応がないんだ！　間違いなく『隠密魔法《ハイド》』を使っている！」

もたらされた報《しら》せに、ワークナー先生も、僕達《ぼくたち》生徒も驚愕した。

駆《か》けつけた先生が受け持っていたのは『土のクラス』と『風のクラス』。

その中から一人の生徒が失踪《しっそう》してしまったらしい。その生徒は――。

「行方不明になっている生徒の名は⁉」

「コレット・ロワール！　『土の姫君《ひめぎみ》』だ！」

――ダンジョンに入る前、すれ違ったあの女の子！

まさかの人物に僕は愕然《がくぜん》とした。隣《となり》に立つエルフィも同じだ。

「コ、コレットが……⁉」

普段は威張《いば》ってるあのシオンさえ、さぁーっと青ざめていく。

「『魔女の眼《メイザー》』を放て！　所持している分、全てだ！　私の使い魔も呼ぶ‼」

一気に騒然《そうぜん》となるダンジョン。

先生達の指示が矢継《やつ》ぎ早《ばや》に飛び、『実習』が中断となる。

生徒達のざわめきが止まらない。そして先生達の苦悩《くのう》も伝わってくる。

一刻《いっこく》を争うのに、コレットをすぐに見つけ出す手段がないんだ！

自分のことじゃない。エルフィのことでもない。それでも汗が止まらない。
僕はあの子のことは何も知らない。……それでも！
『誰かが死ぬかもしれない』という状況は、こんなにも心臓がバクバクして、怖い！
(僕に何かできることは……⁉　いや、でもっ、僕が何かしたところで……)
もう僕はダンジョンの怖さを知ってしまっている。
生徒を傷付けて血を引きずり出すモンスターの凶悪さを。
この地下迷宮を支配する闇の恐ろしさを。
今も怯《おび》えっ放しのこんな僕に、いったい何ができるっていうんだ？
隣にいるエルフィは動きを止め、じっと何かを考えている。
もしかしたら、何か手があるのかもしれない。
もしかしなくても、エルフィに任せておいた方がいいのかもしれない。
そうだ、それがいい、そうに決まってる。
でも、だけど、それでも――。
「僕達も探しに行くぞ！」
「だ、駄目《だめ》だって、シオン⁉」
「先生達でもどうにもならないのに、俺達なんて……！」
――友人達《リリール》の手を振り払おうとする、シオンの姿が見えてしまった。

「コレットがっ、コレットが死んじゃうかもしれないんだぞ⁉」

少女のために涙を流す、その紅《あか》い瞳を見てしまった。

「じっとなんて、できない‼」

その涙が、その叫びが、僕の胸を揺さぶった。

心臓が燃えあがる。手が拳《こぶし》を作った。全身が嘶《いなな》きを上げる。

あの涙を止めたいと、誰かに泣いてほしくないと、忘れてる『記憶《なにか》』が雄叫《おたけ》びを上げる。

つまらない恐怖を、ちっぽけな『勇気《なにか》』が埋めつくす。

だから僕は。

「ウィル⁉」

走り出していた。

エルフィの手から離れ、驚くシオンに見つめられながら。

獣《けもの》じみた嗅覚《きゅうかく》が示す、甘く涼しい黒涙花《ノエリス》の香りを追って、

「ウィル、だめっ！」

背中を叩く幼馴染の制止《せいし》の声。心の中で謝りながら、それを振り切る。

エルフィは、きっとすぐに追いついてはこれないだろう。

駆《か》けっこはいつだって、僕の方が速かったから。

『常闇《とこやみ》の庭《にわ》』は洞窟状《どうくつじょう》の迷宮。

天井や壁はごつごつして、地面だって石が転がっていれば段差もある。

何より地上の『夜』なんて鼻で笑ってしまうほどの真っ暗闇。

そんなところで全力疾走《ぜんりょくしっそう》するとどうなるかというと、

「あぶっっ⁉」

転ぶし、ぶつかる。

想像すれば簡単なこと。

たとえば夜にトイレに起きて、明かりもつけず廊下を進むと思いがけない場所で体を打つ。

通り慣れた家でもそうなるんだ。

知らない道、それもダンジョンの中なら、目も当てられない状態になるのは当たり前。

つまり何が言いたいかというと……僕の体はとっくに傷だらけだということ！

「怖い！　怖いっ‼」

走りながら悲鳴を上げる。

鼻から血を流し、目に涙を溜《た》めながら、それでも両腕を振って走り続ける。

いつも思っていた。

他のみんなは、どうして暗闇を怖がらないんだ！
もし幽霊《ゆうれい》が出たらどうするの？　悪魔の手で闇の奥に引きずり込まれでもしたら？
まさに今、いきなりモンスターに襲いかかられたら、僕は心臓を吐き出す自信がある！
モンスターとばったり出くわしてないのは運がいいだけ。
黒涙花《ノエリス》の香りを追って無我夢中に走ってるけど、ダンジョンはそんなに甘くない。
『ググァァ……！』
「っ……！　モンスター！」
なんて思っていたら、正面奥《おく》、闇に浮かぶ眼光が僕を睨みつけてきた。
思わず足を止めてしまう。暗闇がすぐさま僕の体と心を縛《しば》ってきた。
まともな間合いも、周囲の地形もわからない。
このまま突っ込むのは、がぱっと開いた竜の口の中に飛び込むくらい自殺行為。
——どうする？
流れ落ちる汗と一緒に迷いが生まれた、その時だった。
服の下、胸の辺りから『蒼《あお》い光』が漏れたのは。
「えっ……？　これは……？」
驚きながら、指を引っかけた襟《えり》もとを覗く。
エルフィからもらった『蒼涙《なみだ》のペンダント』が、うっすらと光っていた。

まるで『しょうがないなぁ』と言うかのように。

呆然《ぼうぜん》としていた僕は……無意識のうちに、腰から短杖《ワンド》を引き抜いていた。

今も『蒼涙《なみだ》のペンダント』は光を放っている。

今もあの『熱』が生まれ、僕を突き動かすように、力の奔流《ほんりゅう》が右腕へ流し込まれていく。

今なら、撃てるような気がした。

「**氷よ、奏《かな》でよ！**」

エルフィと同じ『氷の魔法』が。

「**蒼氷の詩人《グラス・イーティア》！**」

眩《まばゆ》い輝きとともに、巨大な氷柱《つらら》が短杖《ワンド》から放たれる。

こちらへ飛びかかろうとした『シャドウ・ウルフ』が、氷塊《ひょうかい》に一瞬で呑《の》み込《こ》まれた。

『オオォォォォォオオ⁉』

絶叫が飛び散り、冷気が舞う。

咄嗟《とっさ》に片腕で顔を覆《おお》って、視線を前に戻すと……モンスターは消えていた。

代わりに、うっすらと光を放つ氷柱《つらら》が地面に突き刺さっていた。

淡く光輝く氷の塊は、光源としては酷《ひど》く心もとない。

でも、僅《わず》かに過ぎずとも暗闇が切り裂かれた。

「で、できたっ……！」

そして、これなら……！

前へ進む度に『蒼氷の詩人《グラス・イーティア》』を放てば、即席の『外灯《がいとう》』ができて迷宮が見えるようになる。

『闇目《やめ》』がちっとも利《き》かない僕でも、もう闇に悩《なや》まされない！

「いけるっ！」

胸の辺りに宿る頼もしい『熱』を感じながら、僕は走る速度を遠慮《えんりょ》なく上げた。


「ここでいい」

コレット・ロワールは、世界に絶望していた。

何の希望も見出《みい》だせず、夢を見ることも叶わず、未来に思いを馳《は》せることも許されない。

いつか訪れる『破滅《はめつ》』を受け入れなければならなかった。

だから彼女は死にたがっていた。

地上で死ぬことはできない。彼女の『血』とそれにまつわる力が死を遮断《しゃだん》する。

だからコレットは、地下迷宮《ダンジョン》に行《ゆ》ける今日という日を待っていた。

「……きもちわるい……」

学院の教師達の目を盗み、自分の所在まで隠して辿《たど》り着《つ》いた迷宮の奥。

暗闇の奥で蠢《うごめ》くのは、見上げるほどの図体《ずうたい》を持つ巨大な『芋虫』だった。

『ビッグボス・クロウラー』。

【這《は》いずる肉塊《にくかい》】の異名を持つモンスターで、好物は屍肉《しにく》。

腹部《ふくぶ》でのたうつ触手《しょくしゅ》で獲物を絡《から》め取り、虫とは思えぬ巨大な顎《あぎと》で咀嚼《そしゃく》する。

硬《かた》い皮は下位魔法の直撃程度ならば何発も耐《た》え凌《しの》いでしまう。

1層の中でも最も危険なモンスターの一体。

魔法学院が定める単位数は2。

学院教師が、入学したばかりの一年生には必ず戦闘を避けさせる、常闇《とこやみ》の処刑者だ。

周りを見れば、他のモンスター達も集まってきていた。

親玉《ビッグボス》が行儀悪く食い散らした残飯《ざんぱん》に与《あずか》ろうというのだろう。

「でも……あなたでいい……」

うぞうぞ、とうねる触手に、少女の線の細い横顔が生理的嫌悪を帯びる。

しかし、そのがらんどうの瞳には恐怖の欠片もない。

昏《くら》く虚《うつ》ろな瞳は、魔物を通して終焉《しゅうえん》の死を見つめている。

戦意を感じさせず、ぼうっとたたずむ獲物を、ただの『食料』と判断したのか。

『ビッグボス・クロウラー』は無警戒に距離を詰め、がぱっ、とその醜悪《しゅうあく》な顎《あぎと》を開いた。

ぼとぼとと粘液《ねんえき》が落ちる。

左右に伸びた触手が、少女の肩や腕に巻き付こうとする。

理想の死とはほど遠い腐臭《ふしゅう》を浴びながら、コレットは目を閉じようとした。

「待ったぁあああああああああああああああああああっ‼」

だが、できなかった。

凄《すさ》まじい大声とともに、一人の少年が、飛び込んできたから。

『グギョオ⁉』

「…………え？」

大きな横っ腹に渾身《こんしん》の突撃《タックル》が炸裂《さくれつ》し、『ビッグボス・クロウラー』が吹き飛ぶ。

芋虫の叫喚《きょうかん》が上がり、コレットの呟《つぶや》きが唇《くちびる》からこぼれ落ちる。

少女が望んでいた『死』は、見ず知らずの少年に、あっさりと取り上げられてしまった。


「間に合った……！」

体当たりした時にべったりとついた粘液にヒィヒィ言いながら、僕は短杖《ワンド》を構えた。

すぐ後ろには、ぼーっと立っているコレット・ロワール。

彼女を背中で庇《かば》いながら、まだたっぷりといるモンスターの輪《わ》を見回す。

(どうしてこんなことしたの、って聞きたいところだけど……！)

そんな余裕はなさそうだ。

怪物の親玉《ビッグボス・クロウラー》を吹っ飛ばした僕に敵意が集中し、魔物の群れが襲いかかってくる！

『ゴルゥアアァァ！』

「っ……！　**水よ、奉《たてまつ》れ！**」

最初に飛びかかってきたのは、『ワンアイズ・フレイムジュエル』！

『火の紅宝《フレイムジュエル》』と呼ばれる宝玉の片眼を持つ珍しい小鬼《ゴブリン》種で、単位数は2。

炎魔法は勿論のこと、その紅い宝玉の目に衝撃を加えれば爆発してしまう。

自爆に巻き込まれないためには、顔への攻撃は避けるか――水魔法を使うこと！

「**青流の侍者《クリスト・リース》！**」

『ゴビャアッ⁉』

杖から勢いよく放出した水流によって小鬼《ゴブリン》が壁に叩きつけられ、ぐったりと動かなくなる。

けれど、それを見届ける余裕もなく、他のモンスター達が突っ込んでくる。

コレットを庇いながら『青流の侍者《クリスト・リース》』を何度も撃つけれど……全然減《へ》らない！

このままじゃ埒《らち》が明かない！

取り囲まれて、周囲から一斉に攻撃されても終わる！

（あぁ――面倒くさい）

追い込まれている状況を前に、そんな乱暴な思考が過《よぎ》る。

必死に抵抗をし過ぎて、魔法学院に来てから初めて、短杖《ワンド》を放り投げそうになる。

（これなら、直接殴りかかった方が――）

お義父《とう》さんに、きつく止められている『力』。

ソレを使おうと拳をぎゅっと握り込んだ瞬間――『吹雪』が轟《とどろ》いた。

『ギイイイイイイイイイアッ⁉』

「えっ⁉」

「ウィル、平気⁉」

エルフィだ！

僕を追ってきたのか、凄まじい吹雪の魔法を繰り出して、モンスターを一掃《いっそう》してしまう！

す、すごすぎる……。

これ、僕が余計なことをしなくても、エルフィ一人で何とかなったんじゃあ……。

「ウィル！　あとでお説教だから！」

「は、はいっ」

「それと、貴方《あなた》！　貴方のせいで……！」

「……」

息を切らしながら目の前で立ち止まったエルフィは、僕に怒った。

そして、僕の背後にいるコレットのことも睨んだ。

見てる僕がどきっとしてしまうくらい、余裕のない眼差《まなざ》しで。

「……戻ろう、ウィル。先生達にバレる前に」

「えっ？　ちょ、ちょっと待って、エルフィ！　二人だけじゃ戻れないよ！　せっかく助けたのに、この子が……！」

「私が結界を張っておくから！　モンスターが来ても指一本触れさせないし、先生達がすぐに見つけてくれる！　だから、早く！」

エルフィはそう言うと短杖《ワンド》を振って、まだ習ってもない『結界魔法』を発動させた。

コレットの周囲が青い半球形の膜《まく》に覆《おお》われる。

「このことを誰かに言ったら……許さないから！」

「……」

最後にエルフィは、もう一度コレットのことを睨み、叫んだ。

コレットはさっきからずっと変わらず、無言で僕達を眺《なが》めているだけだった。

「行こう、ウィル！」

「あ、ちょ……!?　えっとっ、気を付けて！」

エルフィに手を引っ張られ、その場を立ち去る直前。
僕は振り返って、お人形みたいな女の子にそう言った。
どんどん遠ざかる中、彼女は身動《みじろ》き一つせず、やっぱり僕達のことを見つめていた。

「………………」
もう少年も、少女も見えない。
彼等は慌ただしくダンジョンの奥へ消えてしまった。
一人取り残されたコレットは、無言で歩き出した。
結界の中に転がっている一体のモンスターの前で足を止め、見下ろす。
それはウィルが体当たりをした『ビッグボス・クロウラー』だった。
「……死んでる」
単位数2の怪物は、吐瀉物《としゃぶつ》をまき散らし、息絶えていた。
あの体当たり一発で？
魔法も使っていないのに？
彼は何者？

常に無感動だった昏《くら》い双眸《そうぼう》が、驚きを始めとした感情に揺《ゆ》れる。

黄水晶《シトリン》の瞳に最後に宿るのは、ほんの僅かな『興味』だった。

「……」

モンスターから、行き場を失った『魔素』が立ち昇《のぼ》り、漂《ただよ》う。

コレットはそれをぼうっと眺めた後、短杖《ワンド》を胸に抱き、吸収した。

それでも、自分を助けた少年のことは何もわからない。

「……変なの」

少女は、ぽつりと呟いた。


「ウィル、私のことわかる⁉」

ワークナー先生達にバレないようシオン達のところに戻る――どころか。

ダンジョンを出て『深界《しんかい》の門』の裏手まで僕を連れてきたエルフィは、開口《かいこう》一番、そんなことを尋《たず》ねてきた。

「何か忘れてない⁉　平気⁉」

「な、何も忘れてないよ……。どうしちゃったの、エルフィ？」

小さく柔らかい手が、僕の両肩を摑む。

必死に摑《つか》んで、何度だって同じことを確かめてくる。

エルフィの質問の意味がわからなくて、僕は戸惑《とまど》うばかりだった。

「……大丈夫なら、いいの。寮に戻ろう？」

「ええっ⁉　そんなことしたら、ワークナー先生に怒られちゃうよ……？」

「ウィルをもう、危ない場所に連れていきたくない」

一瞬《いっしゅん》元気がなくなったかと思うと、エルフィは再び僕の手を引いて、歩き出した。

抗議《こうぎ》の声に意味はない。

エルフィがこうなったら止められないと、僕もわかっていた。

ちょっと心配性過《しんぱいしょうす》ぎるエルフィに、どうしたんだろう、と思いつつ、素直に従う。

「……？」

その時。

視界を一瞬横切った『それ』に、ふと気になって、手を伸ばした。

前髪のあたり。手の平の上には、抜けた一本の髪の毛。

その色は――。

（白くなってる……？）

エルフィに手を引かれながら、真っ白な髪を見下ろしながら。

何もわからない僕の戸惑いは、深まるばかりだった。

chapter 3

三章

暴かれる真実

Wistoria's
Wand and Sord
GrimoActa

「ん～～～っ……」

広々とした職員室にある自分の机で、ワークナーは難しい顔を浮かべていた。

巨大な窓から『大結界』の光が差し込む『昼』の時間帯。

周囲では、束《つか》の間《ま》の休憩《きゅうけい》を満喫《まんきつ》する教師達がちらほらと見受けられる。

真面目《まじめ》な者は杖《つえ》を振るい、何十の羊皮紙を宙《ちゅう》に浮かべ、次の授業の問題集をまとめていた。

不真面目な者は魔法情報誌《タブレー》を広げ、堂々《どうどう》と競鷲馬《ヒポグリフ・レーシング》の予想に熱を上げている。

そんな中、ワークナーは唸《うな》りながら、机に広げた資料を見下ろしていた。

(おかしい、よな……。やっぱり、おかしい。あの子は……ウィルは)

それは今日までつけてきた『水のクラス』一年生、各生徒の評価表だった。

これは現在休暇《きゅうか》中の教師、ブルーノ・マルカスに渡すためのものだ。

本来、『水のクラス』を受け持つのは水の魔導士《メイジ》である彼。

同僚《どうりょう》に淀《よど》みなく引《ひ》き継《つ》ぎができるよう、生徒達の情報を書き記しているのだが、

「水や氷の属性魔法が使えるのに、共通魔法《コモン・マジック》が使えない……。そんなことがあるのか？」

ウィル・セルフォルトという一人の生徒に、頭を悩ませていた。

資料が示す通り、ウィルの今日までの属性魔法の評価は満点に近い。

攻撃魔法も障壁魔法も、ダンジョンで十分通用するレベルで運用できている。

だが、『探知《サーチ》』や『解析《アナリシス》』を始めとした共通魔法《コモン・マジック》が使えない。成功率はゼロ。

本来ならば、逆だ。

共通魔法《コモン・マジック》は魔力を持つ者ならば誰でも扱える。

効果の差はあれ、魔導士《メイジ》の肩書きがない一般人にも普及しているほどだ。

普通は属性魔法を扱うことの方が、よっぽど困難である。

「現象として発現する水魔法や氷魔法は使えるのに、内的《ないてき》に作用する共通魔法《コモン・マジック》だけ発動しない……いや発動しているが、ウィル自身が効果を知覚《ちかく》できていない？　魔力に紐《ひも》づく情報を自覚していないのか？　……駄目《だめ》だ、わからん！」

ブツブツと散々《さんざん》呟《つぶや》いた後、結局《けっきょく》仰《の》け反《ぞ》って、頭を抱えてしまう。

真っ当な定規《じょうぎ》で測れないのなら、教師としては不正行為を疑わなければならないのだが、

（いや、それだけはない）

ワークナーはことウィル・セルフォルトに関しては、その一点だけは確信している。

（ウィルに限って不正などしている筈《はず》がない。あの子は根が真面目で、努力家で、優しすぎる。

自分が違法なことを犯《おか》していると知ったら、むしろ泣き出してしまうような子だ）

今年で二十一になるワークナーは、教師の中ではまだ若輩者《じゃくはいもの》と言っていい。

しかしまだ若い彼の目から見ても、ウィル・セルフォルトは健気《けなげ》な模範生《もはんせい》だった。

正直に言えば、好《この》ましい、と思っている。

貴族の生まれではない、同じ平民として応援もしている。

教師としてはあまりよくないことだが、きっと肩も持ってしまっているだろう。

幼馴染《おさななじみ》との夢を叶《かな》えようと日々《ひび》努力し、邁進《まいしん》するウィルの姿は微笑《ほほえ》ましい。

大人の目から見れば、いっそ美しくすらある。

贔屓《ひいき》は決してできないが、頑張ってほしい、その努力が報《むく》われてほしい。

一人の教師として、ワークナーはそう願っている。

（だから疑《うたが》えない。疑いたくない。疑うのであれば、あの子ではなく、もっと別の――）

ズレ落ちた眼鏡《めがね》を指で直し、そこまで考えた時だった。

コツ、コツ、と靴音を鳴らし、一人の教師が歩み寄ってきたのは。

「ワークナー。話がある」

「エドワルド先生……」

男性にしては長い漆黒《しっこく》の髪を揺《ゆ》らすエドワルドが、ワークナーの机の横で立ち止まる。

彼はワークナーと同い年ながら、既に教師として遥《はる》かに貫禄《かんろく》がある闇の魔導士《メイジ》だった。

一方で高圧的なあまり、生徒達に恐れられていることもワークナーはしっかり知っている。

「何でしょうか、話とは？」

「エルファリア・セルフォルトのことだ」

ちょうど『同じこと』を考えていたこともあって。

ウィルと同じ姓《せい》を持つ少女の名を聞いたワークナーは少々、鼓動《こどう》を乱《みだ》した。

「今はお前がアレを受け持っているだろう。何か変わったことはないか?」

「……変わったこととは?」

「問いを問いで返すな。言わずともお前も感じている筈《はず》だ」

「……」

「あれは図抜けている。今期の新入生だけでなく、魔法学院全体から見ても」

入学初日のシオンとの決闘騒ぎで、平民でありながら一躍《いちやく》有名となったエルファリア。

無詠唱の技術など目を見張るものはあるが、しかし『優等生』の域《いき》を出ない。

失敗はしない代わりに、華々《はなばな》しい成果もない。精々《せいぜい》度胸だけは据《す》わっているかもしれない。

雷《いかずち》のクラスのリアーナ・オーウェンザウスや、炎のクラスのメアリー・ローなど。

今現在、成績優秀な彼女達と並んで、学年首席を争う有望《ゆうぼう》な生徒となるだろう——。

それが、教師陣の総意に近い『客観的《きゃっかんてき》な評価』。

エドワルドは、その評価以上のものをエルファリアから感じると、そう言っているのだ。

「しかも、それでもなお……まだ何かを隠している。そう思えてならん」

男の瞳《ひとみ》が蛇《へび》のように細まる。

それと同時、眉間《みけん》に僅《わず》かな皺《しわ》が集まる。

それが敵愾心《てきがいしん》や警戒、そして『嫉妬《しっと》』から来るものだと、ワークナーは知っている。

彼の来歴《らいれき》を誰よりも知る、付き合いの長い旧友《ワークナー》は。

「面白い話をしていますね、エドワルド先生に、ワークナー先生」

そこに、第三者が現れた。

エヴァン・ガロード。

ワークナー達と同じ、魔法学院の教師。

そしてウィルとエルファリアを学院に招いた張本人でもある。

「何の用だ、ガロード？」

エドワルドはその顔を見るなり、露骨《ろこつ》に舌打ちをした。彼はエヴァンを嫌っている。

あの細い風体《ふうてい》と嘗《な》め回《まわ》すような眼差《まなざ》しがとことん気に食わない、と以前口《くち》にしていた。

『エドワルド先生も生徒に似たようなことを思われてますよ』

と、以前つい口を滑《すべ》らせたワークナーは脹脛《ふくらはぎ》を蹴られてしまったが。

しかし、エドワルドの気持ちもわかる、とワークナーは思う。

エヴァンには教師とは別の『肩書き』がある。むしろ、そちらが本職と言っていい。

彼の一見紳士的《しんしてき》で、その実《じつ》『他者の価値』にしか興味のない性根《しょうね》はそこから来ている。

「お二人の疑問に、私は全て答えることができます」

「――！」

「もう頃合いですしね。『真実』を光のもとに曝《さら》し上《あ》げなくては」

にたり、と。

ワークナー達の前で、エヴァンは唇《くちびる》をつり上げて、笑った。

エドワルドが不愉快の極《きわ》みだと言ってはばからない、あの笑みだった。

「協力して頂《いただ》けませんか、お二人とも？　全ては魔法世界繁栄《はんえい》のため」

恭《うやうや》しく、芝居《しばい》がかった所作《しょさ》で体を折る。

ワークナー達の返事を待たず、エヴァンは要求した。

「『メルセデスの鏡《かがみ》』を用意して頂きたい」


「『図書館の幽霊《ゴースト》』？」

「ええ！　これは絶対『学院の七不思議』に加わるわ！」

三《スザ》の月、三三の日。第五週『風《かぜ》の曜《よう》』。

僕とエルフィが学院の自習室で勉強していると、そんな話し声が聞こえてきた。

羽根《はね》ペンを持った手を止めて見やると、貴族の女生徒達、それも上級生が会話をしていた。

「一ヶ月前から、夜な夜な学院の『大図書館』に女の子の幽霊《ゴースト》が現れるんですって！　閲覧《えつらん》禁止の棚から、禁書を抜き取っていっちゃうそうなの！」

「幽霊《ゴースト》だなんて……。どうせ『魔法開発クラブ』とかの仕業でしょう？」

「そうそう。あそこの先輩達、みんな怖いか気持ち悪いもん」

「それが違うらしいの！　六年生の先輩や見回りの先生が何度も目撃してるそうなんだけど、追いかけると幻《まぼろし》みたいに消えちゃうって言ってたわ！」

「あ……それ私も聞いたかも。『探知《サーチ》』にも引っかからなくて、むしろ幽霊《ゴースト》じゃなかったら、とんでもない腕の魔導士《メイジ》だって……フェルディ先生が頭を抱えてた」

「え〜、七不思議の『鉄槌《てっつい》の魔女』みたいに？」

「生徒が攫《さら》われて、実験台にされちゃうってやつ⁉」

「やだぁ〜！」

「こわ〜い！」

耳を澄《す》まさなくても、噂《うわさ》好きの黄色い声は自習室に響《ひび》いた。

他の生徒達の迷惑そうな視線が集まって、先輩達は顔を赤くして出ていったけど……。

「さっきの話、『水のクラス』でも噂になってたよね。『大図書館』に内緒で忍び込むなんて、上級生でも難しそうだし……」

隣《となり》にいるエルフィに囁《ささや》きつつ、頭の上に学院の地図を広げる。

リガーデン魔法学院はまず『第一校舎』と『第二校舎』に大きく分かれている。

僕達のような低学年の魔導士《メイジ》見習いが使うのが『第一校舎』。

そして高学年の魔導士《メイジ》が『第二校舎』を主《おも》に使用する。

忍び込めるとしたら上級生か、先生達くらいしかいないような気がするけど……。

『大図書館』があるのは『第二校舎』。

「エルフィはどう思う？　本当に、幽霊《ゴースト》なのかな？」

「うん……そうかもね」

興味なさそうで、机の上に広げている本をぺらりぺらりとめくり、読み進めている。

学院全体で持ちきりになっている噂話に、エルフィの反応は薄《うす》かった。

……あれ？

エルフィって、孤児院《こじいん》にいた時は幽霊をすごく怖がってたような……。

お義父《とう》さんと僕の前で泣き出してしまった光景が、頭の奥に蘇る。

もうエルフィも、幽霊を怖がる年じゃなくなったってことなのかな？

「ところでエルフィ、さっきから何を読んでるの？」

すぐ隣で開かれている本が、一年生の教科書じゃないことはすぐにわかった。

難しい文章や、複雑な魔法陣がいっぱい記載《きさい》されてる。

僕の質問にエルフィは——ぱたん、と本を閉じた。

「……難しい本。棚《たな》にあったのを適当《てきとう》に持ってきちゃった」

「そうなの？」

「うん。よくわかんなかったから、戻してくるね」

エルフィはにっこりと笑って、立ち上がった。

その様子が少しおかしいことが、ずっと一緒にいる僕はわかってしまった。

席を離れるエルフィの手もとを一瞬、盗み見る。

本の題名《タイトル》は……『魔法による記憶の再現性と発現性』。

確かに難しそうだけど、何であんな本を持ってきたんだろう？

「ねぇ、セルフォルト君！」

「うわぁ⁉」

エルフィが自習室から完全に姿を消して、しばらく経った頃。

複数の女生徒がいきなり、僕のことを取り囲んだ。

「貴方、エルファリア様と幼馴染《おさななじみ》なんでしょ⁉」

「エルファリア様《さま》が好きなお菓子とか、紅茶の銘柄《めいがら》とか知らない⁉」

「エ、エルファリア様……？」

いきなりの質問と、幼馴染の『様付け《さま》』に目を白黒させてしまう。

ユリウス以外にもいるんだ……。

「私達、エルファリア様ともっと仲良くなりたいの！」

「何だったらお友達を越《こ》えて無二《むに》の親友に！」

「もう荷物持ちとか子分でもいいの！」

「あの高貴さで平民《へいみん》なんて信じられない！　嗚呼《ああ》、きっとエルファリア様こそ聖女ビオラ様の再来！　私達が親衛隊になって、お守りしなきゃ！」

……つまり、そういうことらしい。

息巻く彼女達はみんな同級生で、どうやらエルフィを偶像視《ぐうぞうし》しているようだ。

エルフィは僕の前ではいつも通りだけど、みんなの前では『優等生』を演じてるらしい。

たしか、他の生徒に話しかけられる時、キラキラにこにこしながら受け答えしてたような。

前に「聖女になる～」なんて言ってたけど……本気だったんだ。

というか皆さん、シオンと決闘した時の『ガキ大将エルフィ』のこと、忘れてない……？

「聖女様は置いておくにしても、エルファリア様は絶対学年トップになれる！　今のうちに派閥を作っておきたいの！」

「才能豊《ゆた》かなあの方にお近付きになりたい。あわよくば、おこぼれに与《あずか》かりたい……！」

しっかり本音も口走る同級生達に、ええぇ、と思いつつ、僕はきょろきょろしてしまう。

さっきの先輩達みたいに、周りから白い目で見られちゃってる！

「ねぇ、だからエルファリア様のことを教えて！」

「昔話とかでもいいから！」

「む、昔話？　ええっと……」

これはもう満足して帰ってもらった方が早い。

とても気まずいのと、勢いに押されてしまった僕は、口を開こうとして、

(……あれ？)

何故か、『昔話』を思い出せなかった。

いや、正確には違う。語れる話題《エピソード》はある。いくらでもある。

だけど、びっくりするくらい『客観的』で、酷《ひど》く実感が伴《ともな》わないんだ。

エルフィの笑顔も、泣き顔も、好きなものも嫌いなものも、全部わかるのに――。

まるで『他人の日記』を読んでるような、そんな感覚に襲われる――。

エルフィとの思い出の中に、まるで『僕』が存在しないような――。

「ねえ、焦《じ》らさないで教えてよ！」

誰かが何か言ってる。でも、それどころじゃない。

なんだコレ、気持ち悪い、頭が割れそう、何かが飛び出てくる、何かってナニ？

でも、この気持ち悪さ、前にもあったような――。

「何してるの!!」

その時だった。

おかしくなっていた僕の頭がまともに戻るくらいの、大きな声。

騒《さわ》いでいた同級生も、白眼視《はくがんし》していた他の生徒も体を揺らしてしまう、鋭《するど》い怒り。

エルフィだ。

本を戻して、急いで戻ってきたのか。それとも僕に何かあったと気付いたのか。

肩で息をしている彼女が、自習室の入口に舞い戻っていた。

凍りつく同級生達の前まで走り寄り、割って入って、僕を背で庇《かば》う。

「もうこんなことしないで！」

「エ、エルファリアさん、ちがうの、私達っ――」

「二度としないで‼」

「ひっっ⁉」

エルフィの怒りは凄《すさ》まじかった。

僕も息を呑《の》んでしまうくらい、女生徒達が竦《すく》み上《あ》がってしまうくらい。

今まで目にしたことがないほど、エルフィは、本気で怒《おこ》っていた。

「……ウィル、行こう！」

エルフィの手が、動けない僕の代わりに筆記用具を片付けていく。

荷物をまとめた彼女は僕の手を握《にぎ》って、立ち上がらせた。

本気で落ち込んで、がっくりと項垂《うなだ》れる同級生達の横を抜け、自習室の外へ。

「エ、エルフィ……さっき、僕……」

「ちがう」

「えっ？」

「ウィルは変になんかなってない。違《ちが》うから。ウィルは、ウィルだから」

僕の言いたいことを理解しているように、エルフィはこちらの言葉を遮った。

僕が言おうとしている『違和感』を、口に出させてくれなかった。

「ウィルはずっと、私が大好きなウィルのままだから」

前を向いて歩き続ける背中が、そう言った。

エルフィが今、どんな表情を浮かべてるかわからない。

でも訴えるように、小さな手は僕の手を握ってきた。

温もりと、安心感。

今の僕は、それを……信じるしかなかった。

「早くしなくちゃ……」

とても綺麗《きれい》で、今も揺れる天色《あまいろ》の髪の隙間。

前を向いた唇《くちびる》から、そんな焦《あせ》りの呟《つぶや》きが、こぼれ落ちた気がした。

一度自分に疑問を抱き、『不安定』になった僕だったけど。

すぐに『安定』しないと付いていけないくらい、学院の日々は多忙となった。

迷宮探索が解禁《かいきん》されたことで、『筆記』『実技』『実習』の授業が全て同時展開される。

『朝』は『筆記』の板書《ばんしょ》と『実技』の魔法訓練。

『昼』からは『実習』のモンスター討伐《とうばつ》。

『夜』はしっかり復習と予習をしなければ、次の『朝』は悲惨な始まりを迎える。

だから僕は机にかじり付いて、一生懸命《いっしょうけんめい》勉強するしかなかった。

他の生徒に置いていかれないように。エルフィの隣にいられるように。

正直に言えば、エルフィには自習室であったことを相談したかった。

でも、やっぱりエルフィは話したくなさそうで。

何だったら尋《たず》ねかけた僕の頭を胸に抱きしめて、寝台《ベッド》に押し倒してきた。

う～っ、と唸《うな》りながら寝台《ベッド》と一緒に挟撃圧縮《サンドイッチ》してくる幼馴染に、駄目《だめ》だこりゃ、と。

僕は顔を赤くして窒息《ちっそく》しかけながら、諦《あきら》めるしかなかった。

「『塔』……この場合は『上院』になるが……とにかく『魔法使いの塔《メルセデス・カウリス》』を上《のぼ》るためには、実は単位の修得以外にも方法がある。それが『魔法の創出』だ」

授業は確かに大変だけど、決してそれだけじゃなくて、知る楽しみもあった。

新たな知識を増やしていく中で、ワークナー先生はある日、そんなことを切り出した。

「『魔法使いの塔《メルセデス・カウリス》』に登録されていない魔法は『新魔法』とみなされ、価値を認められる。魔法学院の卒業課程を抜きにして、いわゆる飛び級ができるというわけだ。……至高の五杖《マギア・ヴェンデ》への一つの近道と言ってもいいだろう」

それを聞いて生徒達と一緒にざわめきつつ、僕は素直に難しそうだと思った。

言わばそれは、教科書に載《の》っていないことを自分でやれ、ということと同じだから。

教科書に載っていることを学ぶのに精一杯な僕にできるとは思えない。

ただ……その説明をしている間、ワークナー先生はある一点を見つめていた。

授業とは別の分厚い本を、こっそり読んでいたエルフィのことを。

「……『魔源学史《まげんがくし》』抜き打ち筆記《テスト》、合格。ウィル・セルフォルトに単位1を与える」

単位修得に関わる試験も、各授業で始まった。

流石《さすが》にエドワルド先生がいきなりテストを配《くば》り始めた時は驚《おどろ》いたけど（みんなが悲鳴を上げる中、僕とエルフィは何とか単位をもらえた）。

『筆記』、『実技』、『実習』。三つの授業で、知識と力量を試される毎日。

学院生活の本番が始まった、とも思った。

そして僕はそれに、何とか食らいついていった。

与えられる『単位』の一つ一つが夢の欠片。

７２００まで集めればいいと言われているけど、一つたりとも無駄にできない。

僕は貴族でも天才でもないんだ。勘違いしちゃいけない。自分は特別だなんて。

そう自分に言い聞かせていた成果があったかはわからない。だけど。

ウィル・セルフォルト：単位数43。
エルファリア・セルフォルト：単位数43。

エルフィと一緒に、全ての試験に合格することができた。

多くが『実技』の授業だけど、ここまでは上手くやれてる。

これなら夢は叶うかもしれない。『夕日』を見れるかもしれない。

そんな風に思って、エルフィと祝い合って、笑い合った。

そうして――『その日』はやって来た。


「今日の『実技』試験は全クラス合同で行う！」

四《セルザ》の月、十八の日。第三週『水《みず》の曜《よう》』。

その日の空は、当たり前のように青かった。

左上が欠け始めている『大結界』に見下ろされながら、僕達は今日も教室に集まっていた。

「……参加する生徒の都合上、今回は人数を分けて行う！　半分は『実技場』へ、もう半分はエドワルド先生がいる地下教室へ移動すること！」

『実技』の試験は属性の専門性《せんもんせい》を問われる内容以外は、各クラス合同で行われる。

ちょうど最初の『実習』の時と同じように。

だけど、クラスの人数を分けるのはこれが初めてだった。

校舎の外にある『実技場』は、その名の通り『実技』を行うための施設。

魔法を試射《ししゃ》するための頑丈さと広さがある。

(僕達の学年なら、全員ぎりぎり入りきりそうだけど……)

場内《じょうない》が混雑して、魔法が誤射《ごしゃ》されてしまった場合、怪我《けが》の危険はあるかもしれない。

その点を考えて人数を分けるのかな？　少し不思議に思うくらいで、納得はできる。

それより気になるのは……。

(ワークナー先生と、目が合わない)

普段は何度も合うのに、今日のワークナー先生とは一度も目が合わなかった。

まるで糸で縫《ぬ》い付けているように、手もとの名簿に視線を落とし続けている。

どこか、葛藤《かっとう》しているように。

「ウィル……」

「大丈夫、頑張るから。ちゃんと合格して、迎《むか》えに行くよ」

僕とエルフィは、別々に分かれることになった。

エルフィは寂しそうだったし、少し不安そうだった。

だから僕は、少し強がって胸を叩《たた》いてみせた。エルフィは安心させてあげられるように。

エルフィは名残惜《なごりお》しそうにしていたけど、最後は頷《うなず》いて、つまんでいた袖《そで》を放《はな》してくれた。

「……これより、魔法出力を問う『実技』試験を行う。各自、自身の属性魔法をもって水晶抵塊《クリスタル・ブロック》を破壊せよ」

エルフィが向かったのは『実技場』、僕が移動したのは地下教室。

エドワルド先生が待っていた教室は全て机が片《かた》され、中央に複数の水晶球《すいしょうきゅう》が浮遊していた。

水晶抵塊《クリスタル・ブロック》は一定の魔力をそそぎ込むと砕《くだ》ける魔道具《マジックアイテム》だ。

今回の場合は、僕達の属性魔法を放って破壊することで合格と認められる。

つまり、今現在の魔法の威力を問われる試験だ。

とても単純《シンプル》だけど、それだけに誤魔化しが利《き》かない。

今日までどれだけ魔法の腕を磨《みが》いてきたかが求められる。

エルフィとずっと魔法の練習をしてきたし……信じるんだ。今の自分の力を！

「使用魔法は各属性の下位魔法のみ。三唱節《しょうせつ》以上の詠唱は禁ずる。五名ずつ取りかかってもらおう。それでは試験……始め」

それぞれ緊張の顔付きをした生徒が五列に並び、一斉に呪文を唱え始める。

この教室にいるのは水と土、風のクラス。やる気はなさそうだけど、あのコレットもいた。

撃ち出される水流や岩弾《がんだん》、突風。

水晶抵塊《クリスタル・ブロック》が破壊される度《たび》、エドワルド先生が短杖《ワンド》を操る。

木箱から新たな水晶抵塊《クリスタル・ブロック》が浮かび上がり、教室中央に補充《ほじゅう》。再び砕かれては補充。

与えられた二度の機会で破壊できなかった生徒は、目に見えて落ち込んでいた。

うつむきながら、とぼとぼと教室の後ろに回る同級生の姿に、息が僅《わず》かに震《ふる》える。

ああなるわけにはいかない。エルフィを安心させるためにも。

緊張と戦う。心臓はいつも通りバクバク。でも大丈夫。『熱』もいつも通り。

胸に宿るあの『熱』が、今か今かと右腕を駆け巡るのを待っている。

僕は呪文を頭の中で何度も反復しながら、ずっと握っている短杖《ワンド》を胸に抱いた。

そんな僕を、エドワルド先生が一瞥《いちべつ》した気がした。

「ふーっ……**水よ、奉《たてまつ》れ！**」

とうとう回ってくる順番。

あぶれた二人の生徒と、僕が最後。

息をついて、今日まで一番唱《とな》え慣れた呪文を唇でなぞり、魔法名を言い放つ！

「**青流の侍者《クリスト・リース》！**」

胸から『熱』が駆け抜け、杖という噴出孔《ふんしゅつこう》から勢いよく飛び出す。

水流の一閃は狙い違《たが》わず水晶抵塊《クリスタル・ブロック》に命中し――破壊！

灰色の水晶球《すいしょうきゅう》は魔法の威力に耐えられず、木っ端微塵《こっぱみじん》に壊れた。

「やったっ！」

一発でできた。これでまた『単位』をもらえる。

そう思った次の瞬間――影に覆《おお》われた。

（えっ？）

眦《まなじり》を裂《さ》いたエドワルド先生に、摑《つか》みかかられた。

「待て‼」

「うっっ⁉」

杖を持った右手を、足が浮かぶか浮かばないかのところで、摑み上げられる。

エドワルド先生の突然の行動と、宙吊《ちゅうづ》りになりかける僕に、教室の時間が止まった。

他の生徒達が驚いた顔で、例外なくこちらに振り向く。

「やはり！　やはりか‼　あの日、ここで感じた『違和《いわ》』は間違いなどではなく！」

「エ、エドワルドっ、せんせいっ……？」

「あの『属性検査』の日、よくも私を謀《たばか》ってくれたな‼」

怒《いか》りの声が、赤々《あかあか》と熱《ねっ》された誇《プライド》りの叫びが、僕の顔を打つ。

ぎりぎりと握りしめられる手首の痛みに、顔が歪《ゆが》む。

短杖《ワンド》が手から落ち、床に転がった。

何だ。何を言ってるんだ。何が起こってるかわからない。

戸惑《とまど》いに染まった僕の声を無視して、エドワルド先生は吠《ほ》えた。

「貴様だな、エルファリア!?」

そのまま先生の右手が僕の制服──胸ぐらを引きちぎり、『それ』を取り出す。

僕がずっと首からかけていたエルフィのお守り。

『蒼涙《なみだ》のペンダント』──!!

「セルフォルトに魔法を使わせていたのは、貴様だ!!」

「…………………えっ？」

何を言われたのか、わからなかった。

きっと教室中がそうだった。

他の生徒が呆然《ぼうぜん》と、エドワルド先生を見ていた。

コレットが昏《くら》く、虚《うつ》ろな瞳で、僕を見つめていた。

そして『蒼涙《なみだ》のペンダント』が、息を止めるように、瞬《またた》いた。

「属性魔法を発動させておきながら、共通魔法《コモン・マジック》を使用できぬ者などいない！　外部に現象を発現《はつげん》させられる者が、内部の魔力干渉《かんしょう》を知覚できぬ道理はない！　そんな者がいるとすればっ、それは外部より魔力の供給を受けている者だ!!」

「え――――」

「貴様がこのペンダントを介《かい》し魔力を送り込み、自身の魔法を再現させていた！　さもこの男が魔法を発動させているように見せかけて！」

エドワルド先生の怒りが、叫喚《きょうかん》の内容が、じわじわと頭に染み込んでいく。

でも理性《りせい》が理解《りかい》を阻《はば》んでいる。

絶望の断崖《だんがい》に追い込まれることを喚《わめ》きながら拒《こば》んでいる。

そんなことあるわけないって。

僕が本当は魔法を使えず、エルフィの魔法を『借りてた』だけだったなんて。

じゃないと、僕はエルフィと魔法を勉強して、一緒に『夕日』を見に行くことなんて――。

「私達、学院の教師の目まで謀《たばか》ってみせた！　素質なき者に、魔法の夢幻《ゆめ》を与えてみせた！　ありえない……！　しかもこのような芸当《げいとう》を行ったのが、齢《よわい》十の小娘だと……!?」

偽《いつわ》りと言えど、『魔法が使えない者』に魔法を使わせるなんて前代未聞。

恐ろしい形相《ぎょうそう》を浮かべるエドワルド先生は何度もそう口にする。

僕の右手を放し、ペンダントを首から引きちぎった先生の眉間《みけん》が痙攣《けいれん》して、罅割《ひびわ》れる。

激昂《げっこう》するように、公平を期《き》すように、それでいて『敗北』を認めるように。

「貴様もっ、忌々《いまいま》しき『天才』かッ……!!」

エドワルド先生はあらゆる感情を込めて、その『天才』という言葉を吐き捨てた。

「……ちがう……違うっ。僕はっ……………」

僕は、何とか口を動かして、それだけを言った。

床に吸い込まれそうになる腰を堪《こら》えて、形にならない言葉の破片《はへん》を落とした。

エドワルド先生は眉間を歪めたまま、転がった短杖《ワンド》を僕に投げつける。

「ならば唱えてみせろ。私を焼《や》くこの焦熱《しょうねつ》がただの的外《まとはず》れだと、お前が正《ただ》してみせろ！」

「っ……！」

短杖《ワンド》を握った僕は歯を食《く》い縛《しば》り、構えた。

今も浮遊する水晶の塊《かたまり》に向かって、詠唱した。けれど。

「水よ、奉《たてまつ》れ！　……っ⁉」

い、い、いいい。

呪文が響かない。

胸の『熱』を宿し、あんなにも高らかに世界を震わせていた詠唱が、機、能、しない。

「水よっ、奉れっ！　氷よ、奏《かな》でよっ！　氷よっ、氷よっ……！　奉れっ、奏でよっ‼」

何回叫《さけ》んだって同じ。

何度繰《く》り返《かえ》しても同じ。

最初からそうだったように、からっぽの叫び声だけが響いていく。

「青流の侍者《クリスト・リース》っ！　蒼氷の詩人《グラス・イーティア》っっ‼　――――………ぁ」

沈黙《ちんもく》だけが全てだった。

愚《おろ》かで、正《ただ》すことなんてできない、無力な静寂《せいじゃく》だけが僕の全部だった。

絶望が手足の先を翳《かじ》っていく。

今度こそ、僕の体は床に吸い込まれた。

二つの膝が床に倒れ込む。

——ちがうの、ちがうのっ、と。

そんな風に言ってるように、『蒼涙《なみだ》のペンダント』だけが点滅を繰り返していた。

「えっ……？　どういうこと……？」

「あいつが使ってた魔法は、全部エルファリアさんがやってたって……」

「そんなこと本当にできるのかよ⁉　すごすぎる……！」

「でもちょっと待って……それじゃあ、あの平民って、魔法が使えないの……？」

時間を止めていた教室が、ざわめきに揺れる。

懐疑《かいぎ》の目が、侮蔑《ぶべつ》の声が、失望《しつぼう》と怒りの空気が、こちらへと集まる。

頭が真っ白になっている僕は、反応することもできなかった。

「……教師として問わねばならない。この所業《しょぎょう》に貴様の意思も関わっているのか？　貴様はエルファリアの特異性を理解した上で、この『不正行為』に及《およ》んだのか⁉」

エドワルド先生の靴《くつ》が、床だけを見ていた瞳に映り込む。

気を鎮《しず》めようと努力して、それでも失敗した先生の糾弾《きゅうだん》が、頬《ほお》を殴《なぐ》る。

呆然としながら、ゆっくりと顎《あご》を上に向け、自分を見下ろす双眼を見上げる。

「……してない……」

僕が言えたのは、それだけだった。

「してないっ……。僕も、エルフィもっ……そんなことっ、してないっ！」

言い逃れにしか聞こえない、無様《ぶざま》な声を上げることしかできなかった。

勢いよく飛びついて、エドワルド先生から『蒼涙《なみだ》のペンダント』を奪《うば》い返《かえ》し、駆《か》け出《だ》す。

背中に突き刺さる制止の声を振り切って、僕は地下教室から飛び出した。

「エルフィっ……エルフィ！」

ペンダントをきつく握り込み、大切な名前を何度も呼びながら、廊下をひた走る。

エルフィに会いたい。エルフィに確かめたい。彼女に言ってもらいたい。

そんなことないよ、って。先生達が言ってたことは嘘《うそ》なんだよ、って。

僕《ウィル》は『魔法』が使えるよ、って。いつかのように微笑《ほほえ》んでほしい！

僕はおかしくなったように走った。噴《ふ》き出す汗にも構わず、学院の中を駆け抜けた。

遠くから、何かが崩《くず》れる音が聞こえた。視界の奥では煙《けむり》が上がってる。

何が起こってるのかわからない。だとしても向かう先は変えられない。

だから、エルフィがいる『実技場』に飛び込んだ――次の瞬間。

巨大で、美しくて、何よりも残酷な『氷鳥《ひょうちょう》』が、そこに降臨《こうりん》していた。

「────────」

顔を照らす蒼《あお》の光と、肌を震わす冷気に、声なんてものが消失《しょうしつ》する。

『実技場』の天井は、なくなっていた。

その『氷鳥』が現れたせいなのか、一〇M《メール》以上《いじょう》上の天井が崩壊《ほうかい》し、青い空が見える。

『大結界』の光が祝福のように差し込み、浮遊する『氷鳥』の翼《つばさ》がきらきらと輝いていた。

「……うそだろ……」

誰かが呟《つぶや》いた。氷鳥《ソレ》を目にしている誰もが抱く戦慄《せんりつ》の形《かたち》を。

床には巨大な魔法陣。

周囲には、崩《くず》れ落《お》ちた天井の瓦礫《がれき》。更《さら》に外側には腰を抜かしたり、立ちつくす大勢の生徒。

そんな彼等を魔法で瓦礫《がれき》から守ったと思《おぼ》しき、ワークナー先生。

みんな、頭上に浮かぶ圧倒的な象徴を──偉大なる『氷鳥《ひょうちょう》』を見上げていた。

シオンがいた。呆然《ぼうぜん》とたたずみ、力を失っていた。

ユリウスがいた。床に腰を落とし、青ざめていた。
金《ブロンド》の髪の女の子がいた。瞳《ひとみ》に絶望を映し、心を手放していた。
彼女の手から滑《すべ》り落《お》ちる、雷《いかずち》の意匠《いしょう》の短杖《ワンド》。
カラァン、と乾いた音を立てて床を転がっていく。
全ての者が、『あれを生み出した者』と自分達は違うのだと、そう理解した。
「……エル、フィ……」
「ウィル……！」
エルフィは、いた。
『氷鳥』の下、魔法陣の中心に、胸を押さえて座り込んでいた。
僕はそこでようやく気付く。床に張り巡らされた魔法陣の正体を。
勉強のため調べていた学院の蔵書で一度だけ目にした魔道具《マジックアイテム》、『メルセデスの鏡《かがみ》』。
別名は『強制発動魔法陣装置』。
陣の上に移動した魔導士《メイジ》の『魔《ま》の素質』を、魔法の形をとって具現化させる。
つまり、あの『氷鳥』はエルフィが宿す『素質』であり、『魔力の絶対量』。
可視化《かしか》された『才能』そのものだ。
これも授業の一環《いっかん》？　嘘《うそ》だ。ありえない。そんな馬鹿《ばか》なことがあるか。
これはエルフィが望んだことじゃない。

きっと誰かが魔法陣を床に仕込み、隠《かく》して、エルフィの『力』を引きずり出したんだ――。

「罠《わな》に嵌《は》めるような真似《まね》をして申し訳ありません、エルファリア様。ですが、真実を白日《はくじつ》の下《もと》に晒《さら》すには必要なことだったのです」

その時、僕の背後から声が投じられる。

びくっと肩を揺らし振り向くと、エヴァン先生が『実技場』に姿を現していた。

「ええ、そうです。この日こそお披露目《ひろめ》であり、『記念日』です。『塔』に、いいえ、魔法世界に貴方という『絶対の才《さい》』が現れたと触《ふ》れを出す、偉大なる氷姫《ひょうき》の式典《セレモニー》!!」

ねっとりした声に、同じく粘度《ねんど》を宿した眼差《まなざ》し。

初めて『気持ち悪い』と感じてしまう喜悦《きえつ》の笑み。

言葉に熱を込めていくエヴァン先生は勢いよく短杖《ワンド》を掲《かか》げ、左右に『光』を放った。

『光』の正体は僕の拳《こぶし》より小さい銀の球体。

翼のごとく一対の魔法陣を広げ、巨大な『氷鳥』を取り巻くように浮遊する。

球体の魔道具《マジックアイテム》は、『眼』のような宝玉から一斉に、魔法映像を虚空《こくう》に投影した。

「あれは……エルフィ……？」

映し出されるのは何人もの少女だった。

暗い大きな書庫でローブを頭から被り、隠れるように本を読んでいる女の子。

かと思えば見回りの先生に見つかり、溶けるように消えてしまう氷片《ひょうへん》の風。

他にも、似たような映像が展開されていく。

「これらの映像は私が記録した、同時刻にあった出来事です。つまり同じ時、異なる場所で、同じ姿をした少女が何人も存在した！　無論、幻《まぼろし》ではない！　確《かく》たる実体を持ち、学院の蔵書《ぞうしょ》を手に取って、自分の欲する情報を蒐集《しゅうしゅう》した！　彼女達は間違いなく、そこにいたのです！」

エヴァン先生が言おうとしていることがわかってしまった。

そして、あの『噂《うわさ》』の正体も衝撃《しょうげき》とともに悟《さと》ってしまった。

「そう、エルファリア様こそ連日《れんじつ》噂になっていた『図書館の幽霊《ゴースト》』！　そして、それを可能にさせたのが――かつてない『分身魔法』！」

自習室で耳にした『図書館の幽霊《ゴースト》』。あれはエルフィの仕業《しわざ》だったんだ。

エルフィが作り出した分身魔法『白の芸術《アルスワイス》』。

本物のエルフィが男子寮の僕の部屋にいる間、彼女達はずっと活動していたんだ。

他ならない『分身のエルフィ』が、夜な夜な学院の『大図書館』に侵入していた！

「幻影魔法は数多くあれど、本体と同等の力を発揮する『高度な分身』を生む魔法は、今まで存在していなかった！　たった十歳の彼女は、独学でこの素晴らしい魔法を創《つく》り出したのです！」

そのエヴァン先生の結論に、状況に翻弄《ほんろう》されるばかりだった魔導士《メイジ》達がどよめく。

沢山の生徒、それにワークナー先生を含めた学院の教師が、驚愕《きょうがく》に撃ち抜かれた。

「それって……魔法の創出《そうしゅつ》？　『塔』に今すぐ行けるってこと⁉」

「すげえ！　すごすぎる‼」

「あんなの、無理よ……。敵《かな》いっこない……。才能が……違いすぎる……」

驚愕は興奮に。

未知は畏怖《いふ》に。

生徒達の声々《こえごえ》が敬畏《けいい》の渦《うず》となって、半壊《はんかい》の『実技場』を震わせる。

その渦の中心となっているエルフィは、まだ動けなかった。

「ウィルっ……ちがうのっ……ちがう、の……！」

『メルセデスの鏡《かがみ》』で魔力を引きずり出された反動なのか、身動《みうご》きが取れない。

今も片手で胸を押さえながら、何とか立ち上がろうとしている。

もう片方の手をこちらに伸ばして、周囲の歓声なんて振り払い、僕だけを見つめている。

だけど、僕は動けなかった。

多くのことがあり過ぎて、体も心も付いていかない。何より、打ちひしがれていた。

エルフィの手を借りなきゃ魔法が使えなかったという事実。

エルフィがその身に隠し持っていた強大な才能という真実。

大《おお》いなる『氷鳥《ひょうちょう》』を生み出せる彼女と、何も生み出せない自分――。

あまりにも対照的で、隔絶《かくぜつ》した力の差が、深い溝《みぞ》となって僕達の間に築かれてしまった。

「壮挙《そうきょ》たる魔法の創出！　何より、この『氷鳥《ひょうちょう》』が示す絶対的な才能！　私はこの世界を担《にな》う魔導士《メイジ》の一人として推挙《すいきょ》します！」

エヴァン先生の声は、いや『演説』は止まらない。

両腕を広げ、栄光に打ち震える笑みを浮かべながら、『氷鳥《ひょうちょう》』を見上げた。

『氷鳥《ひょうちょう》』の更に先、蒼穹《そうきゅう》へと向かって言い放った。

「エルファリア様を、新たな『至高の五杖《マギア・ヴェンデ》』に‼」

世界が息を呑んだ。

僕も、エルフィも、生徒も先生も学院も、その声を聞く全ての存在が呼吸を止める。

「いかがでしょうか、偉大なる至高の五杖《マギア・ヴェンデ》！　光の皇王《おう》よ‼」

ただ一つ、破《やぶ》けた天井の奥に見える『塔』だけを除いて。

今も浮遊する『氷鳥《ひょうちょう》』の上に、銀の球体とは異なる『金の球体』が浮いていた。

いつの間にそこにいたのか、全てを聞き届けた黄金の眼《め》は、一言。

『審議《しんぎ》する』

老人の威厳《いげん》ある声が響いたかと思うと、金の球体は飛び立った。『塔』に向かって。

エヴァン先生が会心の笑みを浮かべる。

周囲が、今行《おこな》われたことの意味をゆっくりと理解していき、爆発する、、、

「……今の声って、『光皇の杖《マステリアス・ノア》』様？」

「至高の五杖《マギア・ヴェンデ》の中でも最強の杖……それに、エルファリアさんが認められたってこと⁉」

「ま、まだ決定じゃないけどっ……本当になっちゃうの⁉　次の至高の五杖《マギア・ヴェンデ》に⁉」

「まだ学院の一年生だぞ⁉」

「信じられん……！」

「すっ、すげえええええええええええええええええええええええ‼」

歓喜の声が爆発する。

男性も、女性も、生徒も、先生も、ここで起こったことの重大な意味に猛《たけ》り狂《くる》う。

みんな、わかったんだ。

このままいけば世界が変わるって。

新たな『至高の杖』が生まれ、歴史が塗り替わるって。

それじゃあ、僕は？

エルフィは、もう、一人で『塔』に行ける。

二人じゃなくても、一人で『塔』の天辺《てっぺん》へと行けてしまう。

それなら、この歓声の外側で立ちつくすことしかできない、今の僕は――。

「長かったですねぇ、強情《ごうじょう》なエルファリア様を表舞台に連れ出すのは」

魔物より恐ろしい声が、僕の後ろから聞こえる。

「彼女はずっと拒《こば》んでいたのですよ。『塔』に行《ゆ》くことを。貴方とずっと一緒にいるなどと、愚《おろ》かなことを言って」

長く暗い不気味な影が、僕の影と重なる。

「信じられますか？　魔法世界の行く末《すえ》を担《にな》っていく貴《とうと》き才能が、『無価値の石』のせいで誰も知らない場所で朽《く》ちていくところだったのです。許せませんねぇ、許せないでしょう？」

酷《ひど》く生温かい大人の両手が、僕の両肩に置かれる。

「だから嫌々《いやいや》、反吐《へど》を押し隠して貴方を魔法学院《ここ》へ呼んだのです。彼女を連れ出すために。無価値な石をきらびやかな宝石だと思い込んでいる、姫《ひめ》の目を覚ますためだけに」

息が震える。鼓動が暴れる。歯が、噛《か》み合わない。

明かされる『もう一つの真実』が、知りたくなかった『残酷《ざんこく》な現実』が、僕を壊《こわ》していく。

「自分の無知《むち》を自覚しましたか？　己《おのれ》の罪を理解しましたか？　――貴様ごときがあの才能を潰すなどあってはならない」

罅割《ひびわ》れていく僕の心と同調するように、『氷鳥《ひょうちょう》』に亀裂《きれつ》が走った。

維持《いじ》の限界。魔力の四散。

音を立てて氷の体軀《たいく》が砕《くだ》け、美しくも儚《はかな》い細氷《ダイヤモンドダスト》がきらきらと舞い落ちる。

目を見開く彼女と、僕の間に、涙のように蒼《あお》の光が散っていく。

最後に、エヴァン先生は耳もとで囁《ささや》いた。

「もうこれで用済みだ。失せろ、『無能者《むのうしゃ》』」

それが止《とど》め。

その『無能の烙印《らくいん》』が、最後の鉄鎚《てっつい》。

錆だらけの心が粉々に砕け散った僕は、残された衝動《しょうどう》に従《したが》って、駆け出した。

「ウィルっ!!」

今も称賛を絶やさない歓声に背を向けて、彼女の声にも振り返らずに。

声にならない叫び声を上げて、全てから逃げ出した。


「ウィル、待ってっ!!」

エルファリアはなけなしの力を振り絞って、立ち上がった。

まだふらつく体を無理矢理《むりやり》動かし、少年の後を追う。

「おや、どこに行かれるのですか、エルファリア様？　今から貴方の栄光が始まろうというのに……」

エヴァンの言葉など一瞬たりとも耳を貸さず、横を一気に過《す》ぎ去《さ》る。

本来なら氷漬けにしてやりたいが、そんなものよりエルファリアには大事なものがある。

ずっと大切にし続け、守り続けなければならなかった、傷だらけの男の子がいる！

――バレてしまった！

自分の行いが、隠していたことが、全てウィルに知られてしまった。

認識が甘かった。

自分なら『ウィルが魔法を使える』と偽《いつわ》れる。

魔法学院の教師達も騙《だま》せる。そう驕《おご》っていた。

彼等の目をかいくぐって『自分の目的』を果たせると、自信の奴隷《どれい》となっていた。

そんなことはなかった。

エドワルドもワークナーもずっと優秀で、自分の『子供騙《だま》し』など見抜かれてしまった。

あのエヴァンにも見透《みす》かされ、『分身魔法』の行使まで監視《かんし》されていた。

エドワルドがウィルの魔法の絡繰《からく》りを見抜いた、あの時。

『蒼涙《なみだ》のペンダント』と意識が繋《つな》がっていたエルファリアは、動揺《どうよう》してしまった。

そのせいで床に隠されていた『強制発動魔法陣』に気付かず、まんまと罠《わな》にかかった。

ウィルとエルファリアを引き離した今日の授業そのものが、エヴァン達の策略《さくりゃく》だったのだ。

(私のせいで、ウィルを傷付けた――!!)

心の声で後悔《こうかい》を叫んだ。

そんなもの、今となっては意味もないのに叫ぶことしかできなかった。

歓声が轟《とどろ》く『実技場』を飛び出したエルファリアは、ウィルの居場所がわかった。

まだ彼は『蒼涙《なみだ》のペンダント』を握りしめている。彼の悲痛と一緒に伝わってきてしまう。

エルファリアは走った。何度も転びかけながら、少年の後を追った。

ずっと、ずっと走り続け、やがて辿《たど》り着いたのは魔法学院を抜けた先。

魔法学院寮《リガーデン・ドミトルス》近辺に広がる森だった。

「うっ、あぁぁ……！　っぁぁぁぁ……！」

ウィルは一人、大きな木の幹《みき》に両手をついて泣いていた。

必死に声を殺して、大粒の涙を流していた。

「ウィルっ……！」

エルファリアは一度立ち止まって、それでも近付いた。

エルファリアは覚悟した。

彼を騙《だま》していた自分に、罵倒《ばとう》が飛んでくると。

でも、違《ちが》った。

「ごめんっ……ごめん、エルフィ……！」

ウィルは、謝《あやま》っていた。

「魔法が使えなくてっ……君の隣《となり》に立つ資格がなくてっ……ごめん……！」

才能のない自分を呪《のろ》いながら、『約束』を叶えられない自分に絶望しながら。

エルファリアにずっと、謝り続けていた。

それを聞いて、エルファリアの目尻にも涙が浮かぶ。

「謝らないでっ……ウィルっ」

泣きながら謝り続けるウィルの背中を、エルファリアも泣きながら、抱きしめた。

「大丈夫だからっ。わたしっ、ずっとウィルと一緒にいるから……！」

ごめんね、ごめんね、と。

自身も何度も謝りながら、抱きしめ続けた。

二人の悲しみが溶けて消えるように。

ちっぽけな温もりで、お互いの傷を舐《な》め合《あ》うように。

混じり合う少年と少女の嗚咽《おえつ》は、孤独の森に響き続けた。

上空の『大結界』の光が薄れ、『昼』から『夜』に移った後も、ずっと。

chapter 4

四章

そして刃は解き放たれる

Wistoria's Wand and Sord
GrimoActa

物心がついた時から既《すで》に、エルファリア・セルフォルトは彼とともにあった。

エルファリアはウィルのことが好きだった。

ずっと側《そば》にいて、自分を温かくしてくれるものに、好意の理由はおろか証明も必要ない。

エルファリアにはウィルが必要で、ウィルもエルファリアを必要としていた。

何てことはない。

ウィル・セルフォルトという少年は少女の半身で、誰よりも大切な存在だっただけである。

「ウィルはわたしのこと、すき?」

「うん、すきだよ」

「わたしもっ!　ウィルがだいすき!」

エルファリアは、いつもウィルの側にいた。

遊ぶ時は一緒だった。

寝る場所も一緒だった。

お風呂だって一緒だった。

ウィルの好きな氷飴《こおりあめ》を魔法で作って、よく舐《な》めた。

その時の彼の笑顔がエルファリアは大好きだった。

義父《ちち》に内緒で孤児院《こじいん》の屋根に上り、夜空を眺《なが》めていた時、口付《キス》けをしたことがある。
不意を突いたエルファリアの奇襲だった。
ウィルは夜なのに、はっきりとわかるほど真っ赤になった。
エルファリアも頬《ほお》を赤く染め、それでも笑って、固まっている少年に抱き着いた。
ここが幸せなのだと、エルファリアはその頃から理解していた。
「エルフィは、本がよめるの？」
「うん。よめるよ」
「すごいね！　むずかしい文字がいっぱいなのに！」
エルファリアはウィルの他に、好きなことが一つあった。それは物語を読むこと。
目を輝かせる少年に褒《ほ》められて調子に乗り、のめり込んだという経緯《けいい》はある。
だが切っかけがどうであれ、エルファリアは物語の数々を愛した。
決して裕福とは言えなかった孤児院だが、義父《ちち》の趣味なのか本だけは沢山あったのだ。
様々な本を読んだ。
魔女王の伝説、氷の城《しろ》とそれにまつわる王女達の話、杖《つえ》と竜を操る騎士道物語。
めくられる頁《ページ》の上で冒険を繰り広げる魔法使い達に、何度も自分とウィルを重ねた。
物語の舞台で、想像のエルファリア達は沢山の美しい光景を見て回ったのだ。
いつしかウィルと一緒に物語の光景を見てみたい。

エルファリアがそう望むようになるのは、ある意味、当然のことだった。

「ほんものの空にはね、『月』と『太陽』がうかんでるんだって！」

そして、五歳になった時。

エルファリアとウィルは『約束』を結んだ。

「空にいちばんちかい塔のてっぺんにいけば……至高の五杖《マギア・ヴェンデ》になれれば、『夕日』を見れるかもしれない！」

「じゃあさ、いっしょに見にいこうよ！」

「うんっ！　約束！」

藤色《ふじいろ》の花のように美しい瞳が、エルファリアのことを見ていた。

物語の中に綴《つづ》られる『太陽』のように笑う少年が明るくて、眩《まぶ》しくて、愛《いと》しかった。

ウィルが自分と同じ望みを抱いてくれるのが、何よりも嬉《うれ》しかった。

だから大切な誓いとなった。

決して色褪《いろあ》せることのない、二人だけの『約束』。

ウィルが魔法を全く使えなくても、エルファリアには関係ないことだった。

エルファリアの魔法でウィルを守り、二人の道を切り開けばいいのだ。

約束の切っかけとなった本に登場する、魔女を守る勇者のように。

ウィルさえいれば、そこがエルファリアの幸せなのだから。

しかし、その幸福は唐突《とうとつ》に崩《くず》れることとなる。

「にげてっ！　にげてエルフィ！」

　ある日のことだった。

　孤児院の裏手の森に出没した、見たことのない魔物に、エルファリアとウィルは襲《おそ》われた。

　魔法をはね返す力を持ったその魔物に、エルファリアはなす術《すべ》がなかった。

　怪我《けが》を負い、追い詰められた。

　目前に迫《せま》り、初めて感じる『死』の気配に、体が震えた。

　だが、そんなエルファリアを護《まも》るため、ウィルは立ち上がった。

　まるで御伽噺《おとぎばなし》の住人のように覚醒し、恐ろしい魔物を打ち倒してしまったのである。

　それはまさしく『魔法』だった。

　それが、エルファリアには『ウィルだけの魔法』だとわかった。

　エルファリアは見惚《みと》れた。

　彼の『魔法』に。

　少年の『勇気』に。

　自分を護ってくれたウィルに感謝し、一層の想いを募《つの》らせたのだ。

　だが――負傷して意識を失った彼を孤児院に運んだ後、残酷《ざんこく》な現実が訪れた。

「きみは……だれだっけ？」

ウィル・セルフォルトは記憶をなくしていた。

五年という短い時間と、エルファリアにまつわること、全て。

「えっ……？」

「ここはどこ？　ぼくは……あれ？　だれだっけ……」

「なに、言ってるの……？　おねがいだから、やめて……そんな嘘《うそ》、つかないで……」

「嘘じゃあ、ないよ。なにも、わからない」

「おこってるなら、あやまるから……。ウィルをまもれなくて、ごめんって……」

「おこってないよ。なにもわからないから……おこれないよ」

「——嘘っ！　うそっ、うそっ！　やだぁ!!」

ウィルは失ってしまった。

エルファリアとの宝物を。

数えきれない思い出も、幸福の数々も、交わした口付けのことだって、全て！

エルファリアは寝台《ベッド》の上のウィルに縋《すが》って、泣き喚《わめ》いた。

戸惑う少年はいつものように髪を撫《な》でてくれなくて、拭《ぬぐ》いきれない涙が溢《あふ》れた。

いっぱいの「どうして？」がエルファリアを埋めつくした。

「エルフィ……よく聞きなさい。ウィルが記憶を失ったのは、間違いなくお前が見たという『ウィルの魔法』が原因だ」

そして、まだ消耗《しょうもう》しているウィルが眠りについた夜。

少年の記憶を取り戻そうと手を尽くしていた義父《ちち》は、エルファリアを呼び出した。

「ウィルはこれまで魔法を使えなかったんじゃない。おそらく、使える準備ができていないんだ。この子の『魔法』は反動が大きく、その代償《だいしょう》に……色々なものを奪《うば》ってしまうのだろう」

「そんな……！」

ウィルが眠る寝台《ベッド》の側、二人きりで話し始める義父の言葉に、崩《くず》れ落《お》ちそうになった。

エルファリアがウィルとともに森に入らなければ。

エルファリアが魔物を倒すことができれば、ウィルの記憶を失わずに済んだ。

その事実がエルファリアの心を苛《さいな》みに苛《さいな》んだ。

「まだ子供のウィルが、土の民《ドワーフ》のような力を発揮するところをお前も見たことがあるね？　私はあの力もその『魔法』の一部……漏れ出た力の片鱗《へんりん》なのだと思う」

思い当たる節《ふし》はあった。ウィルは魔法が使えない代わりに、身体能力が非常に優れていた。

跳《と》べば自分よりずっと高い木の上に着地できたし、素手で煉瓦《れんが》を壊《こわ》したこともある。

魔法の使い手である楽園《リザンス》の住人とは思えないほどに。

エルファリアが息を呑《の》んでいると、義父は短杖《ワンド》をウィルの額に押し当てた。

するとウィルの額《ひたい》を中心に、夜の泉を彷彿《ほうふつ》させる『水鏡《みずかがみ》』――複雑な魔法陣が生まれた。

驚くエルファリアの前で、とぷんっ、と音を立てて短杖《ワンド》の先端が水鏡の中に沈んだ。

「できる限りの記憶は私の魔法で補完した。これでウィルは、お前のことを思い出す筈《はず》だ」

「ほんとう⁉」

「ああ。だが記憶がもと通り蘇《よみがえ》ったわけじゃないんだ。私が使ったのは『暗示《あんじ》』の魔法。私の記憶をもとに、『こういうことがあった』という催眠《さいみん》をかけているだけの状態だ」

エルファリア達の義父、アシュレイ・セルフォルト。

今は孤児院を営《いとな》んでいるが、かつては訳《わけ》ありの魔導士《メイジ》であり、流れの医療師だったらしい。

そんな彼は稀少《きしょう》な『暗示魔法』で、虫食《むしく》いだらけのウィルの記憶を穴埋《あなう》めしたのだ。

この五年間、アシュレイ視点で見たウィル達の様子を。

よってウィルが思い出す記憶とは、義父の目で見た『客観的な光景』になる。

そして、彼が目にしていないウィルとエルファリアだけの思い出はどうあっても蘇らない。

そう告げられたエルファリアは、ショックを隠《かく》せなかった。

「だからウィルに『違和感』を抱かせてはいけない。この五年間の記憶が、私が移した『記《き》録《ろく》』だともし気付いてしまえば、この子は一気に不安定になってしまうだろう」

「…………わかった」

「エルフィ……いや、エルファリア。これからは、ウィルにできる限り『力』を使わせてはいけないよ。特に再び『ウィルの魔法』を使ってしまったら……せっかく新しい思い出を作っても、またウィルは記憶を失ってしまうだろう」

涙を堪《こら》え、悲しみながら、エルファリアは義父との約束に頷《うなず》いた。

その後、目を覚ましたウィルとエルファリアは、表面上は以前通りの関係に戻った。

ただしウィルは二人だけの思い出を忘れたまま。

エルファリアは時間があれば過去の思い出を語ったが、ウィルは、

「そんなことあったっけ？」

と首を傾《かし》げるばかり。

つらかった。ふとした拍子に泣いてしまいそうだった。

それでも思い出してほしくて、ウィルが知らない昔話に花を咲かせるようになった。

あの悲しい事件から、エルファリアはウィルを頼るようになった。

彼が決して守られるだけの存在ではないと知ったから。

けれど同時に、矛盾するように過保護にもなった。

間違ってもウィルが『力』を使ってしまわないように。

これまで以上に彼と行動をともにし、危険な火の粉は烈火《れっか》のごとく追い払った。

「お義父さんは『夕日』の約束を知らない……。だからウィルも、あの約束を……覚えてない」

十歳の誕生日が近付いてくる頃、エルファリアはあることを諦めていた。

それは魔法学院——空に最も近い『塔』へ行《ゆ》くこと。

『夕日』を見るというウィルとの大切な約束は叶《かな》えたい。

だがウィルが無理をして、再び記憶を失う可能性があるなら、望むべきではない。

エルファリアはそう考えていた。エルファリアは、すっかり失うことに臆病《おくびょう》になっていた。

「お初にお目にかかります、エルファリアさん。いいえ、エルファリア様。私はエヴァン・ガロード。貴方にはぜひ、魔法学院へ来て頂きたい！」

なのに、周囲はエルファリアを放っておかなかった。

わざわざ世界の中心、魔導の央都《ウルブ・リガーデン》から来たエヴァンが、スカウトに現れたのである。

彼は魔法学院の教師であると同時に、『塔』に所属する極秘魔導士《エージェント》なのだと言う。

魔法学院だけでなく世界中から優秀な人材を集めることが自分に与えられた使命。

そうのたまうエヴァンは、孤児院があるこの村にも立ち寄り、そして目撃したらしい。

ウィルを守ろうとするあまり、強大な魔法を行使したエルファリアの姿を。

地上で暴走した魔物《マギア・ヴェンデ》の群れを村の一部ごと凍結《とうけつ》させてしまった、凄まじい光景を。

「貴方は必ずや至高の五杖に至れます！『塔』の頂《いただき》に立ち、この魔法世界を牽引《けんいん》する存在となりましょう!!　間違いなく、絶対に！」

孤児院の個室で、義父の制止《せいし》に構わず身を乗り出すエヴァンは、気持ち悪かった。

彼のねばつくような眼差《まなざ》しはエルファリアを見ていない。

エルファリアが宿す『才能』のみに向けられており、価値あるものにしか興味がない。

「帰って」

エルファリアは冷たい瞳を向け、エヴァンの要求に取り合わなかった。

その後も彼は何度もスカウトに訪れたが、それら全てを拒《こば》んだ。相手にすらしなかった。

「もう、決めたんだから。私は、ウィルと一緒にずっと孤児院《こご》で暮らすって……」

それがたとえ小さな世界の片隅《かたすみ》で、退屈《たいくつ》の繰り返しだったとしても、失うよりかはいい。

取り戻したいものはあるが、なくしてしまうよりはいい。失うのは怖い。

ウィルと一緒に物語のような冒険をしたかった。でも、もういいのだ。

そう思っていたのに――。

「見て、エルフィ！　魔法学院の推薦状《すいせんじょう》が届いたんだ！　僕、あのリガーデンで魔法を勉強できる！」

孤児院の裏庭で一人、寂寥感《せきりょうかん》を噛《か》み締《し》めていたエルフィの前に、ウィルが駆《か》け込《こ》んできた。

息を切らし、一枚の書状を広げて、興奮で頬《ほお》を彩《いろど》りながら。

エルファリアは愕然《がくぜん》とした。

それと同時にウィルの背後、つまり視界の奥、ほくそ笑むエヴァンの姿が木陰《こかげ》に見えた。

すぐに、エヴァンの目論見《もくろみ》を悟《さと》った。彼はウィルを『餌《えさ》』に変えるつもりなのだ。

ウィルに魔導士《メイジ》の素質がないと気付いているくせに！

エルファリアを魔法学院に誘い出すために！

（許せない――!!）

エルファリアは憤《いきどお》った。

去っていくエヴァンの後を追いかけて、物言《ものい》わぬ氷像《ひょうぞう》にしてやろうと思った。

ウィルが持つ推薦状だってびりびりに破《やぶ》いて、行っては駄目だと止めようとした。

しかし、ウィルの瞳《ひとみ》があまりにも希望に輝いていたから、躊躇《ちゅうちょ》してしまった。

魔法が使えるようになって、エルファリアとともに歩む未来を夢想《むそう》しているウィル。

そんな彼に現実を突きつけるのは、あまりにも酷薄《こくはく》で、つらいものだった。

エルファリアは葛藤《かっとう》した。

どうするべきなのか、何をすればいいのか、何がウィルのためになるのか。

この世に生を受けてから最も長く、深く、悩み続けた。

そんなエルファリアのもとに義父が訪れたのは、その日の夜のことだった。

「エルファリア、以前から言っているね。お前には素晴らしい才能があると。ウィルのことを抜きにすれば……魔法を使える端《はし》くれとして、私はお前にリガーデンへ行ってほしい」

「お義父《とう》さんまでそんなこと言うの⁉」

「何より、言おうか言うまいか悩んでいたが……リガーデンには数多《あまた》の稀少《きしょう》な魔法や、禁呪《きんじゅ》が保管されている。もしかすれば、ウィルの記憶を戻せる秘術が……存在するかもしれない」

「‼」

「そして、才能あるお前なら、ウィルを助ける方法を見つけ出せるかもしれない」

エルファリアは大きく目を見張《みは》った。

アシュレイは、以前より深くなった皺《しわ》を曲げ、不器用に笑った。

穏《おだ》やかで、心優しい義父《ぎふ》もエルファリアと同じく葛藤《かっとう》しているのだと、すぐにわかった。

それでも彼はエルファリア達の親として、『選択肢』を提示《ていじ》してくれたのだ。

「『塔』に上《のぼ》ることができれば、その可能性も増《ま》すだろう。考えてみてくれ」

「お義父さん……」

「……ここまで言っておいて調子のいい話だが、私はお前の決断を尊重するよ。たとえどんなことがあっても……お前とウィルの絆《きずな》が断ち切れることだけはないだろう」

アシュレイは『こうしなさい』『ああしなさい』と命《めい》じてはくれなかった。

成長した子供へそうするように、判断をエルファリア自身に委《ゆだ》ねた。

義父が去った後、エルファリアはやはり懊悩《おうのう》した。

考え過ぎて頭が痛くなって、幽霊のように暗い孤児院の中をさまよった。

廊下を歩いた。義弟《おとうと》や義妹《いもうと》達が寝静まる子供部屋を通り過ぎた。扉を開け、外に出た。

その先に、ウィルがいた。

かつて『夕日』を見に行こうと約束した、あの裏庭に一人。

闇夜に浮かぶ『大結界』を——『偽《いつわ》りの月』を見上げていた。

「……何をしてるの、ウィル？」

「エルフィ……。それが、眠れなくなっちゃって。僕があのリガーデンに行けるなんて、夢みたいで……嬉しくてしょうがないんだ！」

歩み寄り、隣《となり》に並ぶと、ウィルは興奮した面持ちで学院へ行ける喜びを吐露《とろ》した。

それを聞くのが、今のエルファリアにはつらかった。

「どうして、ウィルはそんなに魔法学院へ行きたいの？」

二人の記憶も、想いも忘れてしまったのに——。

そんな言葉を喉の奥に隠しながら、つい尋《たず》ねてしまった、その時。

「だって、エルフィと約束したから。『夕日』を見に行くって」

エルファリアは、動きを止めた。

「エルフィとの夢に近付ける……だから行きたいんだ！」

エルファリアは、涙を流した。

全て失われてしまったと思っていた二人の思い出。

その中で、ウィルは大切な『約束』だけは、覚えてくれていたのだ。

彼はエルファリアとの想いだけは、手放してはいなかったのだ。

エルファリアは泣きながら、ウィルに抱きついた。

そして慌てる彼を他所《よそ》に、決意した。

エヴァンの罠《わな》だったとしても、魔法学院へ行くと。

決してウィルと離れ離れにはならず、彼の周りから危険を排除《はいじょ》する。

必ずやウィルの記憶を取り戻す魔法を見つけ出す。

そのためには、違反だってなんだって犯《おか》してみせる覚悟を固めた。


ウィルとともに魔法学院へ行くことを決めたエルファリアは、直《ただ》ちに準備を始めた。

まず義父の知恵を借りながら、自分の魔法を伝達する『蒼涙《なみだ》のペンダント』を作った。

魔法が使えないウィルがいじめられないように。間違っても彼が『力』を使わないように。

分身魔法『白の芸術《アルスワイス》』の精度《せいど》も上げ、遠隔操作《えんかくそうさ》で学院の書庫に忍び込ませる算段《さんだん》をつけた。

学院が保管する秘術や禁呪、特に記憶に関わるものを見つけ出すために。

そしてて何も知らないウィルとともに、エルファリアは自分達の家を発《た》った。

全ての運命が待ち受けている央都《おうと》リガーデンへと。

ウィルとの約束、希望を胸に、エルファリアは魔法学院の門をくぐったのだ。

そして今、その約束と希望は、儚《はかな》く散ろうとしている——。


「『夕日』はね、長い道《トンネル》を越えた先にあるんだって！」

長い一日が終わろうとしている、『夜』。

僕とエルフィは、寮の外れの森の中、倒れた古木《こぼく》の幹に腰かけながら語らっていた。

「沢山の危険を乗り越えないといけないから、魔法を沢山覚えて準備しておかないと！」

正確には、エルフィだけが言葉を重ねていた。

二人の約束を今からでも叶えようと言い聞かせるように。

いつもと変わらない笑顔を顔に貼り付けながら、まるで僕を引き止めるように。

（僕は……『無能者』だった）

今日、エヴァン先生に告げられた『無能の刻印』が耳に刻《きざ》み込《こ》まれ、今も頭の中に響く。

僕はまともにエルフィの顔を見れなかった。

ペンダントをくれて、ずっと落ちこぼれの僕を助けてくれた彼女に、合わせる顔がない。

一見明るく、無邪気な子供のように振る舞うエルフィは無理をしてる。

何かあれば泣き出してしまうだろうなんてこと、ずっと一緒にいた僕には一目でわかる。

それくらい、僕の存在が彼女を追い込んでしまったんだ。

無理をしながら、それでも夢を語るエルフィの瞳《ひとみ》は、今も宝石みたいに綺麗だった。

君は眩《まぶ》しすぎて、『無価値の石』に過《す》ぎない僕は、どうしようもなく弱かった。

その輝きを、僕なんかが奪いたくなかった。

視線を足もとに落とした弱虫の心が、みっともなく唇を動かす。

「エルフィなら、きっと行けるよ……。でも、僕は……」

「――だめ！」

けれど、エルフィはその先の言葉を言わせてくれなかった。

両手を伸ばし、僕を草むらの上に押し倒す。

緑の絨毯《じゅうたん》が体を受け止める。驚きに目を見開く。涙の雨が、頬に落ちてくる。

「ウィルも一緒じゃないと、だめ！」

エルフィは泣いていた。

ずっと我慢していた滴《しずく》が目尻から溢《あふ》れ、僕の肌を濡らしていく。

「ウィルがいないんだったら、意味なんてない！」

僕の顔の左右についた小さな両手が、ぎゅっ、と震えるように草と地面を握る。

エルフィは様々な感情を噛み締めながら、それでも、綺麗に笑った。
「だから……一緒に行こう？」
瞳が揺れた。
自分が情けなくてしょうがない。
それでも、僕は目の前にある想いを裏切るなんてできない。
ウィル・セルフォルトが、彼女との約束に背《そむ》くことだけは、絶対に。
嗚咽《おえつ》となりかける息を必死に殺しながら、両手を伸ばした。
今にも折れてしまいそうな細い腕を支えるため、彼女の体へ。
エルフィはふっと力を抜いて、僕の上へ降ってきた。
静かに抱きとめる。
温度を交わし合う。
四本の腕がお互いを求める。
暗い暗い夜空を見上げながら涙をこらえる僕は、そっとエルフィを隣に寝かせた。
二人とも横になりながら、鏡のように瞳を覗き込む。
想いを確かめ合う。『約束』は消えない。一緒にいる限り、ずっと。
額と額がくっつこうかという距離で、僕達は思い出したように赤面した。
こんな風に必死になって、想いを確かめ合った自分達を、今更《いまさら》ながら恥ずかしがる。

いつも同じ寝台《ベッド》で寝てたくせに、変なの。

それでも頬《ほお》を撫《な》でる草の感触がくすぐったくて、僕達は気付けば笑っていた。

「……行こう？」

「……うん」

エルフィが起き上がる。

僕も起きて、差し出された手に自分のものを重ねる。

立ち上がった僕達は、無言で歩き始めた。

（苦しいし、みっともない。……それでも、叶えよう）

たとえ魔法が使えなかったとしても、エルフィとの約束を。

闇のように暗い気持ちは今だって晴れない。それでも、と心の中で言い返す。

負けないように右手を握りしめた。

今も繋がっている、この左手を決して離さないように。

そして一度寮《りょう》に戻ろうと、森の中を進んでいた、その時。

「どこへ行かれるのですか、エルファリア様？　いいえ——新たな至高の五杖《マギア・ヴェンデ》」

何人もの魔導士《メイジ》とともに、エヴァン先生が目の前に現れた。

「っ……！　貴方っ！」

「エヴァン先生……！」

「寮へ帰られるおつもりで？　ですが、その必要はもうございません。貴方が住まう居城《きょじょう》はあのような有象無象《うぞうむぞう》のための館《やかた》ではなく、あの崇高《すうこう》なる『塔』になるのですから」

手も、体も強張《こわば》る僕達を前に、エヴァン先生はにこにこと笑っていた。

いつかと同じように薄目がちに、視界の奥に見える巨大な『塔』を示しながら。

「至高の五杖《マギア・ヴェンデ》の長《おさ》、『光皇の杖《マステリアス・ノア》』たるアロン様が正式にお認めになられました。貴方を偉大なる五杖《ごじょう》、その末席《まっせき》へ加えると」

まるで死刑宣告のように、エヴァン先生は、言葉を失う僕達へとそう告げた。

子供の遊びは終わりだと言わんばかりに。

あるいは、僕とエルフィが繋いでいる手を嘲《あざけ》るように。

「ふざけないで！　勝手に決めて、そんなこと知らない！　私はウィルと一緒にいる！」

「我儘《わがまま》はいけませんよ、エルファリア様？　でなければ、無理矢理《むりやり》貴方を連れていくことになります」

「そんなことするなら、みんなみんなっ、氷漬けにするから……!!」

反抗の意志を剥《む》き出しにするエルフィは、本気だった。

エルフィと僕以外の全てを拒絶《きょぜつ》するように、凄《すさ》まじい冷気が荒《あら》ぶり始める。

呪文も唱えていないのに、吹き荒れる魔力の風が周りの木々や草花を凍《い》てつかせていく。

今まで笑みを崩さなかったエヴァン先生の顔が、初めて警戒の色を帯《お》びた。

「この魔力っ、本当に子供か……⁉」

「エヴァン殿、封印結界の使用許可を！」

「お待ちを。いくら戦闘経験が浅い幼《おさな》き身《み》とて、彼女は才能の怪物。その力の片鱗《へんりん》を振り回すだけで、我々上級魔導士《ハイ・メイジ》をすり潰す可能性がある」

この人達はきっと、『塔』から来た凄腕の魔導士《メイジ》なのだろう。

本来なら学院の生徒なんて捻《ひね》り潰されるんだろうけど、今は逆に彼等の方が気圧《けお》されてる。

蒼《あお》色の魔力を放出して、短杖《ワンド》を構えるエルフィに。

無色《むしょく》の礼服に身を包む他の魔導士《メイジ》達が焦る中、エヴァン先生は一人、冷静だった。

「故《ゆえ》に、怪物には同じ『怪物』をぶつけなければ」

唇が、再び細い弧《こ》を描く。

その言葉に応じるように、森の奥から新たな影が二つ、進み出てきた。

一人は両目を布で隠した奇妙な男性で、白い髭《ひげ》と髪は六十歳手前くらいの年齢に見える。

そして、もう一人は――。

「『怪物』扱いとは心外だな、エヴァン」

闇を払って最初に浮かび上がるのは、長い紅《くれない》の外套《マント》だった。

漆黒《しっこく》の衣《ころも》を纏《まと》った青年。

年齢は僕達よりずっと上、だけどきっとワークナー先生よりは下。

シオンのものとも似た緋色《ひいろ》の髪を揺らし、弓なりに曲がった瞳は絶《た》えず笑みの形。

だけど僕は、その青年が怖いと、心からそう思ってしまった。

「これはとんだご無礼《ぶれい》を、キャリオット様！　しかし全てわたくしめの本心です。恐怖と尊崇《そんすう》とは表裏《ひょうり》……世界の理《ことわり》でございましょう？」

「ははっ、君の戯言《たわごと》はいつも面白いね。もう喋《しゃべ》らなくていいよ。エドワルド先輩と同じように、私も君のことが好きじゃない」

恭《うやうや》しく、芝居がかった礼を取るエヴァン先生を、その人は見向きもしない。

エヴァン先生の目の前を通り過ぎ、僕達と距離を置いて相対《あいたい》する。

「エルファリア、だったかな？　君とは長い付き合いになるだろう。ここで自己紹介をしておこうか」

僕のことも見ず、エルフィだけを見つめて、笑みを深める。

何を考えているのか、まるでわからない。

ただ、内に秘《ひ》める『尋常《じんじょう》じゃない魔力』を肌が感じ取り、血が暴れるようにざわつく。

エルフィも僕の隣で顔色を変えた。

「私はキャリオット・インスティア・ワイズマン。至高の五杖《マギア・ヴェンデ》が一杖《いちじょう》、『炎帝の杖《インスティア・バルハム》』の名を拝命《はいめい》している」

「っっ⁉」

『炎帝の杖《インスティア・バルハム》』！

現在の至高の五杖《マギア・ヴェンデ》――!!

雲の上の存在、そして僕達が目指していた目標そのもの！

夢にも思わなかった遭遇《そうぐう》と、今のこの状況が重なり、僕達の危機感がはね上がる。

「今からすることはわかるね？　さぁ、構えるんだ。どうか私を失望させないでくれ」

そう告げて、構えた。

有無《うむ》を言わさず、短杖《ワンド》を向けた。

ぶわっ！　とエルフィの髪が猫のように逆立つのを、僕は確かに見た。

横顔から一気に汗を流すエルフィが杖を突き出す中、緋色《ひいろ》の髪の青年は、唱《とな》えた。

「炎《ほのお》よ、従《したが》え」

淡々《たんたん》とした魔の言の葉《スペル・ワード》。

いつかのシオンと同じ呪文。

二ヶ月前、エルフィ達が行《おこな》った決闘の焼き直し。

けれど眼前に生み出される紅《くれない》の魔法陣は、シオンのものよりずっと小さい。

対するエルフィも、あの時と同じように速攻だった。

相手の短杖《ワンド》から炎が噴《ふ》く前に、無詠唱の魔法を発動させる。

「**氷結の祈園《フレイズ・グレイス》**！」

凍てつく。全てが。

敵の動きを封じる『氷結魔法』が、周囲の森ごと氷の海に閉じ込めようとする。

だけど。


「えっ⁉」

凍てつかない。あの人だけは。

陽炎《かげろう》のごとく、高温の魔力を纏う至高の五杖《マギア・ヴェンデ》だけは、凍《こお》りつかせることができない！

そして炎の最強《インスティア・バルハム》は涼しい笑みのまま、その魔法名を告げた。


「**紅の従士《イグニス・ルークス》**」


瞬間、世界が『紅《あか》』に染まった。

放たれたのは、全てを焼き殺す業火の巨柱。

「**水鏡《アクルム》**‼」

エルフィの動きもまた一瞬だった。

迫りくる紅炎《こうえん》を前に、水の障壁魔法を展開。

城の門のごとき大きな青の鏡が僕達を守る。だけど。
火炎と水の障壁が衝突した直後、凄《すさ》まじい衝撃《しょうげき》が生まれた。
「うあぁっ⁉」
炎を受け止める水鏡《アクルム》が、ボコボコボコッ‼　と信じられないくらい沸騰《ふっとう》する。
耐《た》え凌《しの》ごうとするエルフィの悲鳴。それを塗り潰す灼熱《しゃくねつ》の音。
障壁が蒸発《じょうはつ》して、消滅しようとする。
業火《ごうか》に焼《や》き尽《つ》くされ、全てが焼き払《はら》われようとする。
咄嗟《とっさ》に、体が動いた。
左手に短杖《ワンド》を持ち、左肘を右手で掴《つか》んで耐えているエルフィを、体の中に閉じ込める。
恐ろしい炎に背中を差し出して、エルフィだけは護《まも》ろうとする。
「っっっ――――ああああああああああああああああ‼」
僕に抱きしめられるエルフィは、吠《ほ》えた。
まるで僕を護り返すように、あるいは二度と喪《うしな》わないと誓《ちか》うように。
水の鏡が強烈な光を放ち、自身の消滅と引き換えに、紅《くれない》の業火をも消し飛ばした。
「「うっっ⁉」」
けれど、その反動によって吹き飛ばされる。
冷気と混ざり合った熱気が凄まじい風のうねりと化す。

木々の枝と幹《みき》がしなるほどの悲鳴を、森が上げる。

吹き荒れる衝撃波に、僕とエルフィの小さな体はまるで球《ボール》のように転がった。

何度も地面に体を打ち、離《はな》すまいと抱きしめ合っていた二人の体が、引き剝《ひ》がされる。

「加減したとはいえ……相殺《そうさい》したか。少々焼《や》くつもりだったが、これは嬉しい誤算だ」

僕が太い樹木に激突し、エルフィがうつ伏せに倒れる中、炎の最強《インスティア・バルハム》は笑っていた。

僕達の必死の抵抗も微笑《ほほえ》ましいと言わんばかりの『大人の笑み』で。

「くっ、うう……！」

「癪《しゃく》だけれど、エヴァン、君の慧眼《けいがん》を認めよう。光皇《おう》の決定通り、『塔』に連れていく」

擦《す》り傷《きず》を負った手足を震《ふる》わし、エルフィが立ち上がる。

背中を強打し、呼吸が止まった僕はまだ動けない。あの人達を、止められない！

「後は任せたよ、ログウェル」

そう言って、紅の外套《マント》を翻《ひるがえ》し、炎の最強《インスティア・バルハム》は僕達に背を向けた。

代わりに、布で両目を隠したあの老年の魔導士《メイジ》――至高の五杖《マギア・ヴェンデ》の従者が、動いた。

音も発《はっ》しない静寂《せいじゃく》の移動をもって、一瞬で、驚愕《きょうがく》するエルフィの目の前に現れる。

「開《ひら》け」

「あっっ――⁉」

エルフィの額《ひたい》を片手で鷲摑《わしづか》みにし、一言《ワン・ワード》。

無色の魔法陣が花開いたかと思うと、エルフィは短い悲鳴を上げ、力を失った。

意識を失ったようにぐったりとする彼女の体を、従者の男が軽々《かるがる》と肩に担《かつ》ぐ。

その光景に、視界が赤く染まった。

「──放《はな》っ、せぇぇぇぇぇ！」

苦痛《くつう》に喘《あえ》ぐ体なんて殴り飛ばし、無理矢理に駆け出す。

炎にも負けない怒りの雄叫《おたけ》びを上げながら、僕は男に飛びかかった。

「許《ゆる》すな」

それでも……届かなかった。

「我々の所業《しょぎょう》と、己《おのれ》自身の弱さを」

「がっっ⁉」

こちらの手がエルフィに届く前に、男の人差し指が僕の額に触れた。

直後、『光』が生《しょう》じる。

視角を飛び越えて直接《ちょくせつ》頭の中に叩き込まれる閃光《せんこう》。

力を弱められた『失心《しっしん》魔法』だと気付いた頃には、僕の体は草むらに崩れ落ちていた。

「ウィ……ル……」

「エル、フィ……！」

男が歩み出す中、エルフィが焦点《しょうてん》の合わない目で、こちらに左手を伸ばす。

僕も同じだった。千切《ちぎ》れ飛びそうな意識を必死に繋《つな》ぎ止《と》め、痙攣《けいれん》する右手を伸ばす。

でも、届かない。やっぱり届かない。それどころかお互いの距離は開くばかり。

体も、心も、想いも、約束も、ばらばらに引き離され、遠ざかっていく！

「ウィルぅぅーーーーーーー!!」

「エルフィーーーーーーーー!!」

瞳に涙を浮かべる顔が、最後に見たエルフィの姿だった。

森の奥に消えていく。男も、彼女も、周りの魔導士《メイジ》達も。

空にそびえる『塔』の方角へ、行ってしまう。

「悲しいお別れでしたね。ですが、これで満足でしょう、ウィル君？　いいえ……唾棄《だき》すべき『無能者』」

「っ……、ぁ……」

伸ばした手も力尽き、顔と一緒に地面へと墜《お》ちる中、耳の側で靴音《くつおと》が鳴った。

本物の『月』とは異なる『大結界』の光を遮《さえぎ》り、影が僕の体を覆う。

エヴァン先生がすぐ側で、僕を見下ろしている。

「自覚なさい、己の卑小《ひしょう》さを。——そして恥《は》じろ。魔法世界の宝を、貴様程度の塵芥《ちりあくた》が台なしにしていた事実を」

口調ががらりと変わった言葉が、温かさの欠片《かけら》もない声が、僕の耳を抉《えぐ》る。

もう壊れる隙間《すきま》なんてなかった心が、絶望と一緒に踏み潰された。

靴音がまた鳴る。怖い人の気配が遠のいていく。手を伸ばして、縋《すが》りつくこともできない。

意識が真っ暗な闇に包まれていく中、目の淵《ふち》に溜《た》まった滴《しずく》が、こぼれ落ちていった。


いつまで、そうしていたのかはわからない。

だけど瞼《まぶた》が震えた時、森には誰もおらず、静けさだけが満ちていた。

時間の流れがぼろぼろの心をあやす。

あんなに怖がってた『夜』の闇が、傷付いた体を慰《なぐさ》めてくる。

舌が痺《しび》れそうになった。嗚咽《おえつ》を噛《か》み殺《ころ》す。目を覚ましても悪夢は悪夢のまま。

体は動く。動いてしまう。

手足を引き裂かれようが離してはいけない、大切なもの。

それを失っておきながら、この体は何の問題もなく血《ち》を通《かよ》わせ、僕の言うことを聞く。

大切なものを取り戻せなかったくせに。

無様《ぶざま》にあがいたって、もう遅《おそ》すぎるのに。

体を起こした僕は、右腕で何度も目もとを拭《ぬぐ》い、立ち上がった。

向かう。森の先へ。ここからでも見える『塔』のもとへ。
彼女が連れていかれた牢獄《ろうごく》へ。
昔は孤児院からも見えたあの『塔』は、約束の場所だった。
今は憧《あこが》れなんかじゃなく、絶望の象徴だった。
それでも、あそこへ。
エルフィのところへ——。
ふらつく足取りで、歩《あゆ》んだ。
森を越えて、闇を振り払って、誰もいない通りを独《ひと》り占《じ》めして。
魔工石《まこうせき》で舗装《ほそう》され、整然《せいぜん》とした学院敷地内を、生《い》ける亡者《もうじゃ》のようにさまよった。
やがて、『塔』の入り口に辿り着く。
「……かえしてください、エルフィを……」
幅《はば》広く、長い階段を上り、『魔法使いの塔《メルセデス・カウリス》』の門を、どんっ、と叩《たた》く。
一番『夕日』に近い塔の入り口は、何も言ってくれない。
巨大な分厚い門扉《もんぴ》を固く閉ざして、立ち去れ、と言外《げんがい》に、無慈悲《むじひ》に告げてくる。
「かえして、ください、僕の家族を……。おねがいします……お願いしますっ……」
扉に縋《すが》ったまま、ずるずると膝をつく。
その間も、どんっ、どんっ、と拳《こぶし》で門を叩く。

「かえしてっ…………返《かえ》せっ…………！」

どんっ、どんっ――――ドンッ！　ドンッッ!!　と。

門を叩く音が激しくなっていく。門に叩き込まれる音が理性を失っていく。

子供の泣き言は赤熱《せきねつ》の怒《いか》りと化《か》し、懇願《こんがん》は凶暴な意志に変貌《へんぼう》する。

手の皮が破《やぶ》れ出す。紅《あか》い血が滲《にじ》み出《だ》す。真っ白な門扉が怒りの色に汚《けが》されていく。

折れていた膝が立ち上がった。

きつく閉ざされていた無言の門が内《うち》へとたわみ、呻《うめ》き声《ごえ》を漏《も》らす。

僕は眦《まなじり》をつり上げ、握りしめた拳を振りかぶった。

「エルフィを、返せえええええええええええええええええええ!!」

そして今まで最も強い拳が、門扉を打ち砕こうとした瞬間。

「うるせぇぞ。何をやってやがる」

背中に投げつけられた乱暴な声が、僕の拳を停止させた。

振り返る。そこにいたのは何人もの魔導士《メイジ》と、牙色《アイボリー》の髪と褐色《かっしょく》の肌を持つ青年だった。

青年の印象を一言で言うなら、『魔導士《メイジ》らしくない』。

前が開かれた衣《ころも》は鍛《きた》えられた胸やお腹を惜《お》しみなく晒《さら》している。

魔導士《メイジ》だったら『野蛮《やばん》な』とか『下品な』なんて言って真っ先に責めるだろう。

だけど、彼の背後にいる魔導士《メイジ》達はそんな素振《そぶ》りを一切見せなかった。

むしろ、本の中でしか見たことのない『軍隊』のように、青年に従ってるように見える。

「誰、ですか……」

「貴様こそどこの誰だ無礼者《ぶれいもの》ォォ!!　この方は至高の五杖《マギア・ヴェンデ》!!」

僕の声を塗《ぬ》り潰《つぶ》す勢いで、青年のすぐ後ろに控えていた金髪の少年が怒鳴《どな》り散らす。

動きを止めた僕の意識は、『至高の五杖《マギア・ヴェンデ》』という言葉に引き寄せられた。

「ゼオ・トルゼウス・ラインボルト様だ！　轟《とどろ》く雷名《らいめい》を知らんのか、世間知らずの糞餓鬼《クソガキ》め!!」

「雷公《トルゼウス》の……杖《ファッジ》……」

「その通《とおお》りだ!!　ゼオ様はダンジョン遠征から帰ってきたばかり！　栄光の凱旋《がいせん》途中なのだ！　わかったら早くそこをどけっ薄汚《うすぎたな》い不届き者がぁぁぁぁ!!」

「ギル、少し黙れ。てめえの方がうるせえ」

「はいっっ！　ゼオ様!!」

それまで罵詈雑言《ばりぞうごん》を吐《は》いていた金髪の少年が、直立不動の姿勢で口を閉ざす。

耳に小指を突っ込みながら、『ゼオ』と呼ばれた青年が階段に足をかける。

その姿をじっと見つめていた僕は、逆恨《さかうら》みにも等しい怒りを漏《も》らしてしまった。

「至高の五杖《マギア・ヴェンデ》……！　そんなものがなかったら、エルフィはっ……！」

「あァ？　何を言ってやがる………ああ、そういや『魔女の眼《メイザー》』に通達があったな。まだ十にもなってねえガキを至高の五杖《マギア・ヴェンデ》に据《す》えるとかいう」

最初は訝《いぶか》しんでいた青年は、僕の呟《つぶや》きから全て察《さっ》したのか、口角《こうかく》を上げた。

「血迷ってやがるとは思ったが……なるほどなァ。つまり、てめぇは――」

そして、バヽ、バチッ！　と。

「――女を奪われた『クソガキ』ってとこか」

「っっ⁉」

電流が弾《はじ》けたかと思うと、青年が、僕の目の前に出現した。

さっきまで彼がいたのは階段の一番下。

階段の最上段、門前に立っていた僕とは一〇M《メール》は離れていた。

移動した？　この一瞬で？　魔法も使わず？　――ありえない‼

「うぐっ⁉」

驚愕に浸《ひた》る暇《ひま》も碌《ろく》に与えられず、胸ぐらを片手一本で掴まれ、放り投げられた。

さっきまでの場所を入れ替え、門前から階段の一番下へ。

並んでいた魔導士《メイジ》達があっさり避《さ》け、背中から地面に墜落《ついらく》。息が一瞬止まる。

「ギル。お前等《ら》は先に帰ってろ」

「ふぁ⁉　何を言っておられるのですか、ゼオ様⁉」

「知ってんだろ？　行儀のいい学院のガキどもより、薄汚《うすぎたね》ぇ『クソガキ』の方が俺の好みだってな」

僕が悶《もだ》え苦しんでいると、そんな会話が聞こえた。

かと思うと、金髪の少年が嘆息《たんそく》して「ゼオ様の悪癖《あくへき》がまた……」と移動を始める。

僕があれほど叩いても開かなかった『塔』の門が開放され、魔導士《メイジ》達が中に入っていく。

重い音とともに門が閉ざされると、周囲には僕と、あの青年しかいなくなった。

「で？　てめぇは何がしたい？」

再び、あのバチッ！　という電流音が響き、青年が目の前に瞬間移動する。

乱暴にしゃがんだ体勢。肩で息をする僕と、目線を合わせてきた。

「女を奪い返すか？　それとも復讐か？　気に食わねえ連中《れんちゅう》を全員叩きのめすか？」

いきなり問いを重ねられ、頭が混乱する。どうしてそんなこと聞くんだ？

それに、さっきは気付かなかったけど、腰に佩《は》いているのは……まさか『剣《つるぎ》』？

魔法至上主義の世界で、魔導士《メイジ》が杖《つえ》以外の武器を持ってるなんて。

僕の視線に気付いたのか、青年は剣の柄《つか》の辺りを拳で叩く。

「これか？　ドワーフのジジイどもと戦《や》って奪い上げたもんだ。欲《ほ》しくなっちまってな。……よし、そうだな」

僕の血だらけの手を一瞥《いちべつ》した後、いきなり腰から鞘《さや》ごと剣を引き抜く。

「コイツを奪って、俺と殺し合うか？」

「なっ……⁉」

「俺の首を差し出せば、てめぇの女は帰ってくるかもしれねえぞ？」

何を言ってるんだ？　一体、何がしたいんだ⁉

まるで考え方も文化も違う『蛮族《ばんぞく》』を相手にしているよう！

混乱に拍車《はくしゃ》がかかり怯《ひる》んでしまう僕に、青年は「情けねぇ」と鼻を鳴らした。

「負け犬なら負け犬らしく、あがいてみせろ。ドン底から這《は》い上《あ》がってきたヤツはそれだけで面白《おもしれ》ぇ。何より、強《つえ》ぇ」

「っ……？　なにを、言って……」

「わからねぇか？　なら俺に大人しくイビられてろ。……俺様は至高の五杖《マギア・ヴェンデ》だぞ？　てめぇみてえな負け犬や、弱《よえ》ぇ連中を見下《みくだ》すのが大好物なんだ」

今も笑っている青年は——雷の最強《トルゼウス・ファッジ》は、明らかに面白がっていた。

不自然なくらい、いきなり威張り出し、挑発して、僕をニヤニヤと見下《みくだ》してくる。

頭に熱が戻ってくる。怒りで真っ赤だ。

何をしたいのか、今もさっぱりわからない。

でも確かなのは、僕を使って『愉《たの》しもう』としていること！

「貴方たちがっ……そんなだからっ……！　偉《えら》いくせにっ、強いくせに！　いい加減でっ、身勝手《みがって》だから！　だからエルフィは連れて行かれたんだ!!」

「はッ！　何もできねえクソガキが吠《ほ》えやがる！　迸《ほとばし》るほど頭にキてんなら、一発ブチかましてみやがれ！」

片手に剣を持ったまま、相手が勢いよく立ち上がる。

酷《ひど》い理不尽を叩きつけてきたのも至高の五杖《マギア・ヴェンデ》！

こうして僕を玩具《おもちゃ》にしようとしているのも至高の五杖《マギア・ヴェンデ》！

『夕日』を見るための目標として抱いていた敬意《けいい》や、憧《あこが》れなんてものが全て反転する。

至高の五杖《マギア・ヴェンデ》への不満、いや『塔』そのものへの怒りを、僕は眼前の存在に全てぶつけた。

「このおおおぉぉぉ!!」

思いっきり振り抜いた右拳。

がら空きで、剝《む》き出《だ》しの褐色《かっしょく》の腹筋に、遠慮《えんりょ》なく叩き込む。

ボゴォ!!　と。

頑丈な樹木《じゅもく》を叩いたような鈍《にぶ》い音が、僕の拳と、相手のお腹の間から生まれる。

僕の一撃を受け止めた雷の最強《トルゼウス・ファッジ》は、全く問題ないように、ニヤリと笑ってみせた。

「――オエエエエエエエエエ!?　ぐぉ、がぁ!?　俺の腹筋がぁぁぁぁぁぁ！」

かと思ったらすぐ、こちらに背を向けて、急降下とばかりにしゃがみ込む。

両手でお腹を押さえながら、悶絶《もんぜつ》の咆哮《ほうこう》を上げた。

「……ええ」

「て、てめぇ、クソガキっ、いい拳《モン》持ってるじゃねぇかぁぁぁ……!!」

思わず状況を忘れ、僕は呆《あき》れと戸惑いを半々にした顔を浮かべてしまった。

プルプルと震えながらお腹を押さえ、一頻《ひとしき》り悶《もだ》え苦しんだ後、雷《トルゼウス・ファッジ》の最強はこっちを見る。

顔だけ振り向かせて……また唇をつり上げた。

「ドワーフでもねえくせに、まともじゃねえ『馬鹿力』……。少し小突《こづ》いてやるだけのつもりだったが……いいぞ、面白え！」

そう言って、口もとを荒々しく拭《ぬぐ》い、立ち上がる。

「さっきの話の続きだ！　クソガキ、てめぇにこの世の絶対《ルール》を教えてやる！」

向き直って、僕を見下ろしながら。

ギラギラと、双眼《そうがん》を輝かせながら。

「女を奪われた？　俺達のせい？　違うな！　全部てめぇが、ぇ、ぇ、ぇ、弱ぇからだ!!」

「っっ!?」

「弱者は何《なん》だろうが奪われる！　当然だろうが！　女も、宝も、尊厳《そんげん》も！　自分《テメェ》の命ですら!!　それが俺達の世界だ!!」

まるで自然の摂理《せつり》を説《と》くように、僕に大声を叩きつける。

乱暴な言い草だ。横暴《おうぼう》な理論だ。飛躍《ひやく》した詭弁《きべん》だ。なのに——否定できない。

どこにいようと、何をしていようと、僕達はいつだって、強いものに何かを奪われる。

蘇るのは今日という悪夢の記憶。

エヴァン先生に尊厳を奪われ、炎の最強《インスティア・バルハム》にエルフィを奪われ、日常を破壊された。

残ったものは、ボロボロに朽ち果てたウィル・セルフォルトという残骸《ざんがい》だけ。

「奪われたくなけりゃあ、獣《けもの》みてえに吠《ほ》えろ！　弱さを捨てて這《は》い上がれ！　何もかも奪い返すために、死ぬ気でブチ当たってみせろ‼」

そうだ。今、言われていることは真理《しんり》だ。

きっと、この世界の絶対《ルール》だ。

だけど……みんながみんな、そんな風にはなれないんだ！

「やったよっ……僕だって、やったよ！　僕だってもう、死ぬ気で頑張ったんだ‼」

ずっと心の底に溜《た》まっていた汚いものを吐き出す。

ずっと理不尽《りふじん》な世界に言ってやりたかった思いを、ブチまける。

「エルフィの隣に立てるように、何度だって何度だって魔法の練習をした！　勉強だってずっと頑張った！　それでもっ……駄目《だめ》だったんだ！　僕は『無能者』でっ、魔法は使えなかった！　僕はっ……みんなとは違った‼」

落ちこぼれの自分を叫ぶ。『無能者』という烙印《らくいん》を突きつける。

さっきまでの怒りとは違う、悔《くや》しさがこみ上げて、涙を溜めながら訴えた。

初めて会った他人なのに、誰にも言えなかった本心をぶつけ続ける。

荒れ狂う感情のまま、弱者の反論を貫《つらぬ》こうとした。

「僕だって、死ぬ気で――!!」


「嘘《うそ》だな」


だけど、そんなものは、あっさりと踏《ふ》み潰《つぶ》された。

「……えっ？」

体も、心も固まる。

さっきまでとは違う、全てを見透かすような雷《いかずち》の眼差《まなざ》しに、言い訳を続けられなくなる。

「てめえは今も生きてるじゃねえか」

「――――」

「足《た》りるかよ。『死ぬ気概《きがい》』が」

雷《トルゼウス・ファッジ》の最強は。

ゼオ・トルゼウス・ラインボルトは、許さなかった。

世界の絶対《ルール》に開き直って、言い訳を吐《は》き続ける『弱者の特権《とっけん》』を。

「死ぬ気であがき抜いた連中は、この世にいねえ。どうなったか？　――死んだに決まってるだろうが!!」

男の口端《こうたん》が勢いよく裂かれ、鍛え抜かれた左腕が水平に振り抜かれる。

起動するのは魔力。空に向かって走り抜けたのは雷条《らいじょう》。

直後、遥《はる》か頭上から――凄まじい『雷霆《らいてい》』が降《ふ》った。

「～～～～～～～～～～～～～～～～っっ!?」

僕のすぐ後ろに衝撃と轟音《ごうおん》が直撃し、大地を揺るがす震動が巻き起こる。

雷《トルゼウス・ファッジ》の最強の強靭《きょうじん》な脚に突っ込んで、吹き飛ばされることこそなかったものの、絶句《ぜっく》した。

耳鳴りがする頭を押さえながら振り向いて、言葉を失った。

『穴』ができていた。

直径五Ｍ《メール》ほどの空洞《くうどう》。

暗い暗い地の底に続くような、深すぎる縦穴《たてあな》。

耳を澄《す》ませば聞こえてくる。地下にひそむ魔物達の遠吠えが。

まさか、雷撃《らいげき》が地盤を貫通《かんつう》して……ダンジョンと繋《つな》がった!?

「だからてめぇも、一度死ね」

「うぐっ!?」

摑み上げられる。

ぼろぼろの襟《えり》を。
地獄《じごく》へと続く『穴』の真上に、生贄《いけにえ》を捧《ささ》げるように、体を突き出される。
目を見開いた。
相手の双眼は、笑っていた。
強者だけに許された唯《ただ》一つの激励《げきれい》を贈《おく》るように、雷の最強《トルゼウス・ファッジ》は言った。

「死んで――生まれ変われ」

放《はな》される。
僕の首を摑んでいた最後の命綱《いのちづな》が。
一瞬の浮遊感。
次には、残酷な落下が始まる。
「うぅぅぁぁああああああああああああああああああああああ!?」
風を切り裂き、地上に別れを告げ、僕は『穴』の底へと吸い込まれていった。

「餞別《せんべつ》だ。くれてやる」

言って、ゼオは携《たずさ》えていた『剣《つるぎ》』を放り投げた。

少年が落ちて消えた『穴』の中に。

「邪魔《じゃま》は追《お》っ払《ぱら》ってやる。存分に吠《ほ》えろ。恨《うら》みも、怒《いか》りも、何もかも」

敷地内に落ちた雷霆《らいてい》に、学院が俄《にわか》に騒然《そうぜん》となる。『塔』も震えていた。

何も知らない魔導士《メイジ》達がすぐ、慌《あわ》ててここに駆けつけてくるだろう。

だからゼオは結界を張った。『穴』に誰も入れぬように。

『穴』を覆《おお》う雷の膜《まく》は至高の五杖謹製《マギア・ヴェンデきんせい》の『蓋《ふた》』。

たとえ同格の存在であろうと、突破は困難を極める。

「てめぇの顔なんざ、この後《あと》三秒で忘れる。使えねえヤツに興味はねえ。だから、這《は》い上《あ》がってこい。俺を見返しに。女を取り戻しに」

背を向ける。

既に興味を失ったように。

傲慢《ごうまん》に、不遜《ふそん》に、身勝手に告げ、ゼオは『塔』へと足を向ける。

「あのクソッタレな『空』をブチのめすには、強ぇヤツがいくらいても足りやしねえ」

頭上を見上げ、左手を伸ばし、今も輝く『大結界《ルール》』を握りながら、笑った。

『這い上がってくる弱者』もまた世界の絶対だと知る男は、猛々《たけだけ》しく笑った。

身を襲った衝撃によって気絶していたのは、僅《わず》かだった。
己を取り囲む『殺意』を感じ取り、体が緊急の覚醒《かくせい》を呼びかける。
僕は、目を覚ました。
『ウゥゥ……！』
『ガァァ……！』
周囲の闇に浮かび上がる眼光、眼光、眼光。
迷宮の魔物が、地上より降ってきた愚《おろ》かな侵入者に唸《うな》り声を上げる。
ダンジョン1層、『常闇の庭《とこやみのにわ》』。
闇目《やめ》が利《き》かないウィル・セルフォルトにとっての絶対危険地帯。
雷《いかずち》が空けた『穴』のおかげで、地上の光はうっすらと差し込んでいる。
けれど『無能者』には不可避《ふかひ》の死地に変わりない。
突き落とされた絶望的な状況に、だけど僕は、泣き叫ばなかった。
「……」
あれだけ荒れ狂っていた心が凪《な》いでいる。

それもまた嵐の前の静けさのように。
諦観《ていかん》を通り越して達観《たっかん》へ。
悪夢を食べ続ければ感覚は麻痺《まひ》するのだと、身をもって知る。
上体《じょうたい》を起こし、側に落ちていた『剣《つるぎ》』を見つけ、手の内側に引き寄せた。
手足が痛む。逆に痛まない箇所《かしょ》は存在しない。
それだけ今日、身《み》と心を痛めつけられた。骨が軋《きし》み、肉が擦《す》り切《き》れてる。
それでも、涙だけはもう枯《か》れている。
それだけで、もう十分《じゅうぶん》だった。
鞘《さや》に収めたまま剣を地面に突き立てた。杖をつく老人のように立ち上がった。
自分を包囲する殺意は依然《いぜん》そのまま。あと数秒もかからず魔物の宴《うたげ》は始まるだろう。
だから、瞼《まぶた》を閉じた。
許された空白の時間の中で、その言葉に手を伸ばす。
『てめえは今も生きてるじゃねえか』
脳裏に蘇る荒々《あらあら》しい雷《いかずち》のお告げ。
押しつけられた理不尽《りふじん》、不条理極《ふじょうりきわ》まる加虐《かぎゃく》、法《ほう》も道徳《どうとく》も存在しない雄《おす》の掟《おきて》。
この過酷《かこく》は今から、きっと『ウィル・セルフォルト』を殺すだろう。
だけど、あの荒々《あらあら》しい雷《いかずち》を恨《うら》まなかった。

（今、エルフィが隣にいないのは……僕のせいだ）

認める。

誰が悪いのか。誰が最も罪深《つみぶか》いのか。

あの時、大切な少女《エルフィ》が一番助けてほしかったのは、いったい誰なのかを。

（全部…… 僕《おまえ》だ!!）

僕《おまえ》だ！

僕《おまえ》だっ！

僕《おまえ》だッツ!!

エルフィを護《まも》れなかったのも、取り戻せなかったのも、全部全部全部僕《おまえ》が悪い!!

才能ある彼女の隣に並び立つことのできなかった、『弱者《ウィル・セルフォルト》』のせいだ!!

だから——走った。

『ブゴァオ!?』

地《ち》が罅割《ひびわ》れるほどに踏み込んだ。

血管が浮き出るほど柄《つか》を握った。

正面にいた敵に、剣《つるぎ》を叩き込んだ。

爆砕《ばくさい》する魔物。飛び散る鮮血。顔を汚《けが》す赤《あか》。

魔法のような美しさなんて欠片《かけら》もなく、憧《あこが》れにはほど遠い『渾身《こんしん》の膂力《りょりょく》』。

魔法に見放された無能者が唯一《ゆいいつ》持ち合わせる『異端《ちから》』。
それがウィル・セルフォルトの正体。
『杖《つえ》』なんかじゃなかった僕の終わりと始まり。
だから——僕は『産声《うぶごえ》』を上げた。
「うああああああああああああああああああああッッ‼」
始めてやる。
魔物の宴を。
鳴らしてやる。
自分の手で開戦《かいせん》の号砲《ごうほう》を。
雄叫《おたけ》びとともに飛びかかる僕を、魔物どもがただの食料に変えようと殺到《さっとう》する。
怒り狂う爪《つめ》と牙《きば》を弾き返す。
暴風となって剣を振り回す。
鞘《さや》から解き放つこともせず。
自分が魔法使いだと思い込んでいた無能者には剣《つるぎ》の扱い方なんてわからない。
だから鞘に収《おさ》めたまま、殴《なぐ》り飛ばし、殴り飛ばし、殴り飛ばす！
『オオオオオオオオオオオオオオオオオオッ！』
殴り飛ばされ砕け散る魔物達を他所《よそ》に、撃ち出されたのは夥《おびただ》しい触手。

引き寄せて捕食《ほしょく》せんとする『ビッグボス・クロウラー』。
鞘《さや》が触手に絡《から》め取《と》られる。醜悪《しゅうあく》な顎《あぎと》がニタリと嗤《わら》う。それがどうした。
僕は構わず、無造作《むぞうさ》に、力づくで柄《つか》を引き寄せた。
そこで、剣《つるぎ》は鈍器《どんき》を止《や》めた。
凄まじい擦過音《さっかおん》とともに火花が散り、眩《まばゆ》き『銀の刃《やいば》』があらわになる。
『グゲエエ⁉』
抜剣《ばっけん》とともに、断末魔《だんまつま》の絶叫を引きずり出す。
風ごと切り裂く斬撃《ざんげき》をもって触手ともども『ビッグボス・クロウラー』を両断。
頭上より飛来する三匹の『レッサー・ゲイザー』も刃を走らせ解体。
『シャドウ・ウルフ』を裂《さ》き、『ブラック・センチピード』の頭部を断ち切る。
魔物の屍《しかばね》が転がる。紅《あか》い霧《きり》が舞う。迷宮に獣《けもの》同士の歌が轟《とどろ》く。
『魔法』がなくても、数えきれない魔物を斬り続けた。
「‼」
闇が迫《せま》る。光が消えかかる。頭上の『穴』が塞《ふさ》がろうとしている。
ダンジョンの自己再生。じわじわと修復されていく岩の組成《そせい》。
外部からの雷《いかずち》によって風穴を空けられた地下迷宮が人体のごとく傷跡を埋めていく。
もう氷姫《エルファリア》の加護《かご》はない。今の僕に偽物《にせもの》の魔法は使えない。

地上からの光源《こうげん》が完全に断《た》たれ、暗黒が訪れれば、ここは一方的な処刑場《しょけいじょう》と化す。

片手でペンダントを握りしめた僕は、残された一筋《ひとすじ》の光を頼りに、一直線に地《ち》を蹴った。

向かう先にいるのは一体の魔物、『ワンアイズ・フレイムジュエル』。

他には目もくれず、紅の片眼を持つ小鬼《ゴブリン》に、渾身の突きを見舞った。

『ガッツ――』

火の紅宝《フレイムジュエル》と呼ばれる瞳に叩き込まれる剣尖《けんせん》。

衝撃さえ引火に繋がる『爆弾』が炸裂《さくれつ》する。

『『『――――――――アァァァッッ⁉』』』

凄まじい大爆発が起こり、周囲にいた魔物が吹き飛ぶ。

僕も同じ。無様に宙《ちゅう》を舞って地面を転がる。

だけど、一級の防具でもある学院支給の《魔導士《まどうし》のマント》が、体を守った。

そして周囲に飛び散った爆炎が『篝火《かがりび》』と化し、常闇《とこやみ》の迷宮を煌々《こうこう》と照らし出す。

「これで……戦える」

手足は火傷《やけど》を負った。でも動く。ならやっぱり何も問題ない。

ゆらりと立ち上がった僕に、魔物どもの殺意が鈍《にぶ》り、確かな恐怖を眼差しに宿した。

気にせず走った。紅蓮《ぐれん》に燃え上がる迷宮の中を。

蘇《よみがえ》る魔物と迷宮の殺意に喰い殺されないように。

斬《き》って、叫んで、吠えて、戦い続ける。

どれだけ牙に噛みつかれようが、どれだけ爪に抉《えぐ》られようが、痛みと苦しみごと斬り払う。

頭が白熱する。思考が加速する。血と肉が吠えている。

無意識に、無条件に、無秩序《むちつじょ》に、体と心が突き動かされる！

——ウィル。お前の『力』は学院では明るみにしてはいけない。

真っ白に染まる頭の中に、お義父《とう》さんの言葉が頭に響く。

——ただ、今から言うときだけ、この約束を破っていい。

それは学院へ出発する前に自分だけに告げられたもの。

——エルファリアを護《まも》る時。その時は、お前の『力』を振《ふ》るうんだ。

唇を噛《か》む。血の味がする。既に破られた約束は大切なものを護るには遅過ぎた。

だけど、まだ間に合う。

間に合わせなくてはいけない。

だから、だから、だから!!

(強くなりたい！)

エルフィのもとへ向かうために！

僕達を邪魔する全てに負けないように！

あの『塔』の天辺《てっぺん》へ、彼女を迎えに行くために！

そのためにも――。
（死ね！）
斬る。
（死ねっ！）
斬り裂く。
（死ねッッ!!）
斬断《ざんだん》し、斬壊《ざんかい》し、斬絶《ざんぜつ》する。
（死ね――ウィル・セルフォルト!!）
一度死んで、生まれ変われ！
大切な人を護《まも》れるように。
彼女をもう泣かせないように。
決して折れることのない、この白銀《はくぎん》の刃《やいば》のように――。
「一振《ひとふ》りの剣《つるぎ》のように!!」
誓《ちか》いの叫びがダンジョンに轟《とどろ》く。
魔物を屠《ほふ》り続ける刃《やいば》の閃《ひらめ》きとともに、僕はもう一度、『剣《つるぎ》の産声』を上げた。

「エルファリアさん、ううんっ、エルファリア様、本当に『塔』に行っちゃったんだって！」

偽りの青空が広がる『朝』。

授業の時間になってもなお、魔法学院は前代未聞の話題で持ちきりになっていた。

「女子寮から荷物が全部引き払われたって、同室の子が言ってたの！」

「本当に、なっちゃうのかな？　至高の五杖《マギア・ヴェンデ》に……！」

女子も男子も関係なく、席が隣り合った者と情報と意見を交わし続ける。

そんな騒然《そうぜん》となっている教室に、エドワルドは、冷然《れいぜん》とした怒気《どき》を響かせた。

「口を閉ざせ。直《ただ》ちに静まらない場合は、私自《みずか》ら矯正《きょうせい》を施《ほどこ》す」

初日の概略説明《ガイダンス》でも使われた教室は、急《いそ》ぎ静まり返る。

エドワルドは目を瞑《つむ》り、苛立《いらだ》ちを隠せない吐息を漏らした。

生徒達だけでなく学院中が、重大な一件を巡《めぐ》って対処に追われている。

普段は地下教室で授業を行うエドワルドも、一階の多目的教室で教鞭《きょうべん》を執《と》る羽目となった。

教師の手が足りなくなり、埋め合わせとして駆り出されたのだ。

『天才』の出現に、エドワルド自身も心中穏《おだ》やかではない。

大きな窓から見える、憎々しいほど晴れた蒼穹《そうきゅう》と『塔』を睨みつける。

「エドワルド先生！　ウィルはいますか⁉」

そこで、教室の扉が激しい音を立てて開かれた。

息を切らしたワークナーだ。

「昨日から、どこにもいないんです！　寮にも帰っていなかった……！」

「……ここにはいない。お前の使い魔どもに探らせればいいだろうに」

「既《すで》に放ちました！　ですが見つからない！　学院の敷地内には、どこにも……！」

授業中だというのに、ワークナーはエドワルドに詰め寄った。

彼だけがエルファリアにまつわる対処を放り出し、一人の生徒を捜《さが》し続けていた。

「やはり、エヴァン先生の企《たくら》みに乗るべきではなかった……！　もっとやり方があった！

これではウィルを生贄《いけにえ》にして、エルファリアを『塔』に捧《ささ》げたようなものだ……！」

エドワルドにしか聞こえない距離で、ワークナーは苦渋《くじゅう》に満ちた表情を浮かべた。

破損した『実技場《じつぎじょう》』の後始末と、混乱あるいは茫然自失《ぼうぜんじしつ》となった大勢の生徒達の配慮《ケア》。

それらを優先してしまったことを、彼は今でも悔《く》いている。

あの時、エルファリアと一緒にウィルを追いかけるべきだったと。

一人の教師として後悔を抱えるワークナーの姿に、エドワルドは口を噤《つぐ》んだ。

「セルフォルト……いなくなったみたいだな。エルファリア様に頼って、魔法を使えないことを隠してたんだろ？」

「本物の『無能者』だってさ。エルファリア様も『塔』に行っちゃったし、俺だったら学院から逃げ出しちゃうな！　シオンはどう思う⁉　……シオン？」

「……」

上段の席からワークナー達を眺《なが》めながら、シオンはむっつりとしていた。

友人兼《けん》子分のゴードン・バレーとリリール・マースの会話にも参加しない。

「だから言ったんだ。平民の癖《くせ》に調子に乗るなって……」

自分が恥をかかせられた同じ教室で、眉《まゆ》をひそめる。

生意気なエルファリアと同じくらい、あの黒髪の少年のことが気に食わなかった。

「本当に、目障《めざわ》りなヤツ……」

炎のように赤い髪を揺らし、不機嫌そうに吐き捨てた。その時だった。

――ざわっ、と。

これまでとは異なるざわめきが、波のように広がったのは。

ワークナーが開け放っていた扉から、一人の生徒が、現れたのだ。

「ひっっ⁉」

貴族の女生徒が悲鳴を上げた。他の者も絶句した。

その少年は、紅《あか》く成《な》り果《は》てていた。

肌を裂かれ、血を流し、返り血との境界《きょうかい》も失って、襤褸《ぼろ》のように傷付き果てていた。
耐久性に優れる《魔導士《まどうし》のマント》さえボロボロにさせながら、ガリ、ガリッ、と。
鞘に収めることも忘れた剣《つるぎ》を引きずり、刃の切っ先で床を削《けず》りながら、歩む。
いくつもの血の粒を垂らし、火傷を負った両腕をだらりと下げながら。
闇のように暗い双眸《そうぼう》の中に、『弱者の意志』を宿しながら、進み続ける。
シオンは時を止めた。
教室中が静まり返った。
少年は――ウィルは、言葉を失うワークナー達の前で、布に包《つつ》んだソレを差し出した。
「これは……『骸の宝《ドロップ》』⁉」
布にくるまれていたのは『小鬼の火の紅宝《ゴブリンフレイムジュエル》』、『影狼《シャドウ・ウルフ》の爪』、『首領芋虫《ビッグボス・クロウラー》の魔皮《まひ》』。
他にも様々な『骸の宝《ドロップ》』が詰め込まれていた。
「ウィル、お前まさかっ、昨日からずっと……⁉」
少年はもう『魔素《まそ》』を集められない。
少年はもう『杖』を使えない。
だから運んできた。自分が成《な》し遂《と》げたことの『証《あかし》』を。
「『単位』を……資格《しかく》を、ください……」
声が嗄《か》れ果てた喉から、壊れた言葉の破片がこぼれる。

凝固《ぎょうこ》した血の結晶がぱらぱらと唇の端《はし》から落ちる。

喜びも、怒りも、苦しみもなく、ただ意志を剝《む》き出《だ》しにして、少年は言った。

「『塔』に……エルフィのところに、行くんだ」

chapter 5

五章

不屈の意志と崩壊の序曲

Wistoria's Wand and Sord

GrimoActa

(エルフィ……)

闇《やみ》の中を必死に走る。

右も左も前も後ろもわからない闇の海をかき分け、彼女の名を呼び続ける。

だってずっと向こう、闇の奥に彼女の背中だけが見える。

あれを見失ってしまったら、もう約束を守れない。

一緒にいることが、できない。

それだけは、はっきりとわかった。

だけど僕の伸ばした手はちっとも前に進んでくれなくて、背中は遠ざかるばかり。

むしろ泥のような闇に手足は絡《から》め取《と》られ、体がずぶずぶと埋《う》もれていく。

(エルフィっ……エルフィぃぃぃぃ！)

どれだけ叫ぼうが意味はなく。

小さな背中は闇の彼方《かなた》に消えてしまって。

そして全てが黒く染まったところで、『夢』は終わりを告げた。

―

「ウィル……」

名前を呼ぶ声が、頬《ほお》に当たって落ちた。

おかげで瞼《まぶた》が震え、ぼやけた視界が広がっていく。

最初に見えたのは高い天井と、僕を眼鏡の奥から見下ろす一人の先生。

「ワー、クナー……せんせい……」

自分のものとは思えない掠《かす》れた声で呼ぶと、ワークナー先生は安心したように、微笑《ほほえ》んだ。

「……ここ、は……」

「医務室だ。昨日、私達の前で意識を失って……お前は一日中、眠っていたんだ」

銀灰色《ぎんかいしょく》の髪を揺《ゆ》らしながら、ワークナー先生がゆっくり答えてくれる。

意識が上手く定《さだ》まらず、思考がすぐに動き出さない。

だけど、無意識のうちに胸に手を置いて、その『石』に触れた瞬間、はっとした。

『蒼涙《なみだ》のペンダント』。

今の僕と、いなくなってしまった女の子を繋《つな》げる唯一の道具《アイテム》――。

「エルフィ⁉」

はね起きた。

すぐに体に激痛が走る。火にかけられたように熱くなり、あっという間に脂汗《あぶらあせ》が滲《にじ》んだ。

だけど、全身の悲鳴を無理矢理ねじ伏せる。

寝台《ベッド》の上で上半身を丸めて苦痛の濁流《だくりゅう》を耐《た》え凌《しの》ぎ、毛布をはねのける。

「待てっ、ウィル！　どこへ行くつもりだ⁉」

決まってる！　エルフィのところへ！

慌てて止めにかかるワークナー先生の手から逃《のが》れようとするも、上手く手足が動かない。

まだ癒《い》えきってない体は寝台《ベッド》から下りることもできなかった。

「『塔』に行かなくちゃ！　エルフィを連れ戻しにいかないと！」

「それは無理だ！　話を聞け、ウィル！」

抵抗する僕の肩を両手で押さえつけ、ワークナー先生は叫んだ。

その大声と剣幕に、熱くなっていた頭に水を浴びせられる。

僕と視線を合わせると、ワークナー先生は説得《せっとく》するように、言葉を選び始めた。

「『塔』は、エルファリアを次期至高の五杖《マギア・ヴェンデ》候補として認めた。たとえ至高の五杖《マギア・ヴェンデ》になれずとも、『氷の派閥』に所属して今後は活動することになる。……もうこの学院に、彼女の籍《せき》はない」

「っ……！」

「そして『塔』には、資格なき者は足を踏《ふ》み入れられない。侵入も不可能だ。エルファリアのもとに辿《たど》り着けるまで、何百という上級魔導士《ハイ・メイジ》が立ち塞がるだろう」

「それじゃあ、僕も『塔』を上ります！　今すぐ‼　勉強して、モンスターを倒して、『単位』を集めてっ！」

強行突破など許されず、無謀《むぼう》だと断言《だんげん》されるなら、正攻法で行くと喚《わめ》き立《た》てる。

そんな僕をじっと見つめるワークナー先生は、つらそうな顔で、現実を突きつけた。

「どんなに強くなって、モンスターを倒そうが……魔法を使えなければ『塔』には行けない」

「────」

「あそこは『魔法使いの塔《メルセデス・カウリス》』。才能ある魔導士《メイジ》しか上ることを許されない研鑽《けんさん》の地獄。魔法が使えない者は……足を踏み入れることは、できないんだ」

魔法を扱える楽園の住人《リザンス》、妖精《エルフ》は資格を提示さえすれば上れる。

けれど土の民《ドワーフ》は絶対に上れない。『無能者』だって同じ。

その現実だけは、決して動かしようがない。

「……」

動きを止めてしまった僕は、糸の切れた人形のように、項垂《うなだ》れた。

ワークナー先生は無言で僕を寝台《ベッド》に寝かしつけ、毛布をかけ直す。

落ち着いたわけじゃない。心と体を支配していた熱が、去ってしまっただけ。

ワークナー先生の、言う通りだ。

昨日あれだけダンジョンで暴れたところで、何かを変えたわけじゃない。

あれだけ弱者《ウィル・セルフォルト》を殺し、『剣《つるぎ》』に生まれ変わったとしても、何も覆《くつがえ》らない。

なぜなら、この世は魔法絶対至上主義なのだから──。

「もうしばらく安静にしていろ。『妖聖《ようせい》の派閥』に頭を下げて、さっきちょうど『妖精《エルフ》の秘薬』を譲《ゆず》ってもらってきた。これを飲めばだいぶ楽になる筈《はず》だ」

「……ありがとう、ございます……」

「……エルファリアについては、私もコルドロン校長にかけあってみる。ここで待っているんだ。いいな？」

かろうじて感謝の言葉を絞り出した僕を、やはりワークナー先生は痛ましそうに見た。

小瓶の液体を飲んだのを見届けて、医務室から出ていく。

『秘薬』は本当によく効《き》いた。あんなにつらかった苦痛の波が引き、体が動くようになる。

目を瞑《つむ》って、やっぱり開けた。

『蒼涙《なみだ》のペンダント』をぎゅっと握り、起き上がる。

あんなにボロボロだったのに、すっかりもと通りになっている学院の制服に袖《そで》を通す。

ごめんなさい、と謝って、僕は医務室を後にした。


今の状況を知りたかった。

本当にエルフィは戻っていないのか、確かめたかった。

だけど僕が調べるまでもなく、学院の『空気』は全てを教えてくれた。

「おい、見ろよ……あいつ」

「あれがエルファリア様にくっついてきた『無能者』？」
「ドワーフもどきが、魔法学院の敷居《しきい》を跨《また》ぐなんて……！」
廊下を歩く僕に寄せられる悪意、蔑《さげす》み、憤怒《ふんぬ》。
二つの晩《ばん》が明け、エルフィと僕の噂《うわさ》はすっかり学院中に広まっているらしい。
同級生が、上級生が、先生達まで僕を見るなり距離を取り、眉《まゆ》をひそめて悪態《あくたい》をつく。
今日ほど耳がいいことを呪う日はなかった。
彼等《ら》彼女等《ら》の囁《ささや》きを、全て拾い上げてしまう。
――魔法の資格を持ち合わせていない『無能者』。
――即刻《そっこく》魔法学院を去るべき汚点。
声が耳に届く度《たび》、柔《やわ》らかい果物をナイフで切り抜くように、心の一部が抉《えぐ》られる。
これは今まで平民に向けられていた『差別』とは異なる。
これはもっと別の……そう、『区別』だ。
平民だろうと魔法の腕が優れていれば、魔法学院は不平等なく認めてくれた。
エルフィの時のように。
だけど、今の僕に向けられているものは違う。
魔法の素質がない者への排斥《はいせき》。
魔法世界に相応《ふさわ》しくない存在を棲《す》み分《わ》ける、境界線《きょうかいせん》そのものだ。

つらい。苦しい。足がすくむ。まるで厳《きび》しい風が吹く、冬の森に訪れたみたい。

(みんな、僕のことを知り過ぎてる……)

的確な非難は、無能者の具体的な情報が拡散《かくさん》されている、ということでもある。

僕と一緒にエドワルド先生の試験を受けた同級生が言いふらしたのかもしれない。

でも、この悪意の源《みなもと》は、エヴァン先生の置《お》き土産《みやげ》のような気がする。

エルフィを『塔』に連れて行った今、僕に消えて欲《ほ》しいという強烈な声明書《メッセージ》。

希望を見せてくれた存在に裏切られたという事実が、言いようのない絶望を呼ぶ。

自分の瞳から、生気《せいき》が失われていくのがわかった。

「彼、魔法使《つか》えないんですって」

「そんなやついるのかよ。初めて聞いた」

「なんで学院に入れたんだ？」

「エルファリア様を学院に連れてくる餌《えさ》……だったらしいわ」

「じゃあ、あいつはもう要らないじゃないか。本物の天才《エルファリアさま》はもう至高の五杖《マギア・ヴェンデ》になったんだし」

「もう追い出されるよ、きっと」

長い廊下を進む分だけ投げつけられる、軽蔑《けいべつ》と冷笑。

噂を知らない生徒もすぐに黒に染まり、僕をあざ笑う。

僕に誰も近寄らない、触れようとしてこない長い廊下を、うつむきながら進んだ。

見えない切り傷で胸をズタズタにされながら。

「……」

こっちをじっと見るシオンと、コレットの姿が視界の端《はし》を掠《かす》めた気がした。

確かめる気力はもうない。

僕は廊下の左右に分かれる生徒の列から逃げるように、その場を後にした。


鐘《かね》が鳴り、授業へ向かう生徒達が廊下からいなくなった後も、僕は悪あがきを続けた。

エルフィの姿を捜《さが》して、彼女と訪れた自習室や中庭を回る。

そして、やっぱり彼女はどこにもいない。

廊下や階段に設置された、魔法使いを象《かたど》ったお喋り影像《ミュール》に尋《たず》ねても、

『エルファリアはもう卒業した。彼女は学院の誇りだ！』

『稀代《きだい》の天才として語り継がれるだろう！』

そんなことを口々《くちぐち》に言った。

日常が失われた気がした。いつも青い空が、今は灰色に見える。

僕は校舎と校舎を繋ぐ渡り廊下で足を止めた。

胸もとから『蒼涙《なみだ》のペンダント』を取り出す。

美しい青い石は沈黙《ちんもく》してる。

僕に魔法を使わせてくれた、あの『熱』をもたらしてくれない。

絆《きずな》が途切《とぎ》れてしまったように、決して光らなかった。

「……エルフィ」

ここからでもよく見える『塔』を眺める。

一人で服を着替えられるだろうか。髪を梳《と》かせるだろうか。今、泣いていないだろうか。

寂しさと切なさを抱えながら、瞳を細めていると、

「大人しくしていろと言ったはずだぞ」

無人だった渡り廊下に、ワークナー先生が現れた。

言いつけを破ったから、ばつが悪い。でも、ろくな反応を返す気力もない。

目から生気を失ったまま、靴だけを見下ろした。

そんな僕に、ワークナー先生は溜息《ためいき》をついて、言った。

「付いてくるんだ。校長先生が呼んでいる」


その一室は『第二校舎』に存在した。

教室のように広く、開放感があり、壁の一面を大きな本棚が埋めている。

部屋の奥に鎮座《ちんざ》しているのは、何に使うのかもわからない、大きな大きな『大釜《おおかま》』。

そして、そんな大釜の前に、『魔女』が椅子にゆったりと座っていた。

「お帰りなさい、ワークナー。そして……ようこそ、ウィル。私の部屋へ」

魔法学院の最高責任者だけが使うことを許された校長室。

そこで、コルドロン校長先生は僕達をにこやかに迎えた。

皺《しわ》が多く、年老いた姿は、お伽噺《とぎばなし》の『森の奥に住まう魔女』なんて表現がぴったりだった。

「入学式で会ったばかりですね。私は入学してくる生徒の顔と名前はしっかり覚えています。特に貴方はきらめく宝石の隣にいたから、よく記憶に残っていました。その紫色の瞳、双季《ウィスト》の宝玉のようで綺麗《きれい》だったけれど……今は曇《くも》っていますねぇ。私お手製《てせい》の紅茶でも飲みますか？　つい先日、大好きなエルレンテの茶葉が届いたばかりで――」

「んんっ！　……言われた通りウィルを連れてきました、コルドロン校長先生。彼にエルファリアの詳しい状況を教えてあげてください」

「あら、軽いお喋《しゃべ》りも駄目《だめ》？　せっかちねぇ、ワークナー」

話が長くなりそうな雰囲気《ふんいき》に、ワークナー先生が咳払《せきばら》いをして中断させる。

摑《つか》みどころがなさそうな校長先生はのほほんと笑って、あらためて僕を見た。

「大変なことがありましたね。少々エヴァンを自由にさせ過《す》ぎました。彼は今後、学院活動を禁止します。生徒を導くどころか翻弄《ほんろう》し、苦しめる存在がここにいてはならない」

「……」

「そして、貴方が気にしているエルファリアですが……『塔』は彼女の才能を認めました。エルファリアの至高の五杖《マギア・ヴェンデ》就任は時間の問題でしょう」

人形のように口を閉ざしていた僕は、話を聞いて、更《さら》なる絶望に襲われた。

同時に、やっぱり、とも思ってしまった。

「一番の理由は、現《げん》『氷姫の杖《アルヴィス・ヴィーナ》』ユルヴァールが老衰《ろうすい》により老い先が短いこと。至高の五杖《マギア・ヴェンデ》の空席《くうせき》は直《ただ》ちに埋めなければならない。そこでユルヴァールの後釜《あとがま》に期待されているのがエルファリア。『塔』への連行は強引でしたが……彼女の至高の五杖《マギア・ヴェンデ》入《い》りは、もはや動かない」

「そんな……」

校長先生の説明に、ワークナー先生は呻《うめ》いた。

先生達もエルフィが連れて行かれたことに関しては思うところがあるらしい。

だけど、それを差し引いても、エルフィを取り戻すことはできないのが現状なんだ。

それはきっと、魔法世界の平和が優先されるから。

この世界に生きる者達は、至高の五杖《マギア・ヴェンデ》が張る『大結界』を維持しなければならない。

それこそ、何を引き換えにしてでも。

でなければ、『伝承《でんしょう》』の通り『天上《てんじょう》の侵略者《しんりゃくしゃ》』が現れ、世界を滅ぼしてしまう——。

（……っ！）

――滅んじゃえばいい。

一瞬でもそう考えてしまった自分が恥ずかしくて、恐ろしく感じた。

どんなにつらくて、寂《さび》しくて、世界を恨んでも、誰かの不幸を望んじゃいけないのに。

僕が口を引《ひ》き結《むす》んでうつむいていると……校長先生の空気が変わった。

「さて、ここからは私にとっての本題ですが……ウィル・セルフォルト。貴方は魔法が使えないそうですね？」

沈黙の肯定。隣にいるワークナー先生が緊張したのがわかった。

ワークナー先生は、エルフィより、僕のことの方が心配だったのかもしれない。

もしかしたら、僕が学院に残れるように、校長先生に交渉してくれていたのだろうか。

「リガーデン魔法学院の理念は、魔《ま》の才能を育《はぐく》むこと。それに当てはまらない者は学院を去らなければならない」

校長先生が嚙《か》みしめるように、一言一言を並べていく。

僕にはそれが、読み上げられる死刑宣告にも聞こえた。

エルフィを追いかけることはおろか、ここにいることさえ許されない、と。

「ましてや、魔法が一切《いっさい》使えない者など前代未聞……そう、『前代未聞』なのです」

校長先生はそう言った後、短杖《ワンド》を取り出した。

そのまま、机に置いてあった『あるもの』――短剣《たんけん》を浮遊させる。

かと思えば、宙を漂《ただよ》う抜き身の短剣を、僕の前に送った。

ぼんやりとそれを見ていた僕は、反射的に手の平を差し出し、受け取ってしまう。

「――」

直後だった。

周囲でいくつもの魔力の気配が芽吹《めぶ》く。

「なっ⁉」

半秒後、僕は隣にいたワークナー先生を横に突き飛ばした。

もう半秒後、予測違《たが》わず複数の『魔法陣』が僕を包囲する。

危機察知からちょうど一秒、炎の矢が四方から放出される。

刹那《せつな》、僕の体は動いていた。

閃《ひらめ》かせる。手の中の短剣を。

一閃《いっせん》、二閃、三閃、四を飛んで五閃。

後方、左右、前方、至近距離からの射撃を短剣で斬《き》り落《お》とす。

間に合わない一発を蹴《け》りをもって粉砕《ふんさい》し、最後の炎の矢を――縦断《じゅうだん》した。

切り裂かれた赤《あか》の連矢《れんや》が千々《ちぢ》に散《ち》る。刃《やいば》の舞《まい》に屈《くっ》するように全ての魔法陣が消失する。

大量の火の粉を飛散させる僕を、尻もちをついたワークナー先生は唖然《あぜん》と見上げていた。

（……何をやっているんだろう……）

何事もなかったように構えを解《と》き、姿勢を戻した僕は、手の中の短剣を見下ろした。

絶望して、人形みたいになって、無気力だったくせに。

もう何をしても、エルフィのもとには行けないってわかったのに、どうして僕は――。

「……ふふっ、はははははは　っ！」

自分でもわからない思いを持てあましていると、突然、笑い声が響いた。

コルドロン校長先生だ。炎の魔法を仕掛けた張本人が、子供のように肩を揺らしている。

一頻《ひとしき》り体を揺すった後、校長先生は口を開いた。

「いいでしょう、ワークナー。以降も彼の在学を認めます」

立ち上がったワークナー先生が、はっと振り向く。

人形だった筈《はず》の僕の手も、ぴくり、と揺れた。

「ほ、本当によろしいのですか？　ウィルは魔法を使うことができませんが……」

「ええ、だって面白いもの。『剣《つるぎ》』が『杖《つえ》』に焦《こ》がれるなんて」

その発言の意味は、僕にはわからなかった。

何の真意《しんい》が隠《かく》されているのか、見当もつかなかった。

それでも僕は、絶望していた人形をやめて、震える唇をこじ開けた。

「学院で、勉強すれば……『塔』に上《のぼ》ることはできますか？」

視界に映るものを涙でぼやけさせながら、顔を上げ、尋《たず》ねていた。

「強くなれば、エルフィのところに行けますか⁉」

コルドロン校長先生は、頷《うなず》いてくれた。

「たゆまぬ努力、そして不屈《ふくつ》のごとき意志を捧《ささ》げれば、あるいは……」

「……！」

その答えで、十分だった。

目指すことができるというのなら、あとは走るしかないんだから。

赤くなった目の周りを拭《ぬぐ》って、コルドロン校長先生を見返す。

不屈のごとく、この意志を貫《つらぬ》いてみせると、握りしめる短剣に誓《ちか》いを捧げた。


少年が、ワークナーとともに校長室を退出していく。

扉が閉まり、その後ろ姿を見届けた後、コルドロンは虚空《こくう》を見上げた。

悪戯《いたずら》好きの魔女のように、微笑《ほほえ》んだ。

「悪いわね……。でも、保護していない貴方が悪いのよ？」

誰も聞くことのない呟《つぶや》き。

誰に届くとも知れない先駆け。

返却された短剣を魔法で操《あやつ》り、焦《こ》げついた刃を鞘《さや》に収める魔女は、目を細めた。

「剣《つるぎ》が杖《つえ》を目指すなんて……さて、どうなるかしら？」


四《セルザ》の月、二十一の日。第三週『土《つち》の曜《よう》』。

その日から、僕にとって新たな学院生活が始まった。

けれど、それは二ヶ月前とは比べものにならないくらい『最低』からの始まりだった。

「諸授業で行われたウィル・セルフォルトの違反を認め、単位を没収《ぼっしゅう》する！」

まず、みんなの前で所持単位を没収された。

エルフィの魔法で修得していた『実技』及び『実習』に関するもの全て。

手もとに残ったのは『筆記』で獲得した11単位のみ。

エルフィの魔法を使って『単位』をとっていた僕を、同級生達は心から軽蔑《けいべつ》した。

仕方のないことだった。反論なんてできない。全部魔法が使えない僕のせいだ。

だから僕は彼等や彼女達の非難に甘《あま》んじた。

もしかしたら、それがいけなかったのかもしれない。

ほどなくして、僕に対する『いじめ』が始まった。

「何でまだ学院にいるんだよ！　魔法が使えないくせに！」

「早く出ていってよ、『無能者』！」

「……」

それまで顔を合わせたこともある生徒も、知らなかった生徒も、こぞって僕を非難した。

魔法を使えない者が魔法学院に居続けようとする矛盾《むじゅん》を、誰もが許さない。

黙《だま》って勉強し続ける僕に、生徒達のいじめはエスカレートしていった。

廊下を歩いていれば魔法で背中を押されたり、躓《つまづ》かせて転ばせるのは当たり前。

自習室で沢山の本を借り、ノートを広げていた時は、風の魔法で全て吹き飛ばされた。

僕が何もできない『実技』の授業では新しい魔法の的《まと》や、実験台にしようとした時もある。

僕への軽蔑《けいべつ》は、いつの間にか面白半分の『遊び』に変わっていた。

子供はどこまでも残酷《ざんこく》になれる。

孤児院《こじいん》で温かい家族に囲まれ、何も知らなかった僕は、それを知った。

「ちッ……」

シオンは、僕の顔を見るなり舌打ちするようになった。それは苛立《いらだ》ちと侮蔑《ぶべつ》。

「ふんっ」

ユリウスは、利用価値がなくなったように関わらなくなった。それは好意の対極の無関心。

「……」

コレットは、やっぱり僕を遠くから見つめるだけだった。それは、よくわからない。

誰も助けてはくれなかったけど、そっちの方が僕にはありがたかった。

もし手を差し伸べた存在が巻き添えを食らい、いじめられるようになったら、僕は揺《ゆ》らぐ。

他人に迷惑をかける自分の我儘《わがまま》を疑《うたが》い、迷ってしまう。

だから、これでいい。これがいい。

「何故コルドロン校長はあのような者を学院に置いておくのか……」

「このようなこと、学院創設《そうせつ》まで振り返ってもなかったことだ。由緒《ゆいしょ》正しいリガーデンの歴史に泥を塗《ぬ》りかねん」

先生達も、僕が学院に残ることを疑問に思い、それ以上に嫌悪《けんお》しているらしい。

校長先生の言いつけがなかったら、勝手に追い出されていたかもしれない。

授業では僕はないものとして扱《あつか》われるか、珍獣《ちんじゅう》扱いされた。

そして、エルフィとの関係を最初に暴《あば》いたエドワルド先生は……意外にも、僕を庇《かば》った。

「何故、魔法を使えぬ者を嘲笑《ちょうしょう》している時間がある？　そんなことをしている暇《ひま》が己《おのれ》にはあるとでも？　ならば私の前では間違っても、『塔』に行きたい、至高の五杖《マギア・ヴェンデ》になりたい、そのような無知蒙昧《むちもうまい》は口にしないでもらおう。……全《まった》くもって嘆《なげ》かわしい」

授業『魔源学史《まげんがくし》』が行われている地下教室。

他の授業と同じように声を上げて僕を馬鹿にしていた生徒達が、注意を受けた。

エドワルド先生の冷たい眼光に生徒達は青ざめる。

うつむいていた僕は顔を上げ、驚くよりも先に戸惑ってしまった。

厳《きび》しくて怖いエドワルド先生は、真っ先に僕を差別し、区別すると思っていたから。

「セルフォルト、この教室を出ていけ」

「えっ……」

「他の者の集中を乱し、悪影響を与える。何より、ここに貴様にとっての益《えき》はない。進むべき進路を違《たが》えている」

エドワルド先生はいつも通り合理的で、冷淡《れいたん》ではあったけれど。

ワークナー先生が僕を見る時のような光が、その双眸《そうぼう》にも宿っていた気がした。

「専門職に関わる選択科目《せんたくかもく》は二年次《にねんじ》以降、順次《じゅんじ》受けられるようになるのが決まりだ。しかし、貴様が望むなら私がコルドロン校長に打診《だしん》してやる」

「エ、エドワルド先生……？」

「魔工師《まこうし》や薬師《くすし》、ワークナーのもとなら魔法生物を飼育《しいく》する調教師《テイマー》の資格も取りやすい。今の貴様にとって一考《いっこう》の価値はある」

こちらに背を向け、魔法で板書を進めるエドワルド先生の声色《こわいろ》はいつも通り。

でも、そこには確かに、迷子の生徒を導こうとする『教師』の責任があった。

勘違いかもしれない。的外れかもしれない。でも、僕はそう感じた。

そう感じた上で、拒《こば》まないといけなかった。

「待ってください！　僕は……他の進路は、選べません……」

「何故だ？」

エドワルド先生が振り返る。僕は椅子に座りながら、机の上で拳を作る。

胸の奥で燻《くすぶ》るエルフィへの想いを手放せない一心で、口を開いた。

「僕はっ、『塔』を上《のぼ》って……至高の五杖《マギア・ヴェンデ》にならないといけないから……！」

そう言った次の瞬間。

「──取り消せ!!」

エドワルド先生は、豹変した。

「魔法を使えぬ身でありながら『塔』を目指すだと？　できるわけなかろう!!」

「っ……!?」

「あまつさえ至高の五杖《マギア・ヴェンデ》などと!!　今、貴様が言っていることは最も愚《おろ》かなことだ！　それは高尚《こうしょう》な志《こころざし》でも餓《う》えた野望でもない！　ただの『自殺願望』そのもの!!」

僕の席までカツカツと高い足音を鳴らし近付き、眼前で吠《ほ》える。

今日まで見たことのない恐ろしい形相《ぎょうそう》で、僕を睨《にら》みつける。

「『塔』とは『杖の墓場《はかば》』！　杖ですらない貴様が足を踏み入れれば墓標《ぼひょう》すら残らん!!　望むのは家畜《かちく》のごとき末路とでも言うつもりか？　全くもって救いようがない!!」

伸ばされた手が僕の胸ぐらを摑む。引き寄せられ、怒りの眼光が目と鼻の先に迫る。

教師であることも放り出して、エドワルド先生は『警告』してきた。

「魔法を操る術《すべ》がなく、どうして魔導《まどう》の極致《きょくち》を目指せる⁉　そこにいかなる道理がある⁉　今すぐに取り消せ!!　『塔』を目指さぬと、ここで誓《ちか》え!!」

一つだけ、わかったことがある。

『塔』、そして『至高の五杖《マギア・ヴェンデ》』という言葉に、エドワルド先生は強く反応する。

劣等複合《コンプレックス》があるかのように。見過ごせない『何か』が存在しているかのように。

僕はきっと、蛇《へび》の姿をした竜の逆鱗《げきりん》に触れてしまったんだ。

生徒達が怯《おび》え、僕の両腕も震える。

それでも僕は、反逆しなければならなかった。

「できない……！　僕は、『塔』に行く!!」

「このッ、たわけがあああああああああああああ!!」

エドワルド先生は暴力こそ振るわなかったものの、僕は初めて、誰かに殺されると思った。

僕達の問答は、慌《あわ》てて駆け付けたワークナー先生が止めるまで続いた。

そして、その日からエドワルド先生は『ウィル・セルフォルトの敵』になった。

誰よりも僕を辱《はずかし》め、意志を折《お》ろうとして、何だったら退学させようとしてきた。

僕は孤立していった。

気が付けば――いや最初から――僕の味方はワークナー先生だけになっていた。


「ウィル！　その怪我《けが》はなんだ⁉」

ワークナー先生専用の『魔法生物室』に呼び出された僕は、左手を背中に隠《かく》した。

生徒達のいじめで青く腫《は》れた手はズキズキと痛い。でも責任の所在《しょざい》を問う時間すら惜しい。

僕はすっかり疲れが溜まるようになった目で、ワークナー先生を見上げた。

「何でもありません……転んだだけです。それより、用ってなんですか……？」

「っ……馬鹿者っ！」

ワークナー先生は口を割らないと悟ったのか、眉間に皺《しわ》を寄せて僕の左手を取った。

膏薬《こうやく》と包帯を使って、慣れた手つきで応急処置をしてくれる。

僕も、孤児院にいた時はエルフィや義弟《おとうと》、義妹《いもうと》達によくやってあげた。

ワークナー先生にも、応急処置に慣れるくらいの『誰か』がいたのだろうか。

「ウィル……校長先生はああは言ったが……お前が『塔』に行くことは、できない。このままでは体どころか心を壊してしまうだけだ！」

応急処置を終えた後、ワークナー先生は言った。

最後まで言うか言うまいか散々《さんざん》迷った後、ぼろぼろの僕を見かね、諭《さと》し始めた。

「六年間の学院生活で取れる総単位は12000。そのうち、魔法に関わる『実技』が占める割合は4800もの大量の単位だ。お前はこれを全て落とすことになる。そして、『塔』に行くために必要な単位は7200。だから――」

「だから、『筆記』と『実習』の単位を全部取れば、ちょうど7200……。『塔』に行けます。エルフィのところへ、いける」

「……!! そんな方法で『塔』へ行った者はいない！ そんなことは不可能だと、そう言ってるんだ!! もう無茶は止《や》めろ！」

今後《こんご》、全ての『実技』の授業に僕は合格できない
一方で、『筆記』と『実習』のそれぞれの修得可能単位は3600ずつ。

つまりウィル・セルフォルトは、これから一つたりとも単位を落とすことができない。

全ての授業に合格し続けなければ、『塔』には行けない。

そんなことは無理だと、ワークナー先生はそう言っているのだ。

他の生徒と比べても、魔法を使えないという重い枷《かせ》がある僕には尚更《なおさら》困難である、と。

でも、行ける可能性はある。どんなに困難でも、方法が存在するのだ。

なら挑《いど》まないことなんてありえないと、僕ははっきりそう伝えた。

「このっ、頑固者《がんこもの》！ もう知らないぞ！」

そこでワークナー先生と初めて喧嘩《けんか》した。

唯一の理解者を失ってしまった。部屋を出た後、僕は泣きそうだった。

だけど、その後、ワークナー先生はそわそわとするようになって。

結局、勉強にのめり込む僕の様子を陰からこっそり、見に来てくれるようになった。

嬉しかった。

久々に唇《くちびる》に笑《え》みが宿った。

でも、それ以上に申し訳なかった。

だから僕は、ワークナー先生に迷惑をかけないよう、ダンジョンへ入《い》り浸《びた》るようになった。


「はぁあああああああああああああ！」

四《セルザ》の月、三十二の日。第五週『水《みず》の曜《よう》』。

入学から約二ヶ月半後、学院一年生に『放課後実習』が解禁された。

『実習』は通常、クラス単位あるいはクラス合同で行われる。

だけど階層一つとっても、広大な迷宮では授業で倒せる討伐目標《モンスター》数は高《たか》が知れてる。

そこでリガーデン魔法学院では、生徒の自己裁量《さいりょう》による『放課後実習』が推奨《すいしょう》されてる。

各生徒が学院に実習届けを申請《しんせい》し、生徒同士で部隊《パーティー》を組んでダンジョンを探索するのだ。

勿論《もちろん》、実力を認められないと先生達に迷宮へ行くことを許してもらえない。

許可が出ても、探索範囲を地帯《エリア》ごとに厳しく管理、及び限定される。

もし破れば罰則《ペナルティ》。最悪、所持単位の没収もありうる。

全ては生徒の鍛練を促《うなが》しつつ、命を守るための決まりらしい。

そんな中、僕は実習届けを出しても迷宮探索を許可してくれる先生がいなかった。

他の先生達は言わずもがな、ワークナー先生も僕が危険地帯へ行くことに反対している。

だから僕は、あまり甘えてはいけないと思いつつも、校長先生を頼ることにした。

「……いいでしょう。くれぐれも命を粗末《そまつ》に扱ってはいけませんよ？」

コルドロン校長先生は僕をじっと見つめた後、無期限の探索許可証にサインしてくれた。

探索範囲は1層限定だけど、これで『単位』を獲得できる。

僕は取《と》り憑《つ》かれたようにダンジョンへもぐって、モンスターを倒していった。

一年生で取れる『筆記』の単位だけじゃあ、『塔』はおろか次学年への進級もできない。

学院に残り、『塔』へ行くには、ダンジョンで『実習』単位を得るのが必要不可欠だった。

『ギシャアアア！』

「ぐっ……!?」

『常闇《とこやみ》の庭《にわ》』は、相変わらず僕にとって脅威《きょうい》だった。

闇目《やめ》が利《き》かない僕は独学で即席の松明《たいまつ》を用意し、暗い迷宮を探索するより他ない。

そんな僕を指差して、魔法学院の生徒達は大声で笑っていた。

彼等は短杖《ワンド》を振るだけで、労《ろう》せず光を灯《とも》せる。

そうじゃなくても闇は彼等にとって怖い存在じゃない。

松明を持ってダンジョンへ向かう僕は、笑えるほど滑稽《こっけい》だっただろう。

だけど、滑稽だろうと、無様《ぶざま》だろうと、僕はこれをやるしかないんだ。

学院が公開する迷宮の地図を頭に叩き込んで、魔物の特性を教科書で事前に調べつくして。

左手に松明、右手に『剣《つるぎ》』を持って、斬《き》って、斬って、斬って、斬り倒し続けた。

「杖ではなく剣を持つなど、なんと野蛮な……！」

「ドワーフでもあるまいし、恥を知れ！」

雷公《トルゼウス・ファッジ》の杖から貰《もら》い受けた『剣《つるぎ》』を持つ僕を、誰もが馬鹿にした。

先生達だって忌《い》み嫌《きら》った。でも、これだけは僕は手放さなかった。

杖を扱えない僕にとって、この『剣《つるぎ》』が唯一の武器だ。これを失えば僕は戦えなくなる。

生徒用のロッカーは魔法が使えなければ開けられない。

ロッカーを使用することもできない僕は、肌身離さず『剣《つるぎ》』を持つこととなった。

「ふッ！」

鍛練《たんれん》した。

少しでも『剣《つるぎ》』を上手く使えるよう、迷宮の中だろうと外だろうと剣を振り続けた。

『朝』、起きたら剣を振った。『夜』、眠る前に必ず素振りをした。
僕はエルフィの好きなお伽噺《とぎばなし》に出てくる英雄なんかじゃない。天才じゃない。
だから少しでも『剣《つるぎ》』に慣れる必要があった。
身の丈《たけ》に迫ろうかというこの銀の刃《やいば》に。
魔導士《メイジ》達が軽蔑してやまない斬撃《ざんげき》を生む道具に。
使ってみるようになってわかったことは、『剣《つるぎ》』は恐怖の武器だということ。
『剣《つるぎ》』を使用するには敵に近付かなければならない。
自分より大きな相手にも、素早い相手にも、強い相手にも飛び込む必要がある。
『杖』は違う。魔法を放つ杖は、魔物の牙も爪も届かない遠い場所から攻撃できる。
エルフィに使わせてもらっていた魔法の偉大さを知った。
それと同時に、『剣《つるぎ》』という欠陥《けっかん》にも似た特性を理解しつくさないといけなかった。
勤勉《きんべん》にならなければ傷を追う。敵に怯《ひる》んでも血を流す。その二つを間違えれば死ぬ。
僕は『剣《つるぎ》』と一緒に、恐怖と戦わなければならなかった。
弱虫で、臆病《おくびょう》な僕にはそれが二番目につらかった。
一番目につらいのは、エルフィに背を向けて逃げ出すこと。
それだけは耐《た》えられない。それだけは受け入れられない。それなら僕は恐怖に抗《あらが》う。
僕は剣を振って、魔物の懐《ふところ》に飛び込み続けた。

燃えるような傷の痛みと引き換えに、剣の使い方を徐々《じょじょ》に学んでいった。

そしてある日、気付いた。

ずっと使ってた杖より、剣の方が遥《はる》かに手に馴染《なじ》んでいることに。

とんだ皮肉だって、僕は下手くそな笑《え》みを浮かべた。

「『ビッグボス・クロウラー』二十体の撃破を確認……単位10を与える……」

魔法生物室で、今回で都合《つごう》二十体分の『骸の宝《ドロップ》』を提出し、大量の『単位』を得る。

行き過ぎたダンジョン探索に、ワークナー先生は言葉を失った後、僕を本気で怒った。

でも僕はもう、止まることのできない場所にいた。

所持単位数112。

魔物の屍《しかばね》を積み上げた先に可視化《かしか》された、僕をほんの僅《わず》かに安心させてくれる数字。

エルフィがいた時より倍以上に増えた、無茶の成果。

ワークナー先生以外には気付かれないまま、僕は加速度的に所持単位を増やしていった。


「原初《げんしょ》の『闇《やみ》』、終焉《しゅうえん》の『光』は、性質として炎、風、土、雷《いかずち》、水の五属性を内包《ないほう》しうる。

闇属性の下位魔法『黒禍の火番《ダクス・ダルビカンス》』ならば闇属性の炎を行使していることがわかる。これは五属性魔法の発現が後発であることを意味しており、闇に始まり光に還《かえ》ると提唱した『マクベスの観測《かんそく》』の裏付けにもなっている。これらの属性関係は魔法世界の成り立ちが背景にあると考えられ、魔女王メルセデスの君臨《くんりん》前と君臨後では魔法体系の一変が――」

勉強した。

唇《くちびる》で暗記内容を口ずさみ、ノートに羽根ペンを走らせ続けた。

『筆記』のテストは一度たりとも落とせない。

僕を嫌《きら》う先生達でもケチのつけようのない正答《せいとう》と満点を叩き出す必要がある。

暗記に計算、考察、レポート。全てをこなせるよう躍起《やっき》になった。

僕は他の生徒と違い、魔法が使えない。魔法の感覚がわからない。

みんなが感覚で理解していることを、僕は理論《りろん》立《だ》てて言語化する必要がある。

それは他の生徒以上に勉強に励《はげ》まなければならないということ。

『剣《つるぎ》』の鍛練と同じくらい、あるいはそれ以上に、僕は机にかじりついた。

学んで、学んで、学び続けた。当然のように睡眠時間を削った。

責務《せきむ》のように机の上に本の山を築いた。

土の民《ドワーフ》のように、魔法の蠟燭《ろうそく》を借りて『夜』が終わるまで闇と格闘した。

『剣《つるぎ》』の鍛練と並行して、一秒だって無駄にしなかった。

「……白い髪……」

ふと鏡を見た時、『白髪《しらが》』が増えていることに気付いた。

黒い髪の中に、目に見えて白い毛が混ざり始めている。

そんな僕を見て学院の笑い声は絶えない。老人のようだとも馬鹿にされた。

きっとこれも無理の反動だろう。大丈夫だ。わかってる。問題ない。

だから僕は、鍛練と勉強に没頭し続けた。

何に代えても『単位』を求めるようになった。

「……ウィル・セルフォルト、合格。単位2を与えます」

先生に嫌な顔をされながら、テストの結果を返されるのはしょっちゅうだった。

『実技』を落とし続ける落第生。『筆記』のテストで満点を取り続ける勉強の虫。

そんな僕を評価してか、あるいは侮《あなど》ってか。

いつからか、『筆記だけの優等生《ラーナー》』なんて呼ばれるようになっていた。

『無能者』よりかはいいかもしれない。

重い目と、疲労が重なる思考の中で、僕はそんなことしか感じなかった。


「ありえない……！」

少年が鍛練と勉強に明け暮れ、『筆記だけの優等生《ラーナー》』なんて名前が広まるようになった頃。

ワークナーは、校長《コルドロン》から自分のみに閲覧《えつらん》を許されたウィルの成績表を見て、戦慄《せんりつ》した。

（『筆記』はまだいい。魔法が使えない身でありながら、勉学《べんがく》に励《はげ》んだ証拠だろう。だが、この『実習』の成績は……ありえない！）

総単位数『170』。

更に修得単位を増やしたウィルの単位内訳《うちわけ》は、『実習』が八割《はちわり》を占めるようになっていた。

この時期に『実習』単位120弱《じゃく》を獲得《かくとく》した一年生など一人も存在しない。

あのリアーナ・オーウェンザウスや、メアリー・ローですらそこまで至っていない。

1層の奥深く、隅々《すみずみ》まで探索《たんさく》している証左《しょうさ》。

いや、もしかしたらワークナー達に黙《だま》って2層にまで足を伸ばしている可能性すらある。

そんなことをすれば、死ぬ。

入学して三ヵ月足らずの学院一年生の生徒であれば、間違いなく命を失う。

にもかかわらずウィルは五体満足のまま、今日も迷宮へ行って無茶を重ねている。

信じられない。不可解ですらある。

故《ゆえ》に、ありえないことなのだ。

（他の教師や生徒達はあの子のことを侮《あなど》っているが……こんな事実、明るみにできない！）

エルファリアが『塔』に連れられた翌朝、ウィルが運んできた大量の骸の宝《ドロップ》。

あれは生徒達の間では雑魚《ざこ》を狩っただけ、あるいは他者から盗んだ、と噂《うわさ》されている。

誰もが少年の異常性を知らないし、認めていない。それはある意味、不幸中の幸いだった。

もし知れれば魔導士《メイジ》の誇りに傷が付き、ウィルを取り巻く環境が悪化するのは間違いない。

ワークナーの見えない所で虐《いじ》めは増し、風当たりが強くなるのは想像に難《かた》くないだろう。

エドワルドになんて尚更《なおさら》話せない。

彼のウィルへの厳しい態度は『魔法が使えぬ無能者《むのうしゃ》が塔を目指すこと』に対するものだ。

『ウィルの戦闘能力』を知ったところで姿勢《スタンス》は何も変わらない。

むしろその秘密を知れば――魔法を上回る力があると知れば――強硬手段に出かねない。

心身追《お》い詰められている今のウィルにとって、彼の強硬手段は止《とど》めの一撃となる。

エドワルドのことをよく知るワークナーは、彼にだけは話せないと、そう心に誓っていた。

「ワークナー、ウィルの件については他言無用です」

校長《コルドロン》にもそう厳命《げんめい》されている。

ワークナーもウィルと同じように、たった一人で、少年の秘密を抱えるしかないのだ。

（ウィルの『力』……あれはまるで土の民《ドワーフ》のような戦車《せんしゃ》……いや、もっと違う、『戦士』）

ワークナーは数度、ダンジョンに向かったウィルを連れ戻そうとしたことがある。

そこで見た少年の戦いぶりは、心胆寒《しんたんさむ》からしめるものだった。

異常だったのだ。『剣』を振るうその強さは。

「ありえない……」

魔法生物室の机の上、ウィルの魔法画像が載る成績表を見下ろしながら、もう一度呟《つぶや》く。

魔法世界の『異端児《いたんじ》』――。
そんな言葉が脳裏に浮かんでしまう。
それと同時に、あまりにも今のウィルは危《あや》うい。
何度言い聞かせても、次の日には何事もなかったように無茶を繰り返す。
日々《ひび》自分を追い込む少年の姿を見て、ワークナーの危惧《きぐ》は収まらなかった。
「このままでは、あの子が壊《こわ》れてしまう……！」

壊れるのはいい。
破壊に見合う成果が得られるなら、いくらでも受け入れる。
壊れきって前に進めなくなることだけが唯一《ゆいいつ》恐れること。
もとより無茶をしてる自覚がある僕は、そう考えていた。
（このままで、本当にいいのか……？）
ただ、葛藤《かっとう》はあった。
こんな生活をあと六年間、本当に過ごすのか。
今すぐエルフィのもとに行かなくていいのか。

そんな思いがある。だけど、他に打つ手がない。
僕が『塔』に乗り込んだとしても、ワークナー先生の言う通り、きっとやられる。
それほどあの日の夜に見た、炎帝の杖《インスティア・バルハム》は怖い存在だった。
今のウィル・セルフォルトじゃあ、あれには敵《かな》わない。胸の奥がそう言ってる。
雷公の杖《トルゼウス・ファッジ》は……よくわからない。
だけど力を貸してくれないことだけはわかる。
あの雷《いかずち》の言葉が僕を立ち上がらせ、絶望に食らいつく原動力になっている。
それだけは事実だった。
弱者は這《ぼく》い上《は》がるしか《あ》ないのだと。
「……エルフィ……」
ふとした時、何度も胸もとから取り出して、首にかけた蒼《あお》い輝きを見た。
けれど『蒼涙《なみだ》のペンダント』は光ってくれない。
僕に何も教えてくれない。
連日エルフィ宛《あて》の手紙を『塔』に出しても、返事は当然のようになかった。
青い空と『塔』を見上げながら、僕は『無能者』の日々を過ごすしかなかった。
だから勉強して、魔物を倒して、頭を酷使《こくし》して、体を痛めつけて。
そんな毎日を繰り返して、白い髪の量が増え始めた頃。

ちょっとずつ。

ちょっとずつ、僕はおかしくなっていった。


五《ノル》の月、[redacted]の日。[redacted]の曜《よう》』。

その日、ダンジョンにもぐっていた僕は、それを目撃した。

「うわぁあああああああああああああああ⁉」

「助けてくれええええええええ！」

松明《たいまつ》を向けた先、モンスターの一団から逃げる三人の生徒がいた。

顔に覚えがある。たしか、僕をいじめていた一学年上の上級生達。

『ワンアイズ・フレイムジュエル』の他に、見たことのない大型のモンスターまでいる。

更《さら》なる『単位』を求め、ワークナー先生に内緒で2層まで来ていた僕は、ぼうっと眺《なが》めた。

助けを求められたのなら、やはり、それは助けなければいけない気がする。

たとえそれが僕をいじめて苦しめている存在でも。お義父《とう》さんなら、きっとそう願う。

だから、ぼんやり眺めていた僕は『剣《つるぎ》』を握《にぎ》り締《し》めて——。


——気が付けば、火の海の中に立っていた。

「……？」
辺りを見回せば、至るところで炎が音を立てて燃えている。
炎を操《あやつ》る魔物でも現れたんだろうか。
それとも『ワンアイズ・フレイムジュエル』が爆発でもした？
いつの間にか松明《たいまつ》までなくしている。幸い炎のおかげで視界は利《き》くけれど。
炎の他にも、魔物の亡骸《なきがら》が散乱していた。まさか僕が倒したのだろうか？
まったく覚えていない。
い、いや、いい、いない。
記憶が連続していない。
「……！　『骸の宝《ドロップ》』は⁉」
はっとして、慌《あわ》てて荷物を確かめた。
袋の中には、さっきまで集めていた戦利品。
あとはたった今、倒した魔物の分と思《おぼ》しき『骸の宝《ドロップ》』がちゃんと入っていた。
じゃあ、いいや、と。
い、いい、いいや、
『単位』がもらえるなら、多少覚えていなくても問題ない。
そう答えを出して、この場を離れようとする。
「……なんだろう、この『穴』」
幅広《はばひろ》の通路には、竜が体当たりをして空けたような歪《いびつ》な『穴』ができていた。

もともとこんなものはなかった筈《はず》だ。
『穴』の側には、あの名前の知らない大型のモンスターが斬殺《ざんさつ》され、横たわっていた。
「う……ぁ……」
振り向くと、炎の海を越えた先に、上級生達がいた。
みんな腰を抜かした格好で、こちらを見て、真《ま》っ青《さお》になっている。
僕は先輩達の無事を確認して、背を向けた。今日はもう学院へ戻ろう。
次の日から、僕をいじめる生徒の中から、三人の上級生は姿を消した。

五《ノル》の月、[redacted]の……いや六月？　それとも十二月？
今はいつだっけ？
時間の感覚が曖昧《あいまい》だ。
『朝』に起きたと思えば、気付いたら『夜』が訪《おとず》れている。
学院で昼食を食べていた筈なのに、気付けば自室で羽根ペンを握っていた。
時計の長針と短針まで僕を馬鹿にしている。でも、怒る気力も湧《わ》かない。
鏡の前の僕は頰《ほお》がこけ、やつれていた。
うっすらと落ちくぼんだ瞳《ひとみ》も、どこか濁《にご》って見える。
昏《くら》くて、虚《うつ》ろで、光を失いつつあった。

なんだろう、既視感《きしかん》がある気がする。

つい立ち止まって、学院の廊下の壁一面に張られた鏡を見つめていると、

「ねぇ」

誰かに声をかけられた。

振り向くと、黄水晶《シトリン》の色の長い髪を揺らす、一人の少女が立っていた。

「あなた、ずっと苦しそう」

「……」

「あれから、ずっと見てた」

「……」

「私と同じ……死に魅了《みりょう》されてる」

抑揚《よくよう》のない言葉で、今の僕とそっくりな瞳で、ぼそぼそと喋《しゃべ》る。

その眼差《まなざ》しに含まれているのは、ほんの僅《わず》かな興味と……期待、なのだろうか。

「貴方も、死にたいの？」

その純粋な疑問に。

僕は答えずに、問い返してしまった。

「ごめん……君、誰だっけ？」

髪の色と同じ黄水晶《シトリン》の瞳が見開かれる。

かと思うと、かぁっと頬に赤みが差し、形のいい眉《まゆ》をつり上げた。

「ばかっ！」

びっくりするくらいの大声で怒《おこ》り、彼女は勢いよく背を向け、去っていった。

人形のように綺麗《きれい》で、冷たい顔をしていたけど……あんな顔もできるんだ。

今の僕は何故《なぜ》か、彼女が無性《むしょう》に羨《うらや》ましく感じられた。

僕のせいで怒らせてしまったようだし、どこかで謝らないと。

そう思いながら、ダンジョンに行かなきゃと、彼女と逆方向に向かった時、

「ウィル……」

廊下の曲がり角に立っていた、ワークナー先生と出くわした。

呆然《ぼうぜん》と立っていた先生は、有無《うむ》を言わさず僕の手を摑《つか》み、引っ張っていった。

「ウィル……お前、コレットのことを覚えていないのか？」

最近、何度も訪れている魔法生物室に連れてこられた僕は、開口一番《かいこういちばん》、そう尋ねられた。

コレット……？

………そうだ、あの子はコレットだ。

エルフィと一緒に助けた『土のクラス』の女の子。どうして忘れていたんだろう？

「ごめんなさい……今、思い出しました」

「……！」

驚《おどろ》きに染まるワークナー先生の瞳の中で、僕の表情は死にかけていた。

まるで僕の方が人形のようだった。

「昨日、あったことを覚えているかっ？　私がお前に言ったことを思い出せるか⁉」

「……、…………」

両肩を掴まれ、強く問われた。

一度口《くち》を開きかけた僕は、すぐに閉じてしまう。

思い出せない。昨日なにがあったのか。

ワークナー先生と会ったのかさえ定かじゃない。

でも、昨日獲得した『知識と経験』は残ってる。

学んだ事柄《ことがら》と剣の鍛錬《たんれん》は心と体に反映されている。

なら、ウィル・セルフォルトはエルフィのもとへ行く成果を着実に上げている。

それなら問題ない。それで問題ない。

僕はそんなことを考えて、正直に告げた。

ワークナー先生は今度こそ絶句《ぜっく》して、立ちつくしてしまった。

「コルドロン校長‼」

ワークナーは扉を勢いよく開け放ち、校長室に駆け込んだ。

魔法学院校長コルドロン・アヌーブは、執務机《しつむづくえ》の前で、いつも通り椅子に腰かけていた。

「ウィルは記憶を失っています！　重度《じゅうど》の『記憶障害《きおくしょうがい》』です！　最近のことから昔のことまで、加速度的に思い出せなくなっている！」

「ええ、知っています。私の方でも彼を監視《かんし》していました。少々、まずいことになっているようですね」

挨拶もせず机の前に詰めかけ、まくし立てる。

コルドロンはというと、執務机に広げた本を、小枝のように細い指でぱらりとめくった。

「髪の白化《はくか》に伴《ともな》う『記憶の欠損《けっそん》』……難儀《なんぎ》なものですねぇ。そして過酷《かこく》そのものです。『剣《つるぎ》』というのは」

「何を呑気《のんき》な……！　ウィルを焚《た》き付けたのは貴方でしょう⁉」

執務机を殴《なぐ》るように両手を置き、声を荒《あら》らげるワークナー。

何か間違えれば、この見当違いの怒りをコルドロンにぶつけてしまいそうだった。

ワークナーはウィルに負い目がある。

エヴァンにウィルとエルファリアの真実をほのめかされ、彼の計画に加担してしまった。

不正《ふせい》をしているなら明《あき》らかにしなければならなかったし、正《ただ》さねばならなかった。

ウィル達の資質を理解した上で、一《いち》教師として彼等を導《みちび》こうとした。

それがあの様《ざま》だ。

エルファリアは望んでいない形で魔法世界の希望と祭り上げられた。

ウィルは彼女と引き裂かれ、失意に墜ち、学院全体から疎《うと》まれるようになった。

エヴァンは嘘《うそ》をついていた。

彼から聞いた話では、ウィルは魔法の才能が少し足りない『劣等生』だった。

真実はそれどころではなく、少年は魔法の資質がない『無能者』だった。

それを知っていたら、ワークナーは必ず止めていただろう。

この魔法学院で『無能者』がいると知れた時の反応など、容易に想像できる。

あのような方法で真実を暴《あば》いてしまったが故《ゆえ》に、今の状況が生まれたのだ。

瞳を輝かせ、ひた向きに目標を目指していたあの少年を、自分が殺してしまった。

心も体もボロボロに打ちひしがれ、それでもなお戦う今の弱者《ウィル》を生んだのは、自分自身《ワークナー》だ。

ワークナーはそう信じて疑っていない。

だから摑んだ少年の手を、今度は決して離してはいけない。

ワークナーは、ウィルを助けたかった。

出会った頃の彼に戻ってほしかった。弟のように、また笑ってほしい。

しかしウィル本人は昔に戻るどころか、ワークナーとの思い出さえ失おうとしている。

「私達大人《おとな》が責任を取らずして、どうやって子供達を導くというんですか!?」

その真心《まごころ》の叫びに。

コルドロンは再び、本の頁《ページ》をめくった。

「ええ。その通りです、ワークナー。ですから、貴方の上に立つ私こそ責任を果たさなければ。一刻《いっこく》も早く、この『古文書』を読《よ》み解《と》く必要がある」

ワークナーはそこで初めて怪訝《けげん》に思う。

校長室に飛び込んでから今の今まで、コルドロンはずっと本を読み続けている。

その本は分厚く、年月が感じられる装丁《そうてい》をしており、まさに『古文書』のようだった。

「未熟な今のウィルでは、身に宿した『力』を使えば使うほど、記憶を初めとした内《うち》なる部分が削《けず》り取《と》られていく……本当に過酷な運命です。それと同時に、理解もできた。エルファリアが無理を押してでも、この学院に来た理由が」

指で『古文書』の頁《ページ》を撫《な》でながら、コルドロンは呟《つぶや》く。

「危険を冒《おか》してまで、『この魔法』の存在を探していた」

要領を得ない彼女の発言に、ワークナーはうろたえることしかできなかった。

「ウィルの記憶に関しては、私が何とかしてみせます。ワークナー、貴方は彼のことを見守っていてください。決して最後の一線を越えないよう、貴方が付き添ってあげて」

「っ……！　ウィルを止められないのですか⁉」

「それは無理です。私達が何かを言い、行動を制限すれば、あの子はより暴走する。次第に手段を選ばなくなるでしょう。どこかに閉じ込めたところで、より強い『力』を使って抜け出すだけ。その暁《あかつき》には……何もかも失った白い残骸《ざんがい》となってしまう」

首を横に振り、一度だけ目を伏せた魔女は、窓の外にそびえる『塔』を見上げた。

「今、ウィルを止められるとすれば……それは彼女だけでしょう」

風邪《かぜ》をひくのが好きだった。

子供の頃からずっと。

勿論《もちろん》、つらくて、苦しくて、涙もポロポロと流してしまうけれど。

それでも、その時のエルファリアは、『ウィルのお姫様』になれたから。

本人は馬鹿《ばか》にされてると落ち込んでいるが、ウィルは孤児院中の子供達から人気があった。

魔法が使えないとからかわれるのも彼等の悪戯心《いたずらごころ》で、構ってほしい彼女達の願望だ。

そんな義弟《おとうと》や義妹《いもうと》に構うから、エルファリアはウィルと二人きりに中々なれなかった。

だから、風邪をひけば、エルファリアはウィルを独り占めできた。

ウィルは付きっきりでエルファリアを看病《かんびょう》してくれて、甘い果物を食べさせてくれる。服だって着替えさせてくれるし、ひんやりした手をおでこの上に乗せてくれる。エルファリアがお願いすれば、困った顔をした後、必ず一緒に寝てくれた。

だからエルファリアは自ら進んで風邪をひこうとした。

寒い格好をしたり、髪を乾《かわ》かさなかったり、いっぱい疲れてみたり。

魔法を沢山《たくさん》使えば風邪をひきやすいと気付いたのも、そんな幼少《ようしょう》の頃だ。

だから魔法をいっぱい特訓した。

魔法の素質がやたらと伸びたのも、きっとそのせいだろう。

「エルフィ、へいき？　だいじょうぶだから！　すぐっ……すぐよくなるよ！」

寝台《ベッド》の上に寝込み、ぼやけた視界の中、少年はいつも心配そうな顔で見守ってくれた。

魔力が増えるほどエルファリアは風邪をひき、ウィルと一緒になれて、彼を不安にさせた。

そう、不安にさせていたのだ。

ある日、エルファリアがわざと風邪をひこうとしていることに気付いたウィルは、怒《おこ》った。

エルファリアが見たことないほど、本気で怒った。

エルファリアがつい涙ぐんでしまう中、ウィルもまた、涙を流した。

「つらそうなエルフィを、みたくないんだ。もし、離ればなれになったら……いやだよっ」

エルファリアは自分の過《あやま》ちを知った。

ずっと心配し続けていたウィルの気持ちを理解し、声を上げて泣きながら何度も謝《あやま》った。

それからは、わざと体調を壊《こわ》そうだなんてしなかった。

でも結局、頑丈《がんじょう》なウィルとは違って、エルファリアはよく風邪をひいてしまったけれど。


ウィル、ウィル……どこ？

わたし、もうわざと風邪なんてひかないよ？

だから……いかないで。

ウィルがいないと……とってもさむいよ。


朦朧《もうろう》とする意識の中で、懐かしい夢を見ながら、少年の名を呼び続ける。

独りぼっちの暗闇の中で、エルファリアは、からっぽの隣に向かって涙を流し続けた。


「ウィ、ル……ウィル……どこっ……？」

『魔法使いの塔《メルセデス・カウリス》』、最上階付近。

巨大な氷から削り出されたような水晶の寝台《ベッド》の上で、エルファリアはうなされていた。

閉じた瞼《まぶた》から涙を流し、その玉の肌に幾筋《いくすじ》の汗を伝わせながら。

風邪の症状だ。

だが、こと魔法世界にとって、風邪とは『吉兆《きっちょう》』だ。

「我々、楽園の住人《リザンス》にとって風邪とは、重大な意味を持ちます。器《うつわ》が成長し、押さえきれなくなった膨大《ぼうだい》な魔力が体から溢《あふ》れ、その反動《はんどう》が発熱《はつねつ》や倦怠感《けんたいかん》などの症状《しょうじょう》として表れる……」

寝台《ベッド》の側に立つエヴァンは、今も熱い吐息《といき》を漏《も》らす少女を見下ろしながら、笑った。

教会を彷彿《ほうふつ》とさせる、広い室内だった。

天井近くにある青い花のステンドグラスから光が差し込んでいる。

名は『瞑寝《めいしん》の間《ま》』と言った。

寝台《ベッド》の側には、エヴァンの他に三人の魔導士《メイジ》が立っていた。

炎帝の杖《インスティア・バルハム》、キャリオット・インスティア・ワイズマン。

その副官のログウェル。

そして最後の一人、『氷の派閥』に所属する上級魔導士《ハイ・メイジ》、サリサ・アルフェルト。

「つまり……『風邪』とは魔導士《メイジ》にとって、次の段階へ進む『昇華《しょうか》』と同義」

エヴァンは彼等を他所に、更に笑みを深めた。

魔法世界、とりわけ『塔』の中で、魔導士《メイジ》の風邪は『魔女の祝福《ベーゼ》』と呼ばれている。

かつての至高の五杖《マギア・ヴェンデ》に力を授けたと言われる、魔女王メルセデスにあやかった俗称《ぞくしょう》だ。

一般の者にこの情報は広まっていない。知るのは上級魔導士《ハイ・メイジ》以上の存在のみ。

風邪を多くひく者こそが魔導の才能を見込まれるのだ。

風邪をちっともひかない者など、もはや素質がない。

「それにしても目を覚まさないね。あれからもう一ヵ月は経《た》ったかな？」

「体の内側はともかく、肉体は衰《おとろ》えるばかりです。外部から魔力を流し込んで生命維持を続けているものの、正直つらくなっています……」

キャリオットの含《ふく》み笑《わら》いに、長身の美女サリサは疲労が濃い顔で答えた。

サリサは今年で齢《よわい》二十二になる優秀な上級魔導士《ハイ・メイジ》だった。

眼鏡がトレードマークで、冷たく隙《すき》のない立ち振る舞いから『冷鉄《れいてつ》の女』と呼ばれている。

次の至高の五杖《マギア・ヴェンデ》候補とまで言われていた彼女だが、今の目付きは剣呑《けんのん》だった。

寝台《ベッド》で眠る少女を見る瞳は、切っても切り離せない敵対心が宿っている。

「少し強引だったとはいえ、『開いた』だけなんだろう、ログウェル？」

「はっ。キャリオット様」

ウィルの前からエルファリアを連れ去った、あの夜。

ログウェルは彼女の額を摑《つか》み、『開花《かいか》』の魔力を流し込んだ。

それは『魔力覚醒《かくせい》の儀式』と呼ばれている。

才能ある者が無意識のうちに眠らせている魔力を、叩き起こすための強制手段。

エルファリアは、未だ眠っていた魔力を無理矢理解放《かいほう》させられたのだ。

至高の五杖《マギア・ヴェンデ》になるための最低限の資格を得させるために。

しかし、並みの天才では一ヵ月以上も寝込むことなどありえない。

「膨大な魔力を眠らせていた、エルファリア様だからこそです」

キャリオット達の疑問に、エヴァンはまるで我が子のように滔々《とうとう》と語り出した。

「キャリオット様。ご無礼《ぶれい》を承知《しょうち》でお伺《うかが》いしますが、御身《おんみ》が成長期を迎えた頃、年《ねん》にどれほどの『祝福』を授かっておられましたか？」

「三回ほどかな？」

「素晴らしい！　私のような凡人には二年に一度、風邪の症状が訪れればいい方でした。……ですがエルファリア様は違う」

三人に向き直り、エヴァンは声高々《こえたかだか》に告げた。

「彼女は多い時は六度も『祝福』を得ていたと言う！」

「「「──!!」」」

それは少年を独り占めしようとしていた少女の出来心《できごころ》であり、圧倒的な才能であった。

大小あれど驚きをあらわにするキャリオット達の前で、エヴァンは有頂天となる。

「彼女は必ずや頂点に立ちます！　私が見出《みいだ》した才能っ、類稀《たぐいまれ》なる氷姫《ひょうき》の王冠《おうかん》を、魔法世界が戴《いただ》く！　『発掘機関《ウォッチャー》』としてこれほどの名誉はありませんとも……！」

視線をエルファリアに戻した男は、舌なめずりをした。

『塔』に運び込まれた少女の召し物は学院の制服から、薄手《うすで》の衣《ころも》に変わっている。

サリサ達が着替えさせた『細氷《さいひょう》の聖衣《せいい》』だ。

歴代の設計《デザイン》に差異《さい》はあれど、着用《ちゃくよう》できる者は次期『氷姫の杖《アルヴィス・ヴィーナ》』の資格を持つ者のみ。

美しくも眩《まぶ》しい衣《ころも》と、少女の瑞々《みずみず》しい肢体《したい》に目を細め、男は手を伸ばした。

「触《さわ》らないで頂《いただ》けますか？」

しかし、触《ふ》れるか触れないかのところで、手の甲に突きつけられた短杖《ワンド》が阻《はば》む。

「気に入りませんが、この小娘《こむすめ》は既《すで》に我々『氷の派閥』の所属《しょぞく》。発掘機関《ウォッチャー》といえど……気安い接触は避けるべきかと。私のような女に、要《い》らぬ誤解を与えてしまいます」

「……これは失礼」

少女の顔に触れようとしていたエヴァンは、サリサに睨まれ、すぐに手を引いた。

気分を害《がい》しつつも、すぐに機嫌を戻す。

「嗚呼《ああ》、楽しみですとも。遠くない未来、彼女が絶対の実力と権威をもって、この『塔』に君臨《くんりん》する日が！　その日が訪れた暁《あかつき》には、ぜひ最も近い場所から拝《おが》みたいものです！」

己の栄光を信じて疑わない男の愉悦《ゆえつ》は笑声《しょうせい》となり、響いていった。

少年の名を求め続ける少女を置いて、どこまでも。

(なんて目障りなんだ)

シオン・アルスターはそう思った。

先日誕生日《たんじょうび》を迎えたばかりで、晴れて十一歳になったというのに、不機嫌の極みであった。

多くの友人を招き、店を貸し切って行われた誕生日パーティー。

それを企画した子分のリリールとゴードンは顔を見合わせ、戸惑っているほどだった。

何かまずいことをしてしまったのかと彼等が顔色を窺《うかが》うくらい、シオンの顔は険《けわ》しかった。

原因は、はっきりしている。

「おい落ちこぼれ～。一人でダンジョンに行ってるんだってな～？」

「俺達が仲間にいれてやろうか？　荷物持ちと、壁役《かべやく》だ！　はははははは！」

「……」

シオンは、ウィルのことが気に食わないのだ。

他の生徒に嫌がらせやいじめを散々受けているくせに、何も言い返さない。やり返さない。

前だってそうだ。

三階の窓から、ふと中庭を見た時、ウィルは魔法で剣を奪われていた。

剣を頭上に浮かせられ、ちっとも取り戻せず、最後は噴水の中に放り込まれた。

生徒達が笑って去っていく一方、ウィルは制服をびしょびしょにして、剣を拾っていた。

学院のどこで見かけても、そんな風にいいようにやられてばかり。

そして次の日には、まるで全てを忘れたように勉強に没頭しているのだ。

――何をしてるんだ。やり返せ。

最初に会った時は自分も見下していたことなんて棚《たな》に上げ、シオンは心の中で吐き捨てた。

エルファリアと一緒にいた時は庇ったり、支えたり、何でもしようとしてたくせに。

ウィルは、自分のことになると何もしようとしない。

シオンはきっと、それが許せないのだ。

他人のために、なんて聞こえはいいが、自分のことを大切にしようとしないヤツなんて。

自分を一番に磨《みが》き上《あ》げるからこそ、他者に何かを恵《めぐ》むことができる――。

恥ずかしくない自分になることが、社会への貢献の第一歩となる――。

シオンは貴族として、そんな教育を受けて育ってきた。

だからシオンは、今のウィルが気に食わなくてしょうがない。

とても惨《みじ》めで、見てるだけでムカムカしてくる。

誰よりも、何よりも、とても目障りに思っている。

「ねえ、アレ見て」

「なんだよ、あれ。ハハハッ」

その日も、ウィルは惨めだった。

廊下を歩く彼は気付いていないのか、背中に張り紙を貼られている。

書かれているのは『僕は価値のない無能者です』という文字。

それを見る生徒達は、クスクスと小鳥の囀《さえず》りより煩《わずら》わしい笑い声を漏らすばかり。

シオンはとうとう我慢できなくなり、短杖《ワンド》をウィルに向けた。

「シオン？」

「お、おいっ」

他の生徒が奇妙《きみょう》なものを見るような視線を向けてくるが、知ったことか。

魔法が発動し、張り紙が発火する。

燃え落ちて、背から剝《は》がれたことにウィルは気付いていない。そんなことはどうでもいい。

燃え滓《かす》を踏み潰して、シオンは歩み寄った。

周囲の生徒がざわつく中、お構いなしにウィルの背中へ声をかける。

「おい、お前を僕の子分にしてやる」

決して、断《だん》じて、守ってやるわけじゃない。

ただ、こうすれば自分にとって目障りな風景が減る。そう思っただけのことだ。

「そうすれば、もう惨めな思いなんか……」

しかし、ウィルはそれを無視した。

立ち止まらず、何も返答せず、廊下の奥へと消えていく。

シオンの顔が赤く染まった。

怒りと羞恥《しゅうち》を混ぜ合わせながら、追いかける。

「おい！」

廊下を曲がった先で、すぐにウィルには追いついた。

猫背気味の背中に手を伸ばし、肩を掴《つか》む。

「僕を無視するな！」

振り向かせた反動で、少年が胸に抱えていた剣が、落ちる。

鈍い音を立てて床に転がる。

そして、うつむいていたウィルは、顔を上げた。


「どいてくれ」


「――――」

感情が消え去った瞳。

少女《コレット》のものより危うく、真っ暗な二つの目。

闇の深淵《しんえん》を凝縮《ぎょうしゅく》したような眼差《まなざ》しに穿《うが》たれ、シオンは呼吸を止めてしまった。

どうしようもなく気圧《けお》されて、肩から手を放し、後退《あとずさ》ってしまった。

無言で剣を拾ったウィルは、先程までの光景を巻き戻すように歩み始めた。

しばらく立ちつくしていたシオンは一度ためらった後、追いかけた。

一度でもあの『真っ暗な瞳』を恐れた自分に頭に来て、何より負けたくない一心で追った。

けれど。

「……!!」

校舎を出て、渡り廊下を抜けた先で立ち止まった少年を見て、シオンは悟《さと》ってしまった。

ウィルはこちらに背を向け、当然のことのようにシオンのことを見ていない。

ただ、『塔』だけを見上げていた。

そこにいるだろう、大切な少女《エルファリア》のことしか見つめていなかった。

シオンは、ウィルのことを目障りだと思っていた。

しかしウィルは、シオンや他の生徒達のことを目障りとすら思っていなかったのだ。

一瞬見えた横顔は、『真っ暗な瞳』なんてしていなかった。

強い光で塗り固められた『決意の瞳』だけがそこにはあった。

――時間が足りない。

――余所見《よそみ》してる暇なんてない。

――行かなくちゃいけない。彼女のもとに。

何も言わないくせに、その言葉だけは、背中が雄弁に物語っていた。

少年が歩み出す。

剣を抱き、確固《かっこ》とした足取りで、こちらなんて決して振り向かず。

その日から、シオン・アルスターは、ウィル・セルフォルトのことが大っ嫌いになった。


翌日。

昨夜男子寮《だんしりょう》の部屋の前で一晩中《ひとばんじゅう》待ち伏せていたが、結局ウィルは帰ってこず。

寮長にしこたま怒られ、脳内《のうない》火山が噴火したシオンは、暴走することにした。

「シオ〜ン！　どこ行くんだよ〜!?　一限《いちげん》は『炎のクラス』の『実技』なのに！」

「『単位』落としちゃうよ！　本当にどうしちゃったんだよ〜!!」

ズンズンと廊下を進むシオンの後ろを、ゴードンとリリールが走って追いかけてくる。

少し前からずっと様子がおかしいガキ大将に泣きべそ半分、悲鳴を上げていた。

両眼《りょうめ》が鷹《たか》のようにギラギラ光るシオンは一切《いっさい》取り合わず、目的地の扉を勢いよく開《あ》けた。

「……シオン？」

本日『水のクラス』が使う教室に、ウィルはいた。

わかりやすいくらい他の生徒、ユリウス達とは距離が置かれ、ぽつんと孤立している。

それにも苛《いら》ついたシオンは真っ直ぐつかつかと歩み寄り、ウィルの胸ぐらを両手で摑んだ。

「お前！　寮にも帰らないで、どこへ行ってたんだ！」

「……目が覚めたら、ワークナー先生の部屋にいた。よく、おぼえてない……」

「誤魔化すな！　お前のせいで僕はトイレ掃除の罰を与えられたんだぞ！」

最初は八つ当たりに近い怒りをぶつけ、すぐにぶんぶんと顔を横に振り、顔を睨んだ。

「昨日はよくも僕を無視したな⁉　子分にしてやるって言ったのに！」

「……おぼえてない」

「ふざけるな！　あれだけ僕のことをコケにしたくせに！」

「……何を言ってるのか、わからない。知らないんだ……」

『見覚えがない』の一点張りで、シオンの頭は音を立てて沸騰《ふっとう》しそうになった。

何が腹が立つって、絶対に嘘《うそ》を言っているのにウィルは本当に知らなそうに見えることだ。

こちらを見返す『目』も気に食わない。

昨日より更に黒ずんでいる光なき瞳。みっともない白髪だって増えてる気がする。

確かなのは、ウィルは昨日一度《いちど》はシオンを見たくせに、忘れていること。

どうでもいいことを忘却《ぼうきゃく》するように振る舞っているということ。

言動がちぐはぐのウィルに馬鹿にされていると思い込み、シオンは激昂《げっこう》した。

今すぐ短杖《ワンド》を取り出して魔法を使ってやろうと思った。

しかしエルファリアに説《と》かれた貴族的義務《ノブレス・オブリージュ》が頭に過《よぎ》り、既《すんで》のところで踏みとどまった。

だから、魔導士《メイジ》や貴族に相応しくない、野蛮《やばん》な拳《こぶし》を用いた。

こんなこと初《はじ》めてだった。

「きゃああ⁉」

それまで傍観《ぼうかん》していた『水のクラス』が、ウィルを殴ったシオンに悲鳴を上げる。

貴族の女生徒が手で口を覆う中、ユリウスはくだらなそうに眺めていた。

「シオンっ、駄目《だめ》だ⁉」

「こんなところでマズいって⁉」

リリールとゴードンも慌てて止めにかかるが、シオンの怒りは収まらない。

無抵抗のウィルに尚更《なおさら》頭《あたま》に血が上り、もう一発拳《こぶし》を当てる。

殴り慣れてない手がズキズキと痛み、まるでシオンの拳の方が泣いているようだった。

「お前達、何をやっている！」

喧嘩《けんか》ですらない小さな騒動は、ワークナーが現れるまで続いた。

彼の手で引き離されるまで、シオンはずっとウィルのことを罵《ののし》っていた。

「シオン……何故あんなことをした？」

「だってアイツが、覚えてないって言うから……！」

騒動を起こした三人組を同僚《フェルディ》に預《あず》け、授業を何とか終えた後。

ワークナーはシオンを一人、魔法生物室に呼び出し、話を聞いていた。

「僕を無視したくせに、知らないなんて言うから！」

今にも泣き出しそうなシオンの姿は、こうして見れば年相応の子供だ。

貴族の生まれと言われ、いくら選良思想《エリート》を持っていても、何てことはない。

魔法学院の生徒達も蓋《ふた》を開ければ、まだ十一に行くか行かないかの少年少女なのだ。

その姿を微笑《ほほえ》ましく思いつつ、さぁどう説明したものかと頭を悩ますのが今の大人《ワークナー》だった。

「止めてもっ、無駄《むだ》ですよ……！　アイツが認めるまで、ずっと問い詰めてやる……！」

前半はワークナーに、後半は自分に向かってシオンは言葉にした。

まだ潤んでいる紅《くれない》の瞳は、けれど鋭い。生半可な説得など受け付けないと言っている。

何より、ワークナーとは形が違えど、これほどウィルのことを考えて、思っている。

そんなシオンに嘘をつき、誤魔化すのは失礼であると、今のワークナーは思った。

「……シオン、今から言うことは他言無用だ」

躊躇《ちゅうちょ》はした。逡巡《しゅんじゅん》にも届きそうだった。

校長《コルドロン》の厳命を早速破《やぶ》ろうとしている自分に、ほとほと愛想がつきそうだった。

しかし同年代の友がいることの大切さを、ワークナーはシオン達と同じ年頃に知った。

憎まれ口ばかりだろうと、『旧友』の存在とは、かけがえのないものであるのだと。

願わくば、ウィルの理解者になってほしいと、そう思ってしまったのだ。

「ウィルは……重度の『記憶障害』を患《わずら》っているんだ」

「……⁉　どういうことですか⁉」

教師と生徒としてではなく、対等の魔導士《メイジ》としてウィルの秘密を打ち明けた。

無論、詳しい背景は伏せた。

連日ダンジョンにこもったり、制止を振り切って既に『2層』へ突入してしまったことも。

魔導士《メイジ》ではなく『戦士』としてあまりにも異端な『力』を持っていることも、言わなかった。

ウィルは多くの事柄《ことがら》を忘れてしまう奇病にかかっていると、要点をまとめ、伝えた。

これだけならば校長《コルドロン》も目を瞑《つむ》ってくれるだろう。そうも思いながら。

話を聞いたシオンは、愕然《がくぜん》としていた。

「わかってくれるな、シオン？　だから、これ以上ウィルを刺激する真似は……」

しかし、うつむいた少年は顔を振り上げ、ワークナーに歯向かった。

「嫌です！　僕はこれからも、アイツをいじめる！」

「シオン⁉」

「だってアイツは、全て忘れてしまうんでしょう⁉　こんなに苛《いら》ついている僕のことも、自分がどんな屈辱《くつじょく》を受けているのかも！」

「‼」

今度はワークナーが驚く番だった。

紅《くれない》の瞳がとうとう透明の滴《しずく》を流し始める。

果たしてそれは悔し涙なのか、あるいは——。

「二度と忘れられなくなるくらい、僕があいつをいじめてやる！」

「シオン……」

「僕だけが、あいつを！」

その激情は『恋』にも似ている。

ワークナーはそう思ってしまった。

それと同時に、予感してしまった。

いつか目の前の少年は、ウィルのことを憎んでしまうだろうと。

その想いがどれだけ『恋』に似ていたとしても、それは『愛』ではないのだ。

『塔』を見上げ続けるウィルに、その一方的な想いは、きっと何度だって届かない。

もしかしたら、ずっと報《むく》われないかもしれない。

そして報われないあまり、怒《いか》り、憎しみ、歪《ゆが》んで、目の前から消そうとするかもしれない。

もう耳障りだ、目障りだと言って、学院から追い出してしまうかもしれない。

報われない想いを抱き続けられるのは、『恋』ではなく、『愛』でなければ、不可能なのだ。

「あいつが怒って、僕だけを見て、いつか喧嘩《けんか》する日まで、ずっと!!」

しかし、ワークナーは止められなかった。

その頑固《がんこ》で、不器用な涙を。

闇夜に昇《のぼ》る火の粉のような一途《いちず》な想いを、とうとう止めることができなかった。


その日から。

ウィル・セルフォルトのことが大っ嫌いなシオン・アルスターは、『いじめっ子』になった。

他の者がいじめる余地などないように。

自分の獲物だと言ってはばからない鷹《たか》のように。

ウィルのことを囲う炎のように。

笑って、罵《ののし》って、誰よりも睨みつけながら、目障りな少年をいじめ続けた。


「『塔』も悠長《ゆうちょう》な真似《まね》を……。既に内定《ないてい》しているのなら、死にかけのユルヴァール殿《どの》など顧みず、エルファリア様に至高の五杖《マギア・ヴェンデ》の称号を与えればいい」

深夜。

エヴァンは自室で一杯やっていた。

水晶の杯《グラス》に青い氷ととっておきの美酒を混ぜ、舌を愉《たの》しませている。

表では決して吐けない『塔』の批判《ひはん》を口にしつつ、その実《じつ》エヴァンは上機嫌であった。

彼の真の役職は、『発掘機関《ウォッチャー》』と言う。

極秘の役職であり、学院の教師という肩書きはあくまで表向き。

本来の目的は文字通り、優秀な人材を発掘することにある。

『塔』から勅令《オーダー》を与えられているエヴァンの活動は幅広い。

学院で教師として生徒の資質を見極める傍《かたわ》ら、世界中をも飛び回る。まさに極秘魔導士《エージェント》だ。

そして才能ある者をスカウトし、リガーデン魔法学院に呼び寄せるのだ。貴族平民問わず。

あの『才能の塊』を見つけ出せたのもその一環であり、偶然にして奇跡であった。

「嗚呼《ああ》、彼女と初めて会った日のことを今でも思い出せる……。幼いながら全てを凍《い》てつかせる魔法を目にした瞬間、初恋にも似た衝撃が走った……！」

酔いが回った状態で、頰をほんのりと赤く染める。

エルファリアの側には『余計なもの』が転がっていたが、何も問題なかった。

『発掘機関《ウォッチャー》』として活動してきたエヴァンにかかれば、引《ひ》き剝《は》がすことなど造作《ぞうさ》もない。

こうして順調にことも進み、連日、酒が美味《うま》くなるというものだ。

「彼女こそが魔法世界の宝であり、いつの日か『天上《てんじょう》の侵略者《しんりゃくしゃ》』を退《しりぞ》ける存在！　生涯《しょうがい》における私最大《さいだい》の功績《こうせき》になるに違いない……！」

エヴァンは、まだ年端《としは》もいかないエルファリアを、かつての魔女王のように崇《あが》めていた。

自身の行いが魔法世界に多大な寄与《きよ》をもたらすと信じて疑わない。

いつか美しく成長した彼女から心身尽《つ》くした褒賞《ほうしょう》を頂きたいものだと、本気で思っていた。

そんな風に未来へ思いを馳《は》せ、酒を飲んでいると、物音が鳴った。

扉が開く音だ。

酔って気付かないエヴァンの肩に、何者かが、手を乗せた。

「おや、貴方は――」

chapter 6

六章

名前も知らない君へ

Wistoria's
Wand and Sord
GrimoActa

時間の感覚がわからない。
今日が明日なのか昨日なのか、それとも過去なのか未来なのか判別できない。
それでも、彼女への想いだけはここに在《あ》る。
「エルフィ……」
青空の下、いつもの渡り廊下で、『蒼涙《なみだ》のペンダント』を取り出す。
こうしないと、想いが不意に途切《とぎ》れてしまいそうで、怖かったから。
繰り返さないと、『彼女の名前』さえ手放してしまいそうで、恐ろしかったから。
「……エルフィ、って……誰だっけ……?」
そんな呟《つぶや》きを無意識のうちに落として、はっとする。
顔をぶんぶんと何度も横に振って、声に出して確かめる。
エルファリア、エルファリア、エルファリア……大丈夫だ。覚えてる。
白く霞《かすみ》がかかる大切な女の子の名前、それだけはちゃんと思い出せる。
彼女がどんなものを好きで、どんなものが嫌いだったかは、もう思い出せないけど。
あの笑顔だけは、忘れない。
二人で結んだあの『約束』だけは、決して色褪《いろあ》せない。
「だから……いかなくちゃ」
彼女のもとへ。

あの『塔』の先にある筈《はず》の、二人の『約束』のもとへ。

空と『塔』を見上げ、雪のように蒼《あお》い光の粒を幻視《げんし》しながら、手を伸ばした。

そこに僕達を繋《つな》ぐ絆《きずな》があると信じて。


その日、『偉大な杖《つえ》』の命《いのち》が喪《うしな》われた。

「嗚呼《ああ》、ユルヴァール様っ……！」

「どうか我々を置いていかないでください……！」

現至高の五杖《マギア・ヴェンデ》、『氷姫の杖《アルヴィス・ヴィーナ》』ユルヴァール・アルヴィス・リュグロー崩御《ほうぎょ》。

氷の派閥に属する大勢の魔導士《メイジ》に看取《みと》られながら、空を支え続けた杖は息を引き取った。

『塔』全体が悲しみに暮れ、葬歌《そうか》が捧《ささ》げられる——そんな最中《さなか》にソレは生じた。

ビシリッ、と。

『音』が鳴った。

地が呻《うめ》くような、天が震えるような、生《しょう》じてはならない致命的な『音』が。

音の源《みなもと》は遥《はる》か頭上。

『偽《いつわ》りの空』の最高位置、つまり『大結界』そのもの。

小さな、本当に小さな『罅《ひび》』だった。

まるで硝子《ガラス》の一部が割れるように、青空に亀裂が入ったのだ。

そして、そこから『白い何か』が滲《にじ》み、漏《も》れ落ちた。


「「「「!!」」」」


次代の氷姫《エルファリア》を除く至高の五杖《マギア・ヴェンデ》全てが、その『異物』の存在を察知した。

「ユルヴァールの死とともに、結界の力が弱まった」

「その僅《わず》かな綻《ほころ》びを見逃さず……『斥候《せっこう》』が一人」

「紛《まぎ》れ込《こ》んだというのか？　『奴等』がこの世界に」

「はッ！　面白《おもしれ》え!!」

光皇《マステリアス・ノア》の杖が、炎帝《インスティア・バルハム》の杖が、妖聖《エルリーフ・カナン》の杖が、雷公《トルゼウス・ファッジ》の杖が。

異なる場所、同じ時間で、それぞれの言葉を口にする。

空から落ちた『白い何か』は、光に吸い込まれるように存在そのものを消していた。

居場所は摑《つか》めない。だがこの日、魔法世界は静かに滅亡《めつぼう》への針を進めた。

至高の五杖達《マギア・ヴェンデ》だけが、その事態の名を正《ただ》しく理解する。

——『天上の侵略者《てんじょうのしんりゃくしゃ》』来襲《らいしゅう》。

ガラァン、ガラァァァン‼　と。

魔法学院及び巨大円壁《えんへき》に備わる鐘《かね》、都合九鐘《つごうきゅうしょう》。

央都《おうと》リガーデン第一から第三外壁《がいへき》に取り付けられた大鐘楼《だいしょうろう》、都合十二口《くち》。

合計二十一にも及ぶ大鐘《おおがね》の音《ね》が、一斉に起動した。

重なり合う鐘の叫喚《きょうかん》。

偽りの青空に吸い込まれる激しい警鐘《けいしょう》。

学院の生徒も、仕事に精《せい》を出す民衆も、思わず両の耳を塞《ふさ》いだ。

壊れたように、取り乱すように、魔導の央都《ウルブ・リガーデン》の隅々《すみずみ》まで轟《とどろ》き渡《わた》っていく。

誰もが呆然《ぼうぜん》と動きを止める中、天を衝《つ》く『塔』より、大規模な放送が行われた。

『魔法使いの塔《メルセデス・カウリス》内部で実験していた魔法ガスが流出。ガスは強い毒性を持つ。学院関係者、民衆、土の民《ドワーフ》、全ての者は近隣《きんりん》の避難所《ひなんじょ》へ向かえ。繰り返す――』

『塔』の四方に大型魔法陣が展開され、魔力によって増幅された拡声が都市を震わせる。

一度《いちど》動きを止めた民衆はどよめき、あらかじめ定められている避難所へと向かい始めた。

急ぐ者はいた。戸惑《とまど》って行動が遅い者もいた。

だが塔の方角から無害の偽装ガスが見えた瞬間、悲鳴を上げ、なり振《ふ》り構わず駆《か》け出《だ》した。

民衆の他にも、土の民《ドワーフ》も、学院の生徒達も。

「『塔』の魔導士《メイジ》達、何やってるんだよぉ⁉」

「シオンっ、講堂に早く！」

「わかってるっ！　……おいっ、落ちこぼれ！」

上級魔導士《ハイ・メイジ》達の『苦渋の策』に、生徒達も騒ぎ合ってバラバラと多重の足音を奏でる。

急いで移動を開始する生徒の波。いくつもの風を孕《はら》んで揺《ゆ》れるマント達。

それを中庭から見やり、リリール達に声をかけられたシオンは、振り返った。

彼の視線の先にいるのは、黒髪の少年。

「ぼさっとしてるな！　急げ！」

「……」

渡り廊下にたたずみ、『剣《つるぎ》』を所持していたウィルは、『塔』を見つめる。

細められた眼差《まなざ》しの行方は『塔』の更《さら》に上空、罅割《ひびわ》れたように見えた『大結界』。

『偽《いつわ》りの空』とその奥にあるだろう『真実の空』の境界を凝視《ぎょうし》しながら、胸騒ぎに襲われた。

「……エルフィ」

空に最も近い場所にいる少女のことだけを、ただただ案《あん》じながら。

「ウィルっ、ウィルぅう……！　つう、ぁぁぁぁぁ……!!」

エルファリアは目覚めていた。

そして泣いていた。

寝台《ベッド》の上で膝を折りたたみ、目もとを両手で何度もこすり、滂沱《ぼうだ》の涙を流していた。

「いつまでそうしているつもりですか！　いい加減、泣き止みなさい！」

そんな少女を、サリサが冷静さを欠いた声で叱《しか》りつけていた。

目を覚まし、自分の置かれた状況を知るなり、エルファリアはずっとこの調子だった。

大切な少年と離れればなれになったと理解して、大声で泣き喚《わめ》き、誰の声も届かない。

無理矢理泣《な》き止《や》めさせようと近付けば、魔法がでたらめに発動する始末。

『瞑寝《めいしん》の間《ま》』は、今や至る所に不揃《ふぞろ》いの氷のオブジェができあがっていた。

「これだから子供は嫌いなのです……！」

手が付けられない氷の姫に、敬愛する主《ユルヴァール》を失ったばかりのサリサは苛立《いらだ》っていた。

少女の境遇《きょうぐう》を顧《かえり》みれば酷《ひど》いのは大人達《サリサ》だ。自分達の都合で振り回している罪悪感もある。

しかし、少女を慰《なぐさ》める余裕が今のサリサにはなかった。今は、緊急事態なのだ。

（信じられない！　あの『天上の侵略者』が現れたなんて!!）

状況を把握《はあく》した『塔』は、毒ガス流出という『苦渋《くじゅう》の策』を取った。

都《みやこ》全体から非難の声が上がろうが、民を速《すみ》やかに緊急避難《きんきゅうひなん》させる処置を優先させたのだ。

もし馬鹿正直に真相を伝えれば、『恐慌《きょうこう》』が起《お》こる。

央都《おうと》リガーデン全体が大混乱し、逃げ遅れる者や群衆事故《ぐんしゅうじこ》が後を絶《た》たなくなる。

それだけでなく、央都《おうと》を飛び越えて魔法世界全土が震撼《しんかん》するだろう。

それほどまでに『天上の侵略者』とは魔法世界にとって恐怖の象徴だ。

奴等が空想上の怪物ではないことを、古代から受け継がれる楽園《リザンス》の住人の血が教えるのだ。

(魔女王メルセデス君臨《くんりん》以降、『天上の侵略者』は三度この世界にこぼれ落ちたと言う……!

その都度《つど》、魔法世界は尋常《じんじょう》ではない損害《そんがい》を被《こうむ》ってきた!)

『塔』には試算がある。

魔導の央都《ウルブ・リガーデン》にて単体の『天上の侵略者』が暴虐《ぼうぎゃく》を働いた場合、都の被害は――三万の命《いのち》。

机上《きじょう》の計算とはいえ、可視化された数字は侵略者がどれほどの脅威であるか物語《ものがた》るものだ。

『塔』が取らなければならない選択とは、速やかに事態を収束させること。

真相を誰にも知られないまま、『天上の侵略者』を討伐《とうばつ》することである。

行方知れずとなった対象を捕捉《ほそく》次第、至高の五杖《マギア・ヴェンデ》達が即滅《そくめつ》する手筈《てはず》となっている。

(至高の五杖《マギア・ヴェンデ》に成《な》り立《た》ての彼女はそもそも戦力として数えられていない。才能がどれだけあろうと、学生も同然の魔導士《メイジ》をヤバヤバのヤバの戦場に放り込むなんてありえない! つーか私が許さない‼　立て続けに主《あるじ》を失ってたまるかぁ！　ならば……！）

眼鏡の位置を直しながら、多少乱暴《らんぼう》に思考を高速回転させていたサリサは、決めた。

本来ならエルファリアも避難させたいところだが、この『瞑寝の間《めいしんのま》』も十分な安全地帯。

自身も『天上の侵略者』発見の任《にん》に就《つ》かなければならない彼女は、護衛《ごえい》を残した。

「『天上の侵略者』は塔内に侵入できませんが、万が一に備えます。非常《ひっつじょ〜お》に不本意ですが、この小娘は私を差し置いて至高の五杖《マギア・ヴェンデ》となる存在！　貴方達はここに残り、彼女を守りなさい！」

「「「はい！」」」

部屋にいた男女三名、『氷の派閥』の中でも腕利きの上級魔導士《ハイ・メイジ》が声を揃《そろ》える。

彼等に指示を出したサリサは、速やかに『瞑寝の間《めいしんのま》』を出ていった。

（体がだるい。頭がおもい。風邪が治った時みたいに、魔力が溢《あふ》れそう……。私は何日眠《ねむ》っていたのっ？）

サリサが去った後も、エルファリアの嗚咽《おえつ》は途絶《とだ》えることはなかった。

ウィルと引き離されて、どれだけの時間が経った？

ウィルは無理をしていない？　もし『力』を使ってしまっていたら？

あと、どれくらいの思い出が自分達には残されている――？

そう考えるだけで胸が張り裂けそうになる。

確かめに行かないといけないのに、怖くてできない。

もしウィルが全て忘れてしまっていたら、エルファリアはもう立ち上がれない。

「ウィル……っ」

少年の名を切なく呼んだところで、はっとエルファリアは片手で口を塞《ふさ》いだ。

ウィルを呼んではいけない。もしその声を聞きつけたら、必ず彼はここまでやって来る。

何を引き換えにしても、どんな『力』を使ってでも、『塔』を上《のぼ》ってくるだろう。

予感があった。そして彼は再び傷付き、記憶を喪《うしな》ってしまうのだ。

体が竦《すく》んで動けない。助けも呼べない。瞼《まぶた》をぎゅっと瞑《つむ》って、水の粒をぽろぽろ落とす。

悲しみの音を奏でるように、美しい天色《あまいろ》の髪が揺れる。胸を抱きしめ、体を丸める。

泣き続けるエルファリアに、護衛達は顔を見合わせ、困り果てることしかできなかった。

「エルファリア様」

泣いて、泣いて、泣き続け、溢れ出る涙もとうとう涸《か》れようとしていた、その時。

目を真っ赤に腫《は》らしたエルファリアが顔を上げると、部屋の入り口には、エヴァンがいた。

発掘機関《ウォッチャー》という役職もあり中に通されると、ゆらり、と。

ゆらりゆらりと、ふらりふらりと、男は寝台《ベッド》の側まで歩み寄り、恭《うやうや》しく拝礼《はいれい》した。

まるで、ぎこちない人形のように。

「どうか、お時間を頂けませんか？　エルファリア様をお連れしたい場所があるのです」

「お連れしたい、場所……？」

不自然なほどの笑顔を浮かべているエヴァンに、エルファリアは思わず、身《み》を引いた。

敷布《シーツ》と、纏《まと》っている『細氷《さいひょう》の聖衣《せいい》』が擦《す》れて鳴る。何かが『変だ』と警戒する。

あんなに忌《い》み嫌《きら》っていたエヴァンが、今は怖い、と、エルファリアはそう感じた。

そう感じた、次には、

「ええ、とっても素敵な――『処刑場』です」

笑顔のままエヴァンが短杖《ワンド》を天井に向け、巨大な『魔法陣』を起動させた。

「⁉」

エルファリアが目を見張る。護衛達が驚愕《きょうがく》する。

だが、遅かった。

エヴァンを食い止めるより前に、複雑怪奇な魔法陣が作動する。

凄《すさ》まじいスパークとともに部屋全体が光に包まれた直後、後にはもう、誰もいなかった。

異変を察知して駆け付けたサリサが愕然《がくぜん》とするほど、部屋の住人は忽然《こつぜん》と姿を消していた。


「うっっ⁉」

全身を沼《ぬま》の中に放り込まれたかのような、感覚の自由を奪う酷《ひど》い閉塞感《へいそくかん》を味わった後。

一瞬の浮遊感《ふゆうかん》を経《へ》て、エルファリアは地面に放り出された。

何とか魔力を操《あやつ》って受け身を取るも、周囲は全く見覚えのない場所だった。

ところどころに水晶《クリスタル》の柱が生えた、幻想的な洞窟《どうくつ》。

「ここは……ダンジョン？」

エルファリアが呟《つぶや》くのとほぼ同時、混乱の声が上がった。

「どういうことだ⁉　何故我々がこんな場所にいる⁉」

「私達は『塔』にいた筈じゃあ……！」

周囲には『瞑寝の間《めいしんのま》』の護衛達もいた。

片手で頭を押さえる彼等も状況を理解できていないのか、取り乱している。

「『門《ゲート》』の魔法……『転移秘術』というやつです」

その答える声に、エルファリアははっと頭上を見上げた。

天井には、あの巨大な魔法陣。そこから両足が生まれ、最後には頭が吐き出される。

エルファリア達から一足《ひとあし》遅れ、エヴァンが迷宮の地に降り立った。

「どういうことですか、エヴァン殿⁉　何をされたのですか⁉　なぜ私達はこんな場所に……⁉」

「だから、転移したのですよ、皆様は。場所はダンジョンの3層。地上に近い浅層《せんそう》ではありますが……私以外《いがい》誰にも知られていない、『未開拓領域《みかいたくりょういき》』というやつでして」
護衛達の問いに、エヴァンはあの不自然な笑みを崩さない。
「『悪いこと』をするには、もってこいだ」
途端《とたん》、男の両眼が急激《きゅうげき》に細まる。
人形の振りをやめて、強烈な『悪意』が剝《む》き出《だ》しとなる。
その笑みを見た瞬間、護衛達は一斉に身構えた。
未《いま》だ現状は把握できずとも、目の前の存在を『敵』と断定し、短杖《ワンド》を突き出した。
エルファリアのもとに集まり、彼女を背で守る護衛達は、最大級の警戒を払った。
「そして、もう一つ——呼び出したいものが」
だが、彼等の警戒は的外《まとはず》れであった。
警戒すべきは、気味の悪いその男ではなかった。
エヴァンが杖を振ると、天井の魔法陣に重なるように、新たな『門《ゲート》』が設《もう》けられる。
より大きく、より激しく、より火花を散らし、『恐ろしい何か』が召喚されていく。
ぞくっっ！　とエルファリアの肌が戦《おのの》いた。
全身を駆け巡る血流が、逃げ惑うように暴走する。
息を止める護衛達も同じだった。
凄まじい輝きに顔を照らされるエヴァンの笑みの先で、ソレは現れた。

白い。

そして、おぞましい。

見上げるほどの体軀《たいく》は五M《メール》を優《ゆう》に超《こ》すか。

二足二腕の体型は楽園《リザンス》の住人のそれに近いが、嫌悪感と禍々《まがまが》しさは桁違《けたちが》いだ。

太い血管が浮かぶように全身は節《ふし》くれ立ち、まるで臓器《ぞうき》をそのまま巨人に変えたかのよう。

背には靄《もや》のようにも、外套《がいとう》のようにも見える、あえて言えば翼のような器官が存在した。

左手は異様に長い五指《ごし》を有し、右腕は手がない代わりに凶悪な『長刃《ブレード》』と化している。

脚《あし》は長く、腕《うで》も長く、首さえも長く。

そして頭部。

生えているのは、異常な進化を経《へ》て頭蓋《ずがい》からはみ出た、ねじれ曲がった突起《とっき》。

顔と思《おぼ》しき器官の中には、ぎょろぎょろと蠢《うごめ》く対《つい》の眼球。

血走るあまり真っ赤に見える禍々《まがまが》しい眼球は周囲を観察していたかと思うと、びたっ、と。

エルファリア達を視認したところで、動きを止め、凝然《ぎょうぜん》と見つめてきた。

心臓が悲鳴を上げる。

全身が視線の先の存在を拒絶《きょぜつ》する。

エルファリアは上手く吸えなくなった息と一緒に、唇《くちびる》を震《ふる》わせた。

「ソレって、まさか――」

「『天上の侵略者』です」

エヴァンが『伝承』の名を告げる。

最凶最悪の『伝承の化物』を肯定し、歓喜《かんき》に満ちる。

「遥《はる》か昔日《せきじつ》に全てを滅ぼしかけ、今もこの魔法世界を狙っている元凶にして厄災《やくさい》！　そして

『真実の住人』!!　美しいでしょぉ〜？　素晴らしいでしょぉお〜〜？　涎《よだれ》を垂らし喜びに打ち震え絶頂《ぜっちょう》を飛び越え恍惚《こうこつ》を踏《ふ》み躙《にじ》り泣き喚いて跪《ひざまず》き救済《きゅうさい》を求めてどいつもこいつも命《いのち》を差し出したくなるでしょぉおおお〜〜〜!?」

始まるのは、怪物の賛歌だ。

男は壊れたように哄笑《こうしょう》する。

エルファリア達は理解できないし、そもそも思考を割《さ》く余裕がない。

目の前の『化物』はそれほどまでに、魔法使い達にとっての『死の象徴』だった。

「故《ゆえ》にっ、ですからっ、なのでぇ!!」

喉が裂《さ》けようかと言うほど大声を引きずり出したエヴァンはそこで、にっこりと。

感情の嵐が過ぎ去ったかのごとく動きを止め、静まり返りながら、笑った。

「貴方を至高の五杖《マギア・ヴェンデ》に見出した功績《こうせき》、その見返りとして——貴方の命をくださいいませ、エルファリア様？」

最高に頭の悪い発言。

最高に頭が悪く、最低なまでに矛盾した『破滅の宣言』をエヴァンがした瞬間。

『白い巨人』が、動いた。

顔の器官に横一線が走ったかと思うと、ぐちゃりと口を開け、笑ったのである。

直後、腕《うで》が薙《な》がれた。


「────────────────────────あ」


それだけで、全てが吹き飛んだ。

「ぎゃあああああああああああああああああああああ⁉」

「しょ、障壁をぉ────ぁガ⁉」

「いやぁあああああああああああああああああああああああああああ⁉」

エルファリアの前に立っていた三人の上級魔導士《ハイ・メイジ》が、消えた。

暴圧《ぼうあつ》に噛《か》み砕《くだ》かれ、障壁を貫通《かんつう》され、上半身をズタズタに引き裂かれた。

衣《ころも》や髪《かみ》が弾《はじ》け飛《と》び、一瞬の鮮血《あか》が飛び散るも、それ以上は許されない。

無色の衝撃波《しょうげきは》が全《すべ》てを呑《の》み込《こ》み、『破壊』の二文字以外の事象《じしょう》を認めなかった。

「～～～～～～～～～～～～～～～～～～～～～～っっっ⁉」

短い言葉の破片を落としていたエルファリアだけが、その破壊から免《まぬか》れた。

反射的に瞬間最大最硬《さいこう》の『氷壁《フォール》』を形成し、身《み》を守ったのである。

それでも護衛達は守れなかった。障壁を砕かれた反動で、自身も矢のように後方へ飛んだ。

この世の終わりのような轟音《ごうおん》、そして震動。

前後左右上下《ぜんごさゆうじょうげ》の概念《がいねん》が意味をなくす。

全身が攪拌《かくはん》されているかのような猛烈な錯覚《さっかく》を味わいながら、でたらめに吹き飛ばされる。

間もなく、一際強い衝撃とともに、分厚い水晶《クリスタル》の壁に背中から激突する。

咄嗟《とっさ》に『氷の甲羅《こうら》』を張ったものの、それも砕け、エルファリアは呼吸を奪われた。

「がはっ、ごほっっ⁉　げほっ、あぐっっ…………っ⁉」

壁から背中が剝《は》がれ、地面に倒れ込んで咳《せ》き込み、顔を上げたところで、絶句した。

先程まで縦長の通路にいた筈が、エルファリアは今、広大な空洞にいたのである。

なんてことはない。

馬鹿げた衝撃のせいで、壁も、柱も、通路も、迷路そのものも吹き飛んだだけだ。

全てが吹き飛んで、一つの『巨大な空間』ができあがっただけだ。

「あ、あぁ……。あぁぁぁぁ…………⁉」

視界の奥に、変な形の赤い『丸太』が見えた。

丸太ではなかった。手足や半身を失い、赤と薄紅色《うすべにいろ》に染まった『魔導士《メイジ》の体』だった。

恐怖が口から漏《も》れ出《で》ていく。

がくがくと手足が震える。

命が失われた光景に、小さな体と心が衝撃に耐えきれず、正気を手放しそうになる。

しかし、そんな暇は許されない。

「まだ生きていますか？　素晴らしい！　本当の本当に素晴らしくてうっとうしい！　確実な方法で貴方をブチ殺すと決めて大正解でしたぁ～～～～!!」

そんなことをしていれば、今度はエルファリアが死ぬ。

常軌《じょうき》を逸《いっ》したエヴァンの笑い声が響いたかと思うと、『白い巨人』が姿を現す。

護衛達の無残な肉塊《にくかい》に歩み寄ったかと思うと、長い指で器用につまみ、喰《く》った。

醜悪《しゅうあく》な牙《は》が生え揃《そろ》う顎《あぎと》を大きく開けて、ばりばり、ぐちゃぐちゃと、平然と咀嚼《そしゃく》していく。

猛烈《もうれつ》な吐き気がエルファリアを襲った。

全てを放り出して逃げるべきだと理性ががなり立てる。

そんなことをしても無駄《むだ》であると本能がすすり泣いている。

あの化物たる捕食者《ほしょくしゃ》は決してエルファリアを逃《に》がさない。

白き巨躯《きょく》が、魔法世界のことごとくを滅ぼし、食《しょく》して、愉《たの》しむと、そう言っている。

それならば、エルファリアの墓場はここだ。

（じゃあ、もうウィルに会えない……？）

そして、そのエルファリアの墓の先に、『少年の墓標《ぼひょう》』も築《きず》かれるだろう。

（ウィルも、殺されちゃう――――!!）

膨大《ぼうだい》な恐怖が、『強き戦意《せんい》』へと反転する。

ありえない選択肢であり、ありえない思考回路。
魂《たましい》の決断に、理性と本能が揃《そろ》って仰天《ぎょうてん》し、すぐに悲鳴を上げる。
だが、それがエルファリア・セルフォルト。
強靭《きょうじん》な心が、一人の少年を愛《あい》す魂そのものが、彼女の証明であり根源《ルーツ》。
蒼《あお》き魔力を発散させながら、エルファリアは立ち上がった。
それを、『白い巨人』も感知した。
ぐるり、と音を立てて首を回転させた。
『獲物』ではなく『敵』の出現に、口端《こうたん》を引き裂きながら、獰猛《どうもう》に笑う。
「一《いち》の法《ほう》──白の芸術《アルスワイス》！」
展開した複数の魔法陣がきらめき、エルファリアと瓜二つの『氷像』が出現する。
その存在が明るみになり、魔法世界に激震《げきしん》をもたらしたばかりの『分身魔法』。
計八体の自分自身とともに、エルファリアは短杖《ワンド》を構えた。
「**冬雪の槍《ロットル・ヒエルスノウ》**!!」
無詠唱をもって、エルファリア達から一斉に放たれる白雪の槍《やり》。
授業でユリウスが使った『貫通魔法』を一目で完全に理解し、ここに模倣《もほう》する。
中位魔法と言えど、エルファリアな強力な魔力をそそぎ込まれたそれは必殺に等しい。
本来ならば大型級のモンスターであろうが串刺しに遭《あ》い、生命活動を停止させる。

しかし。

「っ⁉」

『巨人』はやはり腕の一振りで、殺到する全ての槍を粉微塵《こなみじん》に砕いてみせた。

だけでなく、地を蹴りつけ、かき消える速度で移動する。

(速過《はやす》ぎる――‼)

壁を殴《なぐ》り、天井を蹴りつけ、上下左右でたらめに空洞内を高速移動する『超速の影』。

もはや斜線と化している敵の影をかろうじて視認した本体《エルファリア》の動きに、分身達も呼応する。

「氷涙の静女《ティアリス・ノノ》！」

直射《ちょくしゃ》ではなく、雨あられと飛び散る『氷の散弾』。

射程《しゃてい》が落ちる代わりに命中範囲を広げた、点《てん》ではなく面《めん》の制圧。

そんな散弾氷銃《ショットガン》を、本体も含め九人のエルファリアが繰り出す。回避の余地はない。

だが、それすらも『巨人』は嘲笑《あざわら》った。

「あっ――ぁあああああっ⁉」

更に速度を上げ、全弾をかいくぐり、分身の一体に接近して、その片腕を喰《く》い千切《ちぎ》った。

白の芸術《アルスワイス》は完全他律《たりつ》制御。

分身を操るため視界を共有していた本体《エルファリア》は、一瞬の捕食に自分が襲われたと誤認する。

片腕を失ったと錯覚する彼女はすぐにはっとし、分身との共有を解《と》くも、意味はなかった。

『巨人』はそのまま一思いに分身を解体。

甲高《かんだか》い音を響《ひび》かせ氷の破片がばらばらに散る中、再び巨軀《きょく》が超速を纏《まと》う。

二体目、三体目……四体目五体目六体目七体目八体目！

エルファリアの驚愕を置き去りにして、全ての分身が強襲によって粉砕《ふんさい》される。

そして本物のエルファリアにも、『巨人』の魔の手が迫った。

「くっっ⁉」

加速から一気に肉薄《にくはく》し、繰り出される凶悪な長刃《ブレード》。

エルファリアは咄嗟《とっさ》に、氷の障壁を展開しながら、横に跳《と》んだ。

すぐに分厚い氷の壁が破砕《はさい》され、奥にいたエルファリアも余波を被《こうむ》る。

直撃だけは避けた。だから助かった。

しかし、氷の塊《かたまり》に殴り飛ばされ、薙ぎ払われたようにごろごろと地面を転がっていく。

歪《いびつ》な氷の破片はエルファリアの腕や頬を切り、真っ赤な血を滲《にじ》ませる。

「うっ、ああぁ……⁉」

「粘《ねば》りますねぇ、エルファリア様！　そうまで無様《ぶざま》にあがき、心身尽《つ》くした褒賞《ほうしょう》をわたくしめに授《さず》けてくださるとは！　実に恐悦至極《きょうえつしごく》！」

傷口は燃えるような熱を発し、塊が当たった肩やお腹は骨に罅《ひび》が走ったかのように痛い。

地面に倒れ、芋虫のように体を丸めながら痛苦《つうく》の渦《うず》を凌《しの》いでいると、男の声が響く。

エヴァンだ。

離れた場所からこちらを眺め、両腕を広げて笑っている。

「最後まで見届けたいところですが……これ以上長居《ながい》すると、私まで標的になってしまう」

エヴァンはそこで、名残惜《なごりお》しそうに背を向けた。

いつか魔法世界の頂点に立つとまで豪語していた、次期氷姫《アルヴィス・ヴィーナ》の杖の死を確信して。

「それでは、どうか大人しく葬《ほうむ》られてください。肉も骨も残さず」

男は再び『門《ゲート》』を作動させたのか、光とともに姿を消した。

あとに残るのはギチギチと気持ち悪い音を体から鳴らす巨人。

そして強き意志が挫《くじ》けかけ、脆《もろ》き姿を晒《さら》す少女のみ。

「……、……」

流すまいとしていた涙が、目の縁《ふち》からこぼれそうになる。

呼ぶまいと決めていた『名前』を、唇が言うことを聞かず、抱きしめてしまう。

「……ウィ、ル……」

砕かれる直前の氷のように、儚《はかな》き少女の心は、『彼』を求めてしまった。

「!!」

光った。

『蒼涙《なみだ》のペンダント』が。

今、ウィルに唯一《ゆいいつ》残されたエルファリアとの絆《きずな》が。

「ッツ――――!!」

勢いよく立ち上がる。

入学式にも使われた広い『講堂』は、今は光が落とされ薄暗かった。

一階から上の箱席《ロージェ》まで全て、生徒や学院関係者がひしめくように詰め込まれている。

そんな講堂の隅に座っていたウィルは、抱いていた『剣《つるぎ》』とともに、風となった。

「ウィル⁉」

「どこへ行くつもりだ、落ちこぼれ！」

こちらに気付いたワークナーやシオンの制止を振り切り、一人外へ抜け出す。

空は依然《いぜん》、晴れていた。

毒ガスなんて嘘《うそ》だったように、流れる風は清涼《せいりょう》で、澄《す》んでいて。

全てのしがらみから解放されたかのような空気が、ウィルを包み込む。

（エルフィが、泣いてる――）

淡《あわ》く発光している『蒼涙《なみだ》のペンダント』が、全てを教えてくれる。

どこに行けばいいのかを。少女がどこにいるのかを。

この光の先にいる彼女が、どんなに隠《かく》そうとしたって、ウィルには全てお見通しだ。

かくれんぼをした時、迷子になった時、家出をした時。

どんな時だって、大切な少女を最初に見つけ出すのはウィルだった！

（心のどこかで、諦《あきら》めてた――）

自分の胸を飾《かざ》るこのペンダントは、一度も光ってくれなかったから。

エルファリアは助けを求めていない。

もう自分は必要とされていないのだと、そんな思いがずっとあった。

そんな自分を騙《だま》したくて、誤魔化《ごまか》したくて、勉強やダンジョンにのめり込んだ。

本来、片割れを失った自分がすることなんて決まっていたのに。

誰になんと言われようと『塔』に乗り込んで、エルファリアを迎えに行くことだけだった。

それができなかったのはウィルの弱さであり、迷いだった。

でも、今は違う。

ウィル・セルフォルトは、エルファリア・セルフォルトの涙を、決して許さないから。

「今《いま》行くよ、エルフィ」

『剣』を携《たずさ》える少年は、行《い》った。

あっという間に学院の敷地を飛び出し、ダンジョンの入り口、『深界《しんかい》の門』へと突入した。

凛冽《りんれつ》な冷気が漂《ただよ》っている。

広大な空洞に生《しょう》じているのは、氷の槍、一面に生《は》え渡《わた》る氷柱《つらら》、鈍《にぶ》くきらめく凍土《とうど》。

あるいは氷の翼が砕けた守護者《ガーディアン》の残骸《ざんがい》。

迷宮から生えている水晶《クリスタル》と氷結の柱が絡み合い、ぼうっと蒼い光を宿している。

それら全て、少女が全力の抵抗をした証《あかし》だった。

「あ…………」

だが、それでも脅威《きょうい》を退《しりぞ》けるには至《いた》らなかった。

男《エヴァン》が去ってから、既に半刻《はんこく》。

力を振り絞り、あらゆる魔法を駆使《くし》したエルファリアの両の膝が、とうとう崩《くず》れ落《お》ちる。

正面には、傷一つない怪物が気休め程度の間合いを残《のこ》し、獣《けもの》のように体を揺すっている。

『巨人』は明らかに、エルフィとの戦いを愉《たの》しんでいた。

もう終わりか？　と。

嗤《わら》うように細められた双眼がそう言っている。

魔力切れを引き起こしかけているエルファリアには、氷弾で応じることもできない。

ならば食《しょく》す。そう言わんばかりに『巨人』はのっそりと動いた。

近付いてくる。

凍土を砕く足音が。

絶望の象徴たる大重量の巨軀が。

怯《おび》えているのか迷宮全体も鈍《にぶ》く、重《おも》く、地震のように揺れている気がする。

（…………私は、勇者には…………）

エルファリアは、『勇者』になりたかった。

少年と『夕日』を見に行こうと約束した切っかけの童話、『デムナの冒険』。

未知を求める勇者が、意地悪な魔女を連れて、世界を冒険していく物語。

そこには冷たい夜に浮かぶ光の船があって。

そこには晴れた朝を照らす光の源があって。

朝と夜の番人と交渉して、迷惑な雲と謎かけをして、冷たい北風の力を借りて。

全てが茜色《あかねいろ》に染まる、美しい『夕日』に辿り着こうと、様々な苦難を乗り越えていく。

どこか飄々《ひょうひょう》としている勇者は、だけど必ず魔女を助けてくれる。

恐ろしい怪物に囲まれた時、魔女が逃げ遅れた時、彼女が大切なもののために戦った時。

天から駆け付け、雲を割《わ》り、勇者は、魔女を救い出すのだ。

そんな『勇者』に、エルファリアはなりたかった。

魔法に憧《あこが》れる少年を――『魔女』を護《まも》ってあげたかった。

魔法が使えなくて落ち込んでいた時も、二人の大切な記憶を失ってしまった後も。

彼を護ってあげなくてはと、自分に『勇者』の背中を重ねようとした。

本当は。

本当の本当は。

七色《なないろ》の魔法を操り、『勇者』に寄《よ》り添《そ》い続ける、『魔女』になりたかったけれど。

エルファリアは少年のために、『魔女』を捨て、『勇者』で在《あ》ろうとした。

(大切なものを護れる勇者には…………なれなかった)

それでも、エルファリアの誓いは届かなくて。

人知れず魔女のために戦う勇者にはなれなくて。

今、こうして、童話の幻想など引き千切る怪物に呑《の》み込《こ》まれようとしている。

「……ごめんね」

血がぽたぽたと落ちる。痛みと悔《くや》しさで唇が震える。

地面と、自分の膝を染める赤い滴《しずく》を見下ろしながら、掠《かす》れた瞳をゆっくりと閉ざしていく。

「……ウィル」

思い焦がれる少年の名を、最後に呟いた。

そして。

「エルフィッ──────!!」

彼女のそんな想いを、彼は最後になんかしてくれなかった。

「!!」

怯えるように鈍《にぶ》く、重《おも》く、地震のごとく揺れていた迷宮が、その『力』にとうとう屈《くっ》する。

砕ける。天井が。

振り下ろされ続けていたのは『剣《つるぎ》』。

岩盤《がんばん》をブチ抜き、天井を砕いて、少女のもとに馳《は》せ参《さん》じようとしていたのは『戦士』。

黒い髪をなびかせ、少女が一目惚《ひとめぼ》れした藤色《ふじいろ》の瞳を持つ『たった一人の少年』。

大地から駆け付け、岩を割《わ》り、『勇者《かれ》』は、『魔女《かのじょ》』を救いにきた。

「ウィル!!」

血だらけの顔を振り上げ、エルファリアは見た。

岩の雨とともに現れ、落下する岩塊《がんかい》を蹴りつけ、まるで雷《いかずち》のごとく降る少年の姿を。

エルファリアに迫る『巨人』目がけ、縦断《じゅうだん》の一撃を繰り出す。

『!!』

頭上より飛来する高速の斬撃《ざんげき》を、『巨人』は後方に跳《と》び、寸前のところで回避した。

轟音《ごうおん》が来る。あるいは怒《いか》りの声が。少女を護《まも》らんとする強き意志が。

迷宮を轟然《ごうぜん》と揺るがす剣撃《けんげき》が氷柱《つらら》ごと凍土を割り、無数の氷片《ひょうへん》が舞って、蒼《あお》く煙《けぶ》る。

冷気の霧《きり》が風圧となって天色《あまいろ》の髪を揺らし、エルファリアは片腕で顔を覆《おお》った。

すぐに腕を下ろすと……その少年は、やはりいた。

幻《まぼろし》でもなく、夢でもなく。

剣《けん》を両手で持ち、恐ろしい『巨人』と対峙《たいじ》して、エルファリアを護《まも》るように立っていた。

「あ……」

その後ろ姿は、既《すで》にボロボロだった。

ここに来るまで、立ちはだかる魔物の海を強行突破したのだろう。

最短距離でこの空洞《くうどう》に駆け付けるため、迷宮の床に渾身《こんしん》の力をぶつけ続けたのだろう。

肩や腕は魔物の爪牙《そうが》に切り裂かれ、傷が見えた。

剣の柄《つか》を握《にぎ》りしめる両手は皮が破《やぶ》け、紅《あか》く染まっていた。

そんな傷だらけの姿に、二人の『夕日の約束』が問《と》うた。

そうまでする想いの源《みなもと》は何なのかと。

敵を見据える少年は黙《もく》して語らない。

代わりに答えるのは『剣《つるぎ》』。

白銀の光を宿す刃《やいば》の答えは、『勇気』。

エルファリアの瞳から、大粒の涙がこぼれ落ちた。

「傷付けたな、あの子を」

『……』

「泣かせたな、エルフィを」

『……』

「──お前を許さない!!」

目を見開き怒号《どごう》を上げる少年に、『巨人』は無言で笑った。

始まる。

魔法を置き去りにする、理外《りがい》の激闘が。

「っっっ!?」

両者互《たが》いに腰を落とし、踏みしめた地面に罅《ひび》を入れ、蹴り砕く。

息を呑《の》むエルファリアの瞳の先で、ウィルと『巨人』、同時にかき消えた。

魔導士《メイジ》の知覚を振り切る超加速。純粋な速度と速度。破滅的な威力が付随《ふずい》する二つの影がたちまち空洞内をところ狭しと駆け抜け、衝突の応酬《おうしゅう》を生み出す。

交わる剣《つるぎ》と長刃《ブレード》。

交錯《こうさく》する怒りと殺意。

一度の衝突の度《たび》に鼓膜《こまく》を揺るがす衝撃音が発生し、嘘みたいな火花が暴《あば》れた。

傷付き、今も動けないエルファリアの驚倒《きょうとう》は終わらない。

傍観者《ぼうかんしゃ》になるしかない彼女の視界の中、少年がでたらめな速さで『巨人』に斬《き》りかかる。

(こいつを倒さないとエルフィが殺される！　――僕も死ぬ!!)

ウィルは直感していた。今も殺し合う存在の脅威《きょうい》と、底知《そこし》れぬ恐怖を。

おぞましい白き体躯《たいく》はあらゆるものを絶滅させる。

その爪と牙は飾りであり、最も恐るべきは刺激に餓《う》える加虐心《かぎゃくしん》そのもの。

こちらを凝視する眼球は、今もウィルがどこまで速くなり、強くなるのか試、し、て、い、る。

絶対上位の『狩人《かりゅうど》』たる視点にぞっと首筋《くびすじ》を冷やし、その上で気力を奮《ふる》わした。

「エルフィを、護《まも》るっ!!」

この敵がなんなのか、今の状況はどうなっているのか。

それらを把握《はあく》できずとも、その守護の一念が、今のウィルの全てだった。

「ウィル……！」

視界の端に過《よぎ》る傷付いた少女の姿。

血だらけで、とても痛そうだ。己《おのれ》のことのようにウィルの胸が苦しみに喘《あえ》ぐ。

彼女をあんなにしたこの怪物も、自分さえも許せなかった。

それと同時に、名前を呼ぶ少女の声は、何年振りかのように懐かしく、恋《こい》しかった。

だからウィルは、胸に宿るその狂おしい想いさえ加速の糧《かて》に変え、突っ込んだ。

自分の中に眠る『力』も無意識のうちに引きずり出し、代償《だいしょう》も顧《かえり》みず、砲弾となった。

「はああぁッ!!」

『!』

回避を認《みと》めぬ全力の薙ぎ払い。

その気迫《きはく》と振り抜かれた銀の刃に、『巨人』が初めて防御体勢に移《うつ》った。

意志を宿す剣《つるぎ》と歪《いびつ》な爪《つめ》が衝突し、一瞬の拮抗《きっこう》、後《のち》に『巨人』が勢いよく吹き飛ぶ。

『巨人』の防御《ぼうぎょ》も切り崩す剣圧。魔法世界では異端児《いたんじ》たる『戦士』の一撃。

ウィルは止まらない。

大切な少女を血塗《ちまみ》れにした怪物をこのまま押し切ろうと、追撃を仕掛ける。

だが、相手は正真正銘《しょうしんしょうめい》の化物だった。

名を、『天上の侵略者』と言った。

地面を削《けず》りながら勢いを殺したかと思うと、戦士《ウィル》を凌《しの》ぐ速度で、白き光となる。

「――ッッ!?」

瞬時に斜めに構えた剣が激しい衝撃に襲われ、更にウィルの肩を痛烈《つうれつ》な熱《ねつ》が襲った。

必殺を防いだ代わりに、肩の肉を抉《えぐ》られたのだ。

ウィルとすれ違い、罅《ひび》を刻みながら天井に両足をついた『白い巨人』は、口端を裂いた。

新たな『敵』の出現を歓迎し、ちょっぴり本気を出したのである。

「っっ……！　ぅあああああああああああああああああ!!」

肩と頬を一瞬で血化粧したウィルは、気圧《けお》されまいと雄叫《おたけ》びを上げ、再び斬《き》り結《むす》んだ。

だが——速い、重い、強い——ありえない、い、い!!

迷宮の魔物達とも一線を画《かく》する暴力の化身。

戦士の動体視力《どうたいしりょく》でも追いきれない白き殺戮者《さつりくしゃ》。

ウィルの直感が更新《こうしん》される。

アレは、あらゆる世界で『最も強大な生物《せいぶつ》』であると。

そして、生物の格《かく》が劣っていると理解しておきながら、身を投じなければいけない。

今のウィルでは太刀《たち》打《う》ちできない、この絶望的な戦いに。

「あ、あぁあっ……！　だめっ、だめ……！」

特攻に等《ひと》しい攻撃を繰り返す、そんな少年の姿に、少女の声が悲痛に染まる。

もはや純然《エルファリア》な魔導士の目では完全には追いきれない超高速戦闘。

その中で、秒《びょう》を経《へ》るごとにウィルの傷が増えていく。

装備者を守る《魔導士《まどうし》のマント》が、強度に優れた学院の制服が切り刻まれていく。

恐ろしい斜線《しゃせん》が走るだけ、少年の体から血の霧《きり》が噴《ふ》き出《だ》していく。

何より——白く染まっていく。

少年の黒い髪が。

(ウィルの髪が、五年前《あのとき》みたいに白くっ——!!)

エルファリアは知っていた。ウィルの『白髪化《はくはつか》』は『危険信号』であると。

それは少年が内に眠る『力』を使用していることを示す。

少年が記憶の一部を忘れ、『少年じゃないもの』に近付いていることを表《あらわ》している。

徐々に『白髪《はくはつ》』が少年の頭を侵食していく。

『力』の代償である『記憶』が刻一刻《こくいっこく》と喪《うしな》われていることを、その純白《じゅんぱく》が報《しら》せてくる。

エルファリアの顔が、くしゃっと歪んだ。

「だめぇ、ウィル!! 逃げてっ!」

張り裂けそうな悲しみを叫んだ。

「もうっ、戦わないで!!」

少年のもとから今もこぼれ落ちていく『思い出』に、涙を散らした。

しかし少女を護《まも》り続ける少年には、その懇願《こんがん》は届かない。

(足《た》りない、足りない、足りない!!)

どころか、足りない。

記憶を切り崩しても、この『巨人』との差を埋めるにはなお足りない。

今も大切な何かが欠けていく。

義弟《おとうと》達の顔、義妹《いもうと》達の声、義父《ちち》の名前、学院の入学式、偽りだったとしても初めて魔法を使えた時の感動、『塔』への憧れと魔法使いを愚直《ぐちょく》に目指せていた喜び――。

涙を流す少女《エルファリア》と同じように、砂となって消えていく思い出達《たち》もまた啜《すす》り泣《な》いている。

忘れないで。行かないで。抱きしめて。そう言って手を伸ばしてくれているのに、ウィルは背を向けて白い平原を駆け抜けなくてはならない。絵の具で塗り潰されていくような真っ白な世界の奥へ奥へ。繰り出す一撃一撃と引き換えに、大切な記憶が一つずつ消えていく。

そんな代償を支払っているのに――今のウィル・セルフォルトではこの敵に勝てない！

（勝ちたいのに！　倒したいのに！　こんなに喪《うしな》ってるのに！　どうして!!　――どうして、い、い、いぃ、いっ、戦ってるんだっけ？）

記憶の連続性が途切れる。

（痛い、苦しい、つらい。手足が熱い、頭が燃えそう。血が止まらない）

とっくのとうに限界を迎えている全身が、もう戦えないと戦闘の断念を呼びかける。

（何でぼろぼろになってまで、こんなことをやってるんだっけ？　――い、い、い、しっかりしろ!!）

そして、心の奥底で燃え盛る想いが記憶を繋ぎ止め、戦意《せんい》を直ちに復旧《ふっきゅう》させる。

（エルフィのためだ！　血迷《ちまよ》うな忘《わす》れるな手放《てばな》すな翳《かじ》りつけ刻《きざ》み込め!!　たとえ全部喪《うしな》っても戦い続けろ!!　エルフィのためにエルファリアのためにあの子のために彼女のために一番大切なもののために僕の全部全部全部っ、全てを使いきってこの怪物を――!!）

でなければエルファリアを護《まも》れない!!

髪の一部を白く染めてなお獣のごとく吠えるウィルを、『巨人』は笑いながら迎え撃つ。

掠《かす》めた敵の一撃が額を割る。パリンと音を立ててまた記憶《なにか》が消えた。

血を散らしながら大地を砕く剛撃を放つ。ばしゃりと水が弾けて記憶《なにか》が溶けた。

敵の長刃《ブレード》と己の剣が衝突し、やはり押し負ける。サァーと砂の粒《つぶ》となって記憶《なにか》が風化した。

額《ひたい》から流れた血液を、目尻が受けとめる。

もう涙も流せない、何が悲しいのかもわからない瞳が、紅《あか》い滴《しずく》を頬に伝わせる。

絶え間なく震動する視界の中でウィルの顔が歪む。

危機という焦熱《しょうねつ》に焼かれ、死という断崖《だんがい》に追い込まれ、それでも窮地の打開を模索《もさく》する。

何をすればいい？

どうすればいい？

一体どうすれば、僕《ウィル》は彼女《エルファリア》を護《まも》れる⁉

喪《うしな》ってばかりで穴だらけになったこの心身《からだ》に、残されているものは――‼

「忘れちゃう！　全部忘れちゃう‼　あの時みたいに！　だからやめてぇ、ウィルぅぅ‼」

――直後、どくんっ、と。

鼓動が震えた。

エルファリアの呼びかけが切《き》っかけ、ではない。

脳裏に共鳴した『涙』が、ウィルの中に眠る『歴史』に響き渡り、『本《ほん》』を開いた。

（……戦ってる）

忘れ去られた物語に、指先が届く。

血に濡《ぬ》れた爪が、閉じられていた頁《ページ》をめくる。

（僕はエルフィを護《まも》るため、前も恐ろしい敵と戦ってる！）

あの時、自分はどうした？

あの時、自分に何が起こった？

あの時、ウィルは――。

『目覚めよ』

そう、目覚めたのだ。

「――――」

一部破損《はそん》した記憶の濁流《だくりゅう》が、高速でめくられる本の頁《ページ》となってパラパラと音を立てる。

孤児院の裏手。森の奥。彼女《エルファリア》と繋《つな》いでいた手――。

現れる魔物。傷を負った水晶の狼。離れてしまう彼女の温もり――。

自分を護《まも》ろうとする少女。分身した彼女達が繰り出した『涙』――。

魔物の水晶が光り、はね返される『涙』。砕け散る少女達――。

彼女《エルファリア》を庇《かば》って血を吐いた少年。そして彼は、自分は、僕《ぼく》は――――『剣《つるぎ》』に。
(――体を、『剣《つるぎ》』に――!!)
覚醒を促《うなが》す『魔女』の言葉とともに、器《からだ》を、『剣《つるぎ》』そのものに変えたのだ。
少女の『涙』を借り、『杖《つえ》』と『剣《つるぎ》』を交《まじ》えたのだ!
「!」
直後、記憶の渦《うず》に翻弄《ほんろう》されていたウィルのもとを、『巨人』の鋭い一閃《いっせん》が襲った。
何とか防御するが、使い手が力つきるより先に、剣《つるぎ》が限界を迎《むか》える。
敵の長刃《ブレード》に耐えきれず、剣身《けんしん》が根もとから折れたのである。
銀の刃《やいば》が弧《こ》を描き、遠く離れたエルファリアのもとに突き刺さった。
衝撃を殺しきれずウィルの体が後方に飛ぶ。
『白い巨人』が仕切り直すように距離を取る。
墓標《ぼひょう》のように地面に突き立つ剣の残骸《ざんがい》に、エルファリアの瞳が揺れ、悲愴《ひそう》が決壊《けっかい》する。
だが。
(……いける)
ウィルの心は凪《な》いでいた。
武器を失ってなお、瞳に宿る意志は衰《おとろ》えず、より強まっていた。
相対《あいたい》する『巨人』が疑念を抱き、動けない少女が絶対的な予感に息を止める。

「……使わせて、エルフィ」

ごめん、と。

ウィルは、謝った。

自分をずっと助けてくれた少女の想いの結晶に向けて。

ぼろぼろの服の中に、手を入れる。

胸もとから取り出された『それ』に、エルファリアは目を見開いた。

『蒼涙《なみだ》のペンダント』。

少年を護《まも》るために与えた、少女の魔力が形をなした蒼《あお》の輝き。

(あの時もそうだった――)

ウィルが目覚めた、あの時も同じだった。

『あの時』とは五年前。少年が思い出を失《うしな》い、少女が泣き崩れた日。

ぼやけて見えない記憶の輪郭《りんかく》をなぞり、ウィルは、かつての己の行動を模倣《もほう》した。

「！」

『巨人』が目を疑う。

エルファリアが瞠目《どうもく》する。

二つの眼差《まなざ》しの先で、紐《ひも》を引き千切り、『蒼涙《なみだ》のペンダント』を、胸の中心に叩き込む。

彼女の『魔法』を、少女の『涙《なみだ》』を、自身へと装塡した。

「装填完了《そうてんかんりょう》──」


駆け巡る力の奔流《ほんりゅう》に促《うなが》されるように、気付けば『装填《ソレ》』の名を呟《つぶや》いていた。

──記憶の欠損を確認。『涙』の詳細は抜剣不可能《わからず》。銘《めい》は不明。抜《しゅつ》杖《りょく》は未知数。

しかし案ずることなかれ。視界は蒼い。力が漲《みなぎ》る。境界は無事に超《こ》えている。

『剣《つるぎ》』は作動し、『杖』と交《まじ》わった。ならば委細《いさい》問題なし。

この身は一振《ひとふ》りの剣《つるぎ》となりて、契約を履行《りこう》し、『魔女の敵』を殲滅《せんめつ》する──。

「ウィ、ル……」

意味不明な思考の羅列《られつ》が少年の意識を埋めつくす中、エルファリアは、唇を震わした。

少年の瞳の色が、藤色から『蒼《あお》』に変わり果てる。

全身から『涙』の魔力が氾濫《はんらん》し、根本《ねもと》から折れた剣身《けんしん》の先に、『蒼氷の刃《そうひょうのやいば》』が生まれる。

杖《つえ》と剣《つるぎ》──『氷の魔剣《まけん》』。

『────オオオオオオオオオォォォォォォォォォォォォォォォォォォォォォォ!!』

魔剣《それ》を生み出した少年に、『巨人』は、初めて声を上げて反応した。

頬《ほお》の半ばまで引き裂きながら顎《あぎと》を開き、咆哮を上げる。

畏《おそ》れるような、ゲタゲタと笑うような、探していた何かが見つかったような。

これまでとは比べものにならない殺意を放つ化物に、ウィルもまた、応《こた》えた。

地を蹴る。

蒼く輝く光の尾《お》を曳《ひ》き、この世の何よりも美しい『氷剣』を、一閃させた。

「シッッ!!」

最速の氷斬《ひょうざん》。

『アギ⁉』

裂かれる巨人の肩。

「っ!!」

初めて刻まれた明確な損傷《ダメージ》に、少女の一驚《いっきょう》が飛ぶ。

先程抉《えぐ》られたウィルの肩と同じ位置。

すかさず噴出《ふんしゅつ》する血飛沫《ちしぶき》。

自分達のものと同じく紅《あか》い。ならば殺せる。同じ生物《せいぶつ》なら殺《ころ》せる。『■■■■』に到達していない『■■』もどきならこの『魔剣』で滅《ほろ》ぼせる。思考に走る第五情報《ノイズ》を無意識の領域で処理しながら、『巨人』の返り血を顔から浴びたウィルは、なおも斬りかかった。

斬撃と氷結の輪舞《ロンド》が始まる。

舞う斬閃《ざんせん》、散る氷片《ひょうへん》。

蒼《あお》の調べが断絶《だんぜつ》の結界へと。

姿は霞《かす》み続け、とうに速度は常識を捨てた。
まさに自身を吹雪《ふぶき》そのものへと変え、途切れることのない蒼閃《そうせん》の嵐を叩き込む。
見るうちに『巨人』が傷付いていく。
無敵《むてき》と理不尽《りふじん》の鎧《よろい》を纏《まと》った敵の肉体が血を吐《は》いて凍《い》てついていく。
それは不死に至ってはいない絶対証明。
不滅の化物などいないと『魔剣』が突きつける無二の真実。
『巨人』の眼球が更に血走り、紅蓮《ぐれん》の色を帯びた。
『アアアアアアアアアアアアアアアア――――――!!』
「っっ!?」
押し返される。
殴り飛ばされたウィルの体が冗談のように吹き飛ぶ。
空洞の壁を爆発させ、直《ただ》ちに突貫《とっかん》し直す『戦士』を、『巨人』は正面から迎え撃った。
再びウィルの姿が霞《かす》む。それを上回る速度で『巨人』がかき消える。
絶対零度の吹雪を純然《じゅんぜん》たる暴力が打ち落とす。
爪が閃《ひらめ》き、人智《じんち》を嘲笑《あざわら》う膂力《りょりょく》が叫んだ。
今度はウィルが血を強《し》いられる番《ばん》。
脇腹《わきばら》の皮が消失する。骨には罅《ひび》。筋組織はとうに崩壊間近《ほうかいまぢか》。

しかし身《み》に装塡された魔力は充溢《じゅういつ》している。決戦は続行可能だと血と肉が訴《うった》える。
だからウィルは、氷剣から凄まじい冷気を放ちながら、吠え返した。
「があああああああああああああああぁぁぁぁぁッ‼」
音速を超えた袈裟《けさ》斬り。いともたやすく弾き返される。その反動を利用した回転斬り。
節《ふし》くれ立つ白濁色の肌に一線《いっせん》が走り、忌々《いまいま》しく、そして猛々《たけだけ》しく、『巨人』が笑う。
衝撃はあとから来た。
互いに飛び退《との》き、距離を離す二つの影が空洞内を縦横無尽《じゅうおうむじん》に駆け回る。
衝突に次《つ》ぐ衝突。爆砕《ばくさい》と爆裂《ばくれつ》。凍結と破壊の連続。
深く裂かれた肩の傷口を中心に、氷結が敵を蝕《むしば》むものの、真性《しんせい》の化物は意に介さない。
動きを封じる氷の束縛《そくばく》を無理矢理砕《くだ》き、『巨人』は致死《ちし》の攻撃を振るい続ける。
ウィルの顔が痙攣《けいれん》した。
反則級の切り札をつぎ込んでもなお、敵の暴力が上を行《ゆ》く。
（まだっ、足りないッ――‼）
更に力を欲する少年が、周囲を破壊しつくす勢いで加速した。
迷宮が悲鳴を上げている。
魔物が恐れをなして死闘《しとう》の舞台から少しでも遠ざかろうとする。
水晶《クリスタル》が罅割れ、氷の柱が音を立てて倒壊《とうかい》する。

「やめて……やめてっ……」
その死闘を外から見ることしかできない少女から、涙が落ちる。
碌《ろく》に動けない体を呪う。
魔法を撃とうとして、少年に当たりかねない超高速の戦闘に絶望する。
そして天色《あまいろ》の瞳が、もう一つの絶望を映してしまう。
少年の『黒』が消え、『赤と白』に埋めつくされていく。
（――白《しろ》く――）
飛び散る熱い血潮《ちしお》によってウィルの体が赤く染まる最中《さなか》、髪が白く染められていく。
目の前の存在を打ち倒そうと猛《たけ》る度《たび》。
内側から『力』を引きずり出す都度《つど》。
加速度的に黒い髪が『白髪化《はくはつか》』していく。
ウィルはもう、気付いていた。
もはや致命的なまでに、自分は後戻りできないことに。
一本の毛が一房《ひとふさ》に、頭髪を越《こ》え肌さえ犯し、純白《じゅんぱく》の色へと成《な》り果《は》てていく。
まるで鍍金《めっき》が剝《は》がれ、中に隠されていた『白銀《はくぎん》の剣身《けんしん》』があらわになっていくように。
（――白く、染まってく――）
容姿も思考も。

心も想いも。

自分が何者かであるのかさえも。

白い。なんて白い。相手のおぞましい眼球に映る、白い己《おのれ》の姿といったら。

泣きたくなるくらい笑おうとして、もはや上手《うま》く笑えないことに今、気が付いた。

まるで鏡。

白と白、剣と長刃、自身と巨人。

なんて吐き気を催《もよお》す醜悪《しゅうあく》な化物達。

もうこの手は誰かを抱きしめてはいけないし、その手であやすことも許されないだろう。

この手はいっそ壊《こわ》すことだけで、誰かを笑顔にすることなんて、できはしないのだから。

（でも）

それでも
化物でも、いい。

（エルフィを護《まも》れるなら、怪物になったって――!!）

覚醒し続ける。

肉体が提示する境界線をことごとく突破し続ける。

血が燃えた。鼓動が吠えた。魔力が沸騰《ふっとう》して導火線に火をつける。

その代償として、あらゆる『記憶』が音を立てて消えていった。

魔■学院のことも。
優しいワ■ク■ー先生のことも。
怖いエド■■■先生のことも。
いじめっ子のシ■■のことも。
大切な孤■院のことも――。
硝子《ガラス》が弾ける音が鳴る。大切な何かが砕けてはこぼれていく。
怖い。寒い。嫌だ。
喪《うしな》いたくない！
忘れたくない!!
だけど、これが必要なことなら、手放せる。
他に払うものはなんだ。切り捨てるものはなんだ。
あと何を捧《ささ》げれば、この敵を倒すことができる？
自分に残された、最後の『宝物』は――。

「ウィルううううううう!!」

耳を打った少女の声に、唇が引きつるように震えて、ふっ、と。

最後に一瞬だけ、笑うことができた。
ごめんね、ありがとう、さようなら。
「エ■フ■――」
バキン、と。
致命的な音を奏でて、大切なものが砕けた。
粉々になった宝石の粉末《ふんまつ》が、指の隙間《すきま》から落ちていく。
きらめく記憶《なにか》は風にさらわれて、真っ白な地平線の向こうに溶けて消えてしまった。
ずっと欲しかったはずなのに、もうその宝物の名前も思い出せない。
代わりに、力をください、と呟いた。
白の奥に住まう魔女《だれか》が、それは蛮勇《ばんゆう》かと問いかけた。
ただの恐怖の裏返しだと答えた。
『勇気』と名乗った臆病者《おくびょうもの》に、魔女《だれか》は恩恵《のろい》を解き放った。
白く塗り潰されていく。
全てに、全てを、全ては、白く、白く、白く、白く。
そして全てが白くなって――――『剣《つるぎ》』は怪物に届いた。
『ギッツ⁉』
神速を謳《うた》うことを許された一撃。

その巨軀に走り抜けた斜め一線の斬閃に、『巨人』が鮮血とともに悲鳴を漏らす。

少年だったものの体から、混ざり合った血と魔力が青い光条《スパーク》となって溢《あふ》れ出《だ》す。

先程までは至れなかった境地《きょうち》。しかし今ならば至れる末路《まつろ》。条件は既《すで》に満たされている。

「『白銀解放《リミット・オフ》』――」

鍍金《めっき》が全て剝《は》がれ落ち、『白銀の剣《つるぎ》』が正体を現《あらわ》す。

少年だったものは、たった今、理解した。

自分は『杖』などではなく、『剣《つるぎ》』そのものだったのだと。

そして理解は直《ただ》ちに忘却《ぼうきゃく》へと。

今後《こんご》意味をなさない解答はただの事実に果てる。

つまり、目の前の打倒へと。

『ガアアアアアアアアアアアアアアアアアアアアアアアアア⁉』

剣《つるぎ》が呼ぶ斬撃、斬壊、斬閃、斬光。

青い光条《スパーク》を引き連れる剣《つるぎ》の軌跡が『巨人』のことごとくを解体し、破壊する。

突起が、爪が、腕が、片方の眼球が、忌々しき白《しろ》が。

斬られては潰《つぶ》され、断《た》たれては砕かれ、その巨軀から剝落《はくらく》していく。

魔法使い達が目にしたことのない青き流星となって、『剣《つるぎ》』は仮借《かしゃく》なく敵を滅ぼしていく。

「あぁぁあっ、あああぁぁぁぁぁ……‼」

『巨人』を追い詰めていく最中《さなか》、涙の音が聞こえた。
視界の端に映る天色《あまいろ》の髪の女の子。
血と傷に塗《まみ》れ、それでもこの地下世界で何よりも美しい少女。
見惚《みほ》れる機能などない『剣《つるぎ》』さえも意識を引き寄せられる、蒼《あお》い輝き。
少女の涙は止まらない。
『剣《つるぎ》』はそれを見ても止まれない。
ただ、少女のその姿を見て、何故か胸が痛くなった。
だから、祈《いの》った。

名前も知らない君へ。
どうすれば笑ってくれますか？
どうすれば泣かないでくれますか？

君の唇に咲く花は、きっと何よりも優しいと思うから。
涙を忘れた君の瞳は、とても眩《まぶ》しくて、どんなものより美しいと思うから。
全部白く染まって、何も知らないくせに、何だかわかるんだ。
空の向こうに、赤く燃える鮮やかな彩《いろど》りがあったとして。

それは最も美しい光景で。

全ての存在が優しい赤に染まりゆく絶景で。

世界の果てにある景色で、どんな宝にも代えがたい秘宝だったとしても。

夢を見る君の瞳には、決してかなわないと、そう思うんだ。

どんなに胸が苦しくなっても、その輝きに手を伸ばしてはいけないけれど。

剣《ぼく》は、抱きしめることはできないけど。

決して色褪《いろあ》せることなんてない、この想いと一緒に、祈《いの》らせてください。

その涙が、どうか止まりますように。

名前も知らない君へ――。

『ウォオオォオオオォオオォォオオオオオオオオオオオッッ!!』

想い《ノイズ》が走る『剣《つるぎ》』のもとに、『巨人』の怒号が襲いかかる。

残された片腕に光り輝く紋様が走ったかと思うと、内側から裂け、砲門のように展開する。

まさしく砲口《ほうこう》。

収束《しゅうそく》する凶悪な力の渦《うず》。

彼我《ひが》の間合いは至近距離。

鉄屑《てつくず》になど許《ゆる》されぬ祈りを咎《とが》められ、瞠目《どうもく》する『剣《つるぎ》』は、直撃を頂戴した。

炸裂《さくれつ》。そして爆光《ばっこう》。

「ウィルぅうっ――――!?」

放った砲手《ほうしゅ》もただでは済まない超近距離の爆砕に、二つの影が真逆の方向に吹き飛ぶ。

全身から煙を吐《は》く『剣』は血をまき散らしながら地面を転がり、少女のもとへ。

体軀の破片を飛ばしながら、決河の勢いで宙を貫いた『巨人』は水晶《すいしょう》群の壁へと。

耳を聾《ろう》する轟音と、肉を焼く異臭。互いに刻まれた深い損傷《ダメージ》。だが形勢《けいせい》の天秤《てんびん》は傾く。

器《うつわ》の強度で『剣《つるぎ》』は負けた。

生命の格《かく》として劣っている少年だったものより早く、緩慢《かんまん》な動きで、『巨人』は立った。

深く傷付きながら、ボコボコと蒸気と沸騰《ふっとう》の音を奏でて、肉体を『自己修復』していく。

血走った眼球を光らせ、真性《しんせい》の怪物であることを証明する。

「っっ――氷壁《フォール》!!」

だからエルファリアは、なけなしの魔力を放った。

力が碌《ろく》に残っていない今の彼女に、強力な上位魔法は行使できない。

故に質《しつ》より量を選んだ。単一魔法の重複発動《オーバーラップ》――『連作《シリーズ》』。

回復を優先させ、まだ素早く動けない巨人と周囲一帯に向けて、氷の障壁を一斉展開する。

幾重も折り重なる氷壁は『檻《おり》』と化し、『巨人』の憤激《ふんげき》を呼んだ。

ここを開けろ！　と言わんばかりに咆哮が轟き、氷壁を砕く殴打音が直《ただ》ちに鳴り響くが、

「**氷炸《グラスト》！**」

エルファリアが障壁の『自爆呪文』を唱え、氷爆《ひょうばく》の嵐を見舞った。

氷壁を砕けば砕くほど氷の魔力が爆《は》ぜ、凍てついて、巨人の体を封じ込める。

直ちに『剣《つるぎ》』を破壊せんとしていた殺意が氷壁に閉じ込められ、怒り狂った。

「ウィルっ！　う、くぅ……！」

多少の猶予《ゆうよ》が生まれるが、それもほんの僅か。

『巨人』が氷の檻を破壊しつくせば蹂躙《じゅうりん》は再開される。

エルファリアは満足に動かせない体を動かし、転倒しかけながら、近付いた。

ぼろぼろに傷付きながら、立ち上がろうとしている少年だったものに。

「……、……」

『剣《つるぎ》』は己の損壊《そんかい》を認めた。

窮地《きゅうち》に血の巡《めぐ》りが唸《うな》った。

敵は未だに強大で、積み重ねられた戦闘経験と呼べるものをもって、形勢をいくらでも逆転してくる。

まだ足りない？

これだけ白く輝いても、あれだけ喪《うしな》っても、まだ足りないのか？

（いや……）。
どさっ、と。
倒れ込むように少女が、『剣《つるぎ》』の前に膝をついた。
（もう、足りてる……）
細く、今にも折れてしまいそうな儚《はかな》い体には、可哀相なくらい力が残っていない。
瞳に涙を湛《たた》え、座り込んだ少女が何かを言おうとしている。
もう逃げて。戦わないで。ごめんね。ごめんなさい。
……それでも、一緒にいたい。
薄く開いては震える唇が、どの言葉を伝えようとしたのか、『剣《つるぎ》』にはわからない。
でも、わかったことが『二つ』だけあった。
自分達は、引かれ合う『杖《つえ》』と『剣《つるぎ》』であること。
この鉄屑《てつくず》の体が抱いたのは、祈りではなく、『誓《ちか》い』であったということ。
『剣《つるぎ》』は地面から体を引き剝がし、身を起こした。
片膝をつき、驚く少女に、震える指を伸ばした。
抱きしめられないけど。
笑わせてあげられないけど。
その『涙』を拭《ぬぐ》うことは、許される筈だ。

「……ゆ……ひ……を……」

「え……？」

その『誓い』を口にすることは、二人だけの、『約束』だった筈だ。

「きみと……夕日を、みたい……」


「────」

見開かれた天色《あまいろ》の瞳から、透明な滴《しずく》がこぼれ落ちた。

少年だったものに、残されていたもの。

『剣《つるぎ》』となって、どんなに記憶を喪《うしな》っても、それでも離さなかったもの。

色褪《いろあ》せぬ約束。

茜色《あかねいろ》の夕焼けを夢見た、ウィルと、エルファリアの遠い日の誓い。

「だか、ら……」

白く染まった髪を揺らし、震える指が、透明な滴を拭う。

天色《あまいろ》の髪を揺らし、少女の顔が、くしゃくしゃに歪《ゆが》む。

一振《ひとふ》りの剣《つるぎ》となっていた少年は、小さく唇を曲げ、不器用に笑った。

「きみの『涙』を……ちょうだい？」

指を濡《ぬ》らす水滴《すいてき》を握りしめ、立ち上がる。

氷の壁が全て砕け、冷気とともに恐ろしい『巨人』が姿を現す。

少年は少女に背を向け、二度と振り返らなかった。

遠ざかっていく背中に、それでも今も待っている後ろ姿に、少女は体をかき抱いた。

指が肌にめり込むほど腕を震わし、漏れる嗚咽《おえつ》に耐え、うつむいていた顔を、振り上げた。

「**止まらぬ涙、貴方に捧ぐ悠久《ゆうきゅう》！**」

最後の魔力を込めて、唱える。

呪文をなぞり、その歌と一緒に、『涙』を捧ぐ。

「**氷涙の静女《ティアリス・ノノ》！**」

放たれる氷の散弾。

その数、八。

緩《ゆる》やかに飛ぶ氷の結晶達は、天に向けて突き出された蒼氷《そうひょう》の刃《やいば》に、吸い込まれていった。

「**装塡完了**」

『杖《つえ》』と『剣《つるぎ》』が交わる。

戦場に舞い戻った『巨人』が、ぞくっ、と確かに肌を震わせる。

全身を回復させ、破滅をもたらす準備を終えていた筈の厄災《やくさい》は、正《ただ》しく戦慄《せんりつ》した。

その蒼涙《なみだ》の輝きに。

巨人を滅ぼす『涙の魔剣』が産声《うぶごえ》を上げる。

『────────────────アァァッッ!!』

言葉なき危惧《きぐ》の咆哮《ほうこう》を上げ、『巨人』は驀進《ばくしん》した。

己を殺しうる、あの一振りの魔剣《つるぎ》を破壊しようと、全身全霊をもって飛びかかった。

少年だったものは。

ウィルは。

『魔剣』を両手で持ち、構え、白髪を揺らした。

己の背後にいる少女を護《まも》らんと、白銀《はくぎん》の全能を解放する。

「**抜杖抜剣《オーバーロード》────最大召喚《フル・バースト》**」

装填した魔法はもとより、魔法の源《みなもと》たる主《あるじ》の魔力を読み込む。

『杖《つえ》』の履歴《りれき》を、歴史を、物語を辿《たど》り、『魔剣』を通して完全再現する。

召喚の引鉄《トリガー》、辿るべき『杖』の存在は、『約束の少女エルファリア』。

眩《まぶ》しく、賢《かしこ》く、誰よりも才能溢《あふ》れた、何よりも大切な深蒼《しんそう》の氷姫《ひょうき》。

ずっと目にしてきた彼女の魔法を手繰《たぐ》り寄せ、ウィルは、その『秘法』を解き放った。

「**氷涙の魔剣《ティアリス・ウィース》**」

「一《いち》の法《ほう》、白の芸術《アルスワイス》!!」
一振りの魔剣《つるぎ》が、『九振りの魔剣《つるぎ》』へと至る。
『!?』
氷像を生み出す『分身魔法』。
分身と言えど全てが本体と変わらぬ威力を宿す、『魔剣』そのもの。
八つの氷の結晶がそのまま力に変わったように、八体の分身《ウィル》は疾走《しっそう》する。
一人は舞った。一人は駆けた。一人は後方に回った。
『巨人』目がけ敷《し》かれる超速の布陣。
それは『侵略者』を滅ぼす剣《つるぎ》の結界。
散開から包囲――そして斬撃へ。
『アアアアアアアアアアアアアアアアアアアアアアアッ!?』
右腕で正面から突撃する一振り目の剣《つるぎ》を破壊。
左腕で側面より迫る二振り目の剣を粉砕。
まさに怪物のごとき速度で迎撃する『巨人』の抵抗は、しかしそこまでだった。
逆側面より肉薄《にくはく》する三振り目の剣が右脇腹を一閃。
背後を取る四振り目と五振り目の剣が両の膝裏に二閃。
体勢を崩す巨軀に向けて六振り目と七振り目の剣が翔《と》び、斬閃を交差。

両腕を切断された『巨人』の胸部中央に、八振り目の剣が蒼《あお》き雷《いかずち》のごとく刺突《しとつ》を叩き込む。

切り裂き、凍てつき、貫かれ、氷結する。

再生も許さぬ。反撃も認めぬ。

膝から崩れ落ち、腕を失い血を吐《は》く『巨人』は、最後にそれを見た。

『ア────』

遥か頭上。

空洞となった迷宮の天井ぎりぎりまで跳躍《ちょうやく》し、少年が降ってくる。

分身ではない『魔剣』本体が、蒼氷《そうひょう》の輝きとともに落ちてくる。

残された魔力全てを剣身《けんしん》にかき集め、形成される大氷剣《だいひょうけん》。

『侵略者』の名を奪う一撃。

殺戮《さつりく》と愉楽《ゆらく》のために世界を滅ぼさんとする侵略者達を滅ぼし返す、『天上《てんじょう》からの剣撃《けんげき》』。


「はァあああああああああああああああああああああッッ!!」

蒼《あお》の轟閃《ごうせん》。

吹雪を孕《はら》む『杖《つえ》』と『剣《つるぎ》』の必殺。

直撃した『巨人』は断末魔の絶叫さえ上げることも叶わず、両断され、凍りついた。

バキバキと走る氷が巨軀の全てを覆い、内側まで余すことなく凍てつかせ、粉砕する。

甲高《かんだか》い音とともに粉微塵となり、迷宮の中にあって生まれるのは細氷《ダイヤモンドダスト》の舞。

水晶《クリスタル》の光を反射してきらめく氷の欠片《かけら》は、幻想の風景に違いなかった。

それが恐ろしい侵略者の結末だったとしても、エルファリアは目を奪われてしまった。

蒼い光粒《こうりゅう》の雨の奥、背を向けてたたずむ少年と合わせて。

誰の目にもとまらない杖《つえ》と剣《つるぎ》の魔剣譚《ウィストリア》は、静かに、新たな一頁《ページ》を綴《つづ》った。


恐ろしい侵略者の気配が消え、美しい氷の雨だけが降りそそいでいく。

時を止めてそれを眺めていたエルファリアは、はっとした。

少年の体が、不自然に揺らめいたのだ。

「ウィルっ！」

もう魔法も使えないエルファリアは、体の状態のことなど忘れて走った。

傷だらけの四肢《しし》に焼きついた苦痛を振り払い、地面に吸い込まれていく体を、受け止めた。

支えきれず、一緒に倒れ込む。

「ウィル！　だいじょうぶっ……っ⁉」

身を起こし、少年の体も抱き起こすが、すぐに絶望に染まる。

白い髪も、うっすらと白く染まりつつある肌も、まるで燃えつきた白い灰のようだ。

薄く開いた瞳も、唇も、何の温もりも感じさせてくれない。

『天上の侵略者』を討ち倒す代わりに、全てを失った剣《つるぎ》の成れの果てが、そこにはあった。

全てを忘却した『ウィル・セルフォルト』だったものに、エルファリアは泣き崩れた。

「いやっ、いやあああああああああああああぁ！　やだよっ、やだぁ！　ウィルっ、ウィルううう……‼」

号泣の声を上げながら、その体を抱きしめる。

頬を寄せ合って涙を伝わせても、少年が反応してくれることはなかった。

天色《あまいろ》の髪が嘆《なげ》きに打ち震え、少女の心まで砕けようとした時。

「嗚呼《ああ》、なんてこと……」

涙の音が響き渡る空洞に、ウィルとエルファリア以外の声が落ちた。

「……！　校、長……せんせい……」

「解読が終わって、ウィルを探してみれば……こんなことになっていたなんて」

少年が破った天井の穴から浮遊し、一人現れたのは、魔法学院校長コルドロンであった。

ウィルの痕跡《こんせき》を追い、彼女もこの『未開拓領域』を発見したのだろう。

激しい戦音を聞きつけて急いで来たのは、その疲弊した姿を見ればすぐにわかる。

「『侵略者』が都にひそんでいると推測し、地上をワークナーに任せたのが仇《あだ》となった……」

だが、それでも、彼女は間に合わなかった。

救援はあと一歩、届かなかった。

エルファリアは泣きながら、叫ぼうとしてしまった。

今頃現《あらわ》れた魔導士《メイジ》にも、魔法学院にも絶望して、暴言をぶつけてしまいそうになった。

「エルファリア、貴方の言いたいことはわかります。私は肝心なところで間に合わなかった……。ですが、『これ』だけは間に合わせてみせる」

しかしコルドロンは、非難を甘《あま》んじることも、贖罪《しょくざい》もしなかった。

代わりに、己が今できることを尽《つ》くさんとした。

「彼を寝かせて、どいていなさい」

そこで、エルファリアもようやく気付いた。

短杖《ワンド》を取り出した手とは逆のコルドロンの腕の中に、分厚い本が抱えられていることに。

「**誓約《せいやく》をここに。剣《つるぎ》の忌《い》み名《な》を伏せ、御血筋《みちすじ》を辿る。破れた頁《ページ》をここに。魔女の御名《みな》を借り、今、物語を編《あ》む——**」

『古文書』とでも言うべき魔導書を片手に、老齢の魔女は呪文を唱え始めた。

途端、地面に寝かせたウィルを中心に、黒の魔法陣が広がる。

かと思えばウィルと同じ白銀の光を放ち始め、エルファリアを瞠目させる。

「**編纂《へんさん》・傷だらけの魔剣譚《リバーブ・ヒストリア》**」

少年の顔の上に浮いた小さな魔法陣に短杖《ワンド》が添えられ、装丁《そうてい》が開く音が響いた。

「っ、く……」

膨大な魔力がウィルのもとに集束していく中、コルドロンが呻吟《しんぎん》を漏らす。

光の粒が魔法陣に乱反射する光景が続いたかと思うと、あたかも封印が施《ほどこ》されるように。

ウィルの髪先が、本来の黒の色を取り戻していく。

「……！　ウィルの髪の色が！」

「これは『魔女王の遺産』……。学院の大図書館にもなく、許された者のみしか閲覧《えつらん》できない『剣《つるぎ》の物語』を補完《ほかん》するためだけの魔法です」

コルドロンは、ようやく解読できたという古文書を抱え直す。

彼女の言っていることが半分もわからないエルファリアは戸惑っていたが、

「貴方が探し求めていた、ウィルの欠損した記憶をもとに戻す魔法でもあります」

「‼」

そう告げられた瞬間、目の色を変えた。

「この魔法で、ウィルは全部思い出せるの⁉」

「全て……とはいかないでしょう。解読し、覚えたての魔法ということもあって、私が遡《さかのぼ》って編纂し直せるのはおそらく、ウィルが学院に訪れた頃の記憶が精々《せいぜい》」

「そんなっ……」

希望の光に飛びつこうとしたエルファリアだったが、失望も早かった。

落胆《らくたん》を隠せないでいると、コルドロンはそこから、『別の希望』を示した。

「ですが、時を重ねれば叶《かな》うかもしれない」

「えっ？」

「貴方も目撃したであろうウィルの『魔剣《まけん》』……アレはあまりにも強大な代物です。そして彼の記憶が欠損《けっそん》してしまうのは、まだ『器《うつわ》』が伴《ともな》っていないから。言うなれば『未熟』故《ゆえ》の代償。ですから、今から六年間、この魔法学院でしっかり修行を積み、『器』を磨けば……」

「……！　もう、記憶を失うことはなくなる？」

「まず間違いなく」とコルドロンは魔法を継続しながら頷《うなず》いた。

エルファリアの顔にじわじわと、喜びの光が戻ってくる。

今のコルドロンの推測は、義父《ぎふ》アシュレイの説明とも重なるところがある。

信憑性《しんぴょうせい》は高い気がする。残る懸念《けねん》は……。

「……でも、修行して強くなる前の記憶は、これからもなくなっちゃうんじゃあ……」

「それは私が何とかしましょう。この『魔女王の遺産』を今より使いこなせるようにし、定期的にウィルの記憶を『編纂《へんさん》』します。そうすれば、少なくともこれまでのような重度な『記憶障害』に陥《おちい》ることはありません」

自分が見守ることで、ウィルの記憶の連続性を保《たも》つ。コルドロンはそう言いきった。

今日のように『魔剣の力』を大幅《おおはば》に行使した時は、強い反動によって前後の記憶は拾い上げられないかもしれないが、日常生活を送る上で異常はまずなくなる。そうも付け加えた。

「……今までの記憶を、もとに戻すことは？」

「それは、彼が成長した後になるでしょうね。その暁《あかつき》にこの魔法をかけ、虫食い状態になっている記憶を埋めれば……きっと貴方との思い出も取り戻すでしょう」

全てを見通しているように、コルドロンはエルファリアに向けて微笑《ほほえ》んだ。

そしてそこから、コルドロンは表情を引き締め、魔導士《メイジ》の顔を纏《まと》った。

エルファリアのことを子供として扱わず、次なる至高の五杖《マギア・ヴェンデ》として、『交渉』を持ちかける。

「私達が責任をもって、ウィルを学院で育て上げます。代わりにエルファリア、貴方は彼の『目標《もくひょう》』になってあげてください」

「目標……？」

「ええ。ウィルが見上げる先、『塔』の頂《いただき》で彼の心を駆り立て、そして見守っていてほしい」

ウィルが強くなる上での、強い『動機』になってほしい。

魔法学院校長は、少年の記憶の保全と引き換えに、そう取引しているのだ。

「それと同時に、貴方自身も強くなり、どうか世界を守護してもらいたい。貴方達が見た『天上の侵略者』は、今も『大結界』の向こうに数えきれないほど蠢《うごめ》いている」

「……！」

「ここで戦った『侵略者』は間違いなく尖兵《せんぺい》……末端《まったん》の存在に過ぎない」

「あんなに怖くて、強いものが、末端……」

衝撃的な事実に、エルファリアは片腕をぎゅっと握った。

同時に、気付いてしまった。

何故リガーデン魔法学院や、魔法世界そのものが魔導士《メイジ》の育成に余念がないのかを。

自分とウィルを引き裂いたあの夜のような横暴が、何故《なぜ》許されているのかを。

存亡がかかっているのだ。

魔法世界の命運が。

あの『偽りの空』の先にひそむ侵略者に対抗するために、誰もが強くあらねばならない。

でなければ、滅ぶ。

魔法世界はあっさりと滅ぶ。

『塔』はそれを誰よりも理解している。

そして、エルファリアとウィルの約束はきっと、その戦いを乗り越えた先にある。

一緒に見ると約束した『夕日』は、侵略者達を倒さなければ、目にすることができない。

エルファリアはそう予感した。確信でもあった。

（本当は、ウィルとずっと一緒にいたい。一秒だって離れたくない。でも……）

魔法陣の光を浴びる少年を見る。

瞼《まぶた》を完全に閉じた少年の寝顔は、ようやく安らかになっていた。

『剣《つるぎ》』であることを忘れ、『ウィル・セルフォルト』に戻ろうとしていた。

その様子をじっと見つめていたエルファリアは、泣き笑いのように、瞳を潤《うる》ませた。

「…………わかりました」

何度も悩んで、葛藤《かっとう》して、時間をかけて。

それでも少女は震える声とともに、頷いた。

「……ありがとうございます。一人の魔導士《メイジ》として、そして教師として、気高き氷姫《ひょうき》である貴方に心から感謝を」

年端もいかない少女に、コルドロンは敬意を払った。

目もとをこするエルファリアは顔を上げ、魔女を見返す。

彼女は一体《いったい》何を知っているのか、聞きたかった。

ウィルの秘密をどこまで知っているのか、問いただしたかった。

「エルファリア様ぁーーー！」

けれど、そこで時間切れとなった。

「この声は……」

「先程、『塔』に連絡をいれておきました。貴方の行方《ゆくえ》を追っていた『氷の派閥』でしょう。何故こんなところで『侵略者』と戦う羽目になったのか、彼女達に事情を話せますか？」

「はい……」

「では、お願いします。私はコソコソ隠れてウィルを連れていきます。今、『塔』に『剣《つるぎ》』の存在を知られたくない。実験動物なんかにさせたくありませんからね」

『天上の侵略者』もエルファリアが一人で倒した。そういうことにしてほしい。

コルドロンは言外《げんがい》にそう言っていた。

是非《ぜひ》もない。エルファリアだってウィルが実験動物になるなんて嫌《いや》だ。

絶対にみんなが見直すウィルの功績を、自分のものにするのは心苦しいが……。

自分を助けてくれた少年の血と涙をなかったことにするのは、とてもつらいけれど……。

今、自分がウィルにしてあげられることはこれしかないと、少女は胸を握りしめた。

「……また、どこかでお話をしたいです」

「勿論。私もどうしてこうなったのか、貴方達の冒険をしっかり聞き届けたいですから」

その時は美味しい紅茶と一緒に。

そんな風に言って、コルドロンはお茶目に笑う。

エルファリアは、微笑み返した。

互いに認め合い、どうしてか親しくなってしまいそうな年の離れた魔女に向けて。

「それではエルファリア――貴方に魔女王の加護《かご》があらんことを」

『編纂』の魔法を切り上げたコルドロンと、少年の姿が透明になったかのように消える。

二人の気配が遠ざかっていく。

エルファリアはそれに背を向け、視界の奥に見えてくるサリサ達と向き合った。

ぼろぼろの『細氷《さいひょう》の聖衣《せいい》』を揺らし、聖女のように。

新しく現れた世界の希望のように。

少年を護《まも》るため、壊れては凍てついた戦場の真ん中で、少女は凛々《りり》しく背筋を伸ばした。

✕

「まさか……まさかまさか？　『天上の侵略者』が破《やぶ》られた？」

暗い洞窟だった。

下水道のようにじめついて、光も届かぬ闇に包まれたダンジョンの奥深く。

そこで一人歩いていたエヴァンは首を傾《かし》げていたかと思うと、大声で喚《わめ》き始めた。

「そんなぁぁ！　計画が失敗するなんて！　あの『侵略者』！　せっかくこの世界に来ることのできた貴重な一体だったのに！」

体を勢いよく、そして奇妙にねじりながら、大誤算であると全身で表す。

「まさかエルファリア様が打ち破った？　嗚呼《ああ》ぁぁぁ～、なんて恐ろしい才能！　やはり、ぜひとも抹殺《まっさつ》しておきたかった!!」

計画の成功を確信したエヴァン痛恨の失敗《ミス》は、氷姫《ひょうき》の処刑場に『目』を置かなかったこと。

動向を確認していれば、次代の至高の五杖《マギア・ヴェンデ》より厄介極まる少年に気付けただろう。

世界を覆す『剣《つるぎ》』の存在に。

「相応の危険性《リスク》を払ったというのに……やだなぁ、これは叱られちゃうなぁ～」

エヴァンはそこで、口調を変えた。

いぃ、いぃ、いいいぃいぃ。

エヴァンの振りをしていた存在は、もう飽きたように片手で首を摑んだ。

ぐりぐり、ギチギチ、グシュグシュと音を奏でて――引き千切った。

己の首を。

どぼどぼと血を吐き出し、ぐるりと白目を剝《む》くエヴァンの頭部を。

途端、襟《えり》ぐりから『黒い瘴気《しょうき》』が蒸気のように噴き出し始める。

頭部を失ってなお、『首無しの体』がテクテクと歩いていく。

エヴァン・ガロードは、殺害されていた。

他ならない、この『首無し《くびな》』の手で。

エルファリアを至高の五杖《マギア・ヴェンデ》に推挙《すいきょ》しておきながら、彼女を抹殺しようとした矛盾した行為。

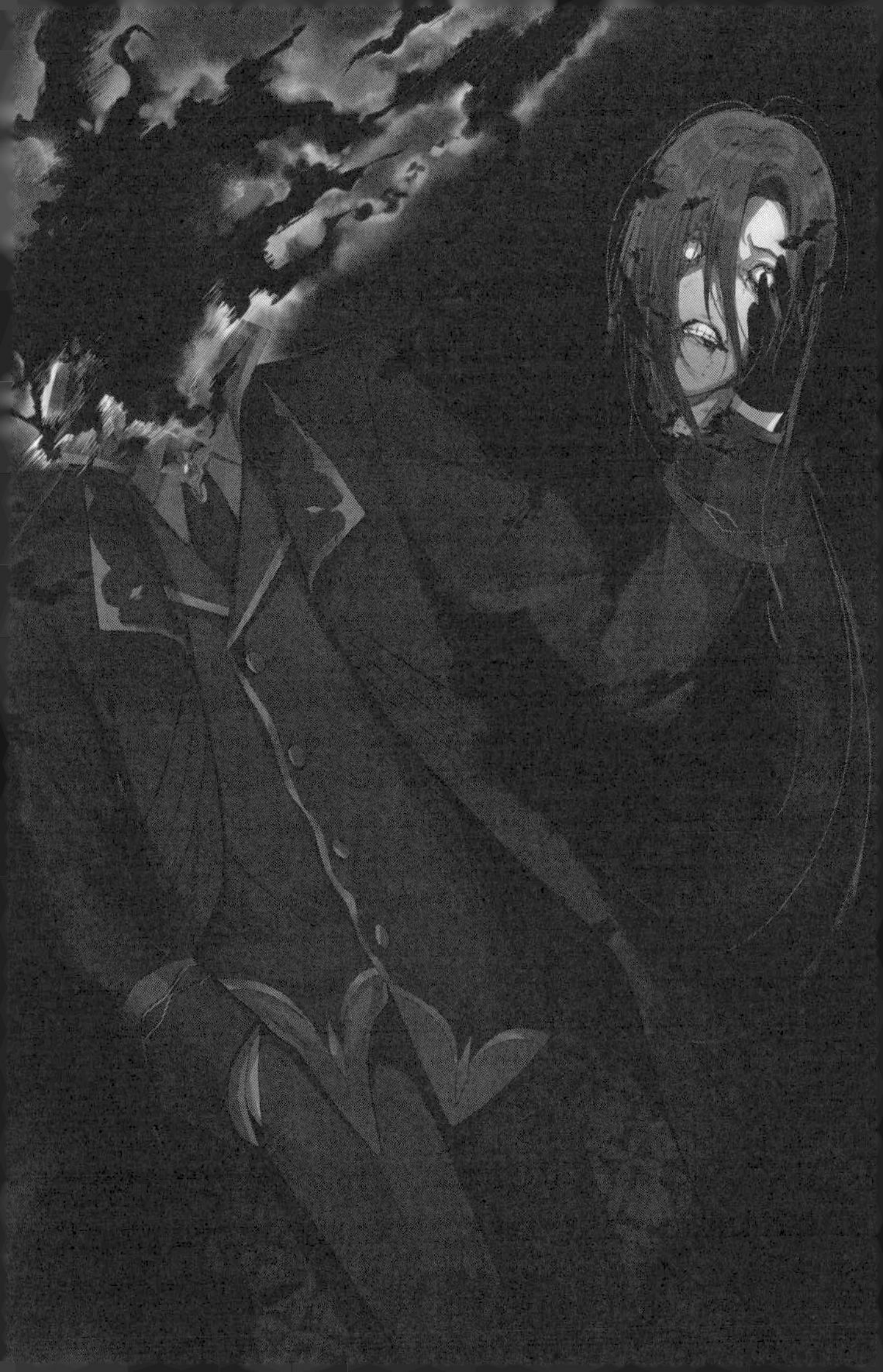

それは本物のエヴァンと、この『首無し』が入れ替わっていたからだった。
殺害したエヴァンの首をおぞましくも取りつけ、本物の振りをしていたのだ。
魔導士《メイジ》達の目も誤魔化すほどに。
この世界に侵入した『天上の侵略者』を『門《ゲート》』で隠したのも。
自分達の脅威《きょうい》になりうる稀代の天才《エルファリア》を始末しようとしたのも。
全て、この『邪悪』の存在が裏から糸を引いていたからだった。
【少し派手に動きすぎた】
首無しの名の通り、発声器官がない体の代わりに、魔力の文字が虚空《こくう》に描かれる。
取り出された短杖《ワンド》を軽やかに振りながら、文字は遊び心に溢れていた。
【これからは至高の五杖暗殺《マギア・ヴェンデ》は『塔』に警戒される。あ〜、本当に最低〜】
誰に見せるわけでもなく、漆黒の文字を綴《つづ》りながら、ぽいっと。
片手に持っていたエヴァンの首を放《ほう》る。
【しばらくは大人しくするかぁ】
そして、ぐしゃっ、と。
地面に落ちた男の顔を躊躇《ちゅうちょ》なく踏み潰し、肩を落としながら歩んでいく。
血と肉がこびりついた靴裏が、おどろおどろしい足跡を刻んでいく。
首無き邪悪は、迷宮の闇の奥に姿を消していった。

End of story

Epilogue

始まりの涙

Wistoria's Wand and Sord

GrimoActa

今度は、夢を見なかった。

子供の頃の記録も、離れ離れになってしまう少女との悪夢も。

それは何か、大切なものを思い出したからなのかもしれない。

重い疲労感と頭の鈍痛を抱きながら、覚醒《かくせい》の気配を感じ取ったウィルは、そう思った。

ゆっくりと、目を開ける。

「おはようございます、ウィル」

「……コルドロン、校長先生……」

すぐ側でかけられる声に、耳を枕に倒すように、顔を僅《わず》かに傾ける。

こちらを見下ろすのは老齢の魔女。

目を開ける寸前、なにか、優しい光が見えた気がする。

魔法でも使っていたのだろうか？

視線を移《うつ》ろわせるウィルは、ここが医務室だとすぐにわかった。

ここ最近、医務室の天井はすっかり見慣れていたから。

「何故ここに寝かされているか、覚えていますか？」

「……いいえ。思い、出せません……」

「では説明しましょう」

コルドロンはそう言って、孫を見守る祖母のように穏《おだ》やかに語り始めた。

『塔』のガス流出事件があった日、ウィルは誤《あやま》って外に出てしまったこと。

ガスを吸ってしまい昏倒し、何とあれからもう十日も経《た》っていること。

魔法で体に異常がないことは確認済みだが、『後遺症』がないか確認させてもらいたいこと。

コルドロンはそう言って、質問を重ねた。

「学院に来たばかりの頃を詳しく言えますか？」

「エルフィが、女子寮を抜け出して、僕の部屋に…………あ！　い、今のは……！」

「ふふっ、構いませんよ。ではエルファリアが『塔』に連れていかれた日のことは？」

「……エヴァン先生に見放されて、炎帝《インスティア・バルハム》の杖と会って、その後……あれ？」

「無理に思い出そうとしなくて結構ですよ。まだガスの効果が抜けきっていないのでしょう」

ウィルはいくつかの記憶が思い出せないようだった。

激しい雷《いかずち》を目にした気がするし、エルファリアと一緒に恐ろしいものと対峙《たいじ》した気もする。

しかしそれも気がするだけであって、やはりまだ寝惚《ねぼ》けているのかもしれない。

他にも上手く思い出せないことがあり、不安自体の方が強かった。

けれどコルドロンは、優しい嘘で包み込むように言ってくれた。

「貴方はもう大丈夫。何かを忘れてしまっても、私達が必ず思い出させます」

はっきりと、そんな風に。

だからウィルは、ふっと頰《ほお》を緩《ゆる》めながら、彼女を信じることにした。

「もうはっきりと目は覚めましたね？　それでは、本題です」

記憶の確認を終えたコルドロンは一頻《ひとしき》り頷いた後、切り出す。

「貴方とのお別れをしたいと……『一人の女生徒』が、塔の前で待っています」

「！」

「慌ててはいけませんよ。ちゃんと着替えて、行ってあげなさい」

その言葉を聞いて、ウィルは毛布を浮かせ、はね起きた。

寝台《ベッド》から飛び出そうとしたが、コルドロンに言《い》い含《ふく》められ、急いで制服に着替える。

準備を終えた瞬間、やはり勢いよく、医務室から飛び出した。

「お、おい！　ウィル！」

医務室の外で待っていたワークナーの横を駆《か》けていく。

「落ちこぼれっ――ってグァァァ⁉」

「「シオーン⁉」」

「ふ、ふざけるなぁー！　覚えとけよぉー‼」

何故か医務室の側でそわそわしていた少年の肩にぶつかってしまい、向こうだけ転倒する。

子分達の悲鳴の後に、声まで真っ赤に染めたような怒声が来た。

「ごめんっ！」と背後に向かって謝って、必死に廊下を走っていく。

体が上手く動かない。息だって上がる。十日も眠っていたのは本当らしい。

だけど手を振って、足を伸ばして、少しでも時間を無駄《むだ》にしたくなかった。

短い『お別れ』なんて嫌だと願いながら、校舎を出て、澄《す》み渡《わた》った青空の下を進んだ。

そして。

「はぁ、はぁ……。エルフィ……」

少女は、『塔』の前に立っていた。

こちらに背を向けて、大きな魔法使いの塔《メルセデス・カウリス》を見上げながら。

その格好は魔法学院の制服。

何も知らない者が見れば、憧《あこが》れを秘めて『塔』を仰《あお》ぐ女生徒にしか見えない。

けれどウィルには、その姿が少女の『けじめ』のようにも見えた。

ウィルはおもむろに、少女の背に近付いた。

「ねえ、ウィル」

「……なに？」

「私、至高の五枚《マギア・ヴェンデ》になる」

「！」

「私が必要なんだって。ほら、私はすごい魔法が沢山使えるでしょ？　ばひゅーん！　って」

触れるまであと僅かといった距離で、ウィルは足を止めた。

少女はおどけてみせているが、今もこちらを振り向いてくれない。

「それは、本当に……エルフィが決めたの？」

「うん。他の人に命令されたからじゃない。私がなろうって、最後はそう決めたの」

「何のために……？」

「大切なもののため」

「大切な、もの……？」

「そう。私にとって、とっても大切なもの……」

震えそうになる、みっともない声を必死に我慢して問いかける。

もう少女の意志は固まっていた。

こうなれば梃子《てこ》でも動かないことを、彼女とずっと一緒にいたウィルは知っている。

だから……ここでウィルとエルファリアはお別れだ。

あんなに近かったのに、今はこんなにも遠く感じる。

それはウィルが魔法を使えないからで、少女の進む道を阻《はば》む理由にはなりはしない。

『塔』の前にいるのは自分達だけで、喧噪《けんそう》もまた遠かった。

不意に、少し伸びた天色《あまいろ》の髪が風に揺れる。

一人で服を着替えられるだろうか。髪を梳《と》かせるだろうか。

彼女は今、泣いていないだろうか。

前にもこんなことを、寂《さび》しさと切なさを抱えながら思った気がする。

あれはいつだっただろう。これも不思議と思い出せない。

ウィルはぐっとうつむいて、寂寥《せきりょう》に耐《た》えた。

「……ウィル、これ」

「……？　これは……」

ようやく振り向いたエルファリアの手には、一つの『ゴーグル』があった。

それは単純《シンプル》ながら、しっかりとした作りで、作り手の想いが込められているようだった。

エルファリアはびっくりさせたかったように、少し悪戯《いたずら》っ子《こ》のような笑みを浮かべる。

「この『ゴーグル』、私が作ったんだ」

「えっ⁉」

「私はもう至高の五杖《マギア・ヴェンデ》でしょ？　だから珍しい素材を持ってきてもらって、作り方を偉い人たちに教わって……いっぱい『しょっけんらんよー』？　しちゃった！」

にしし、と少女が笑みをこぼす。

その姿に、くすり、とウィルも初めて笑みを漏らす。

少女の我儘《わがまま》に振り回される『塔』の魔導士《メイジ》達の姿が目に浮かぶようだ。

「ウィルは暗闇《くらやみ》が苦手でしょ？　このゴーグルのレンズね、どんな暗い場所でも見えるようになるんだって！」

「……！」

「これがあれば……ウィルもダンジョンで困らないかなって」

自分が眠っていた十日間の間。

エルファリアは、この『お別れの品』をずっと作っていてくれたらしい。

ウィルのことをずっと考えながら。想《おも》いながら。

嬉《うれ》しいような、申し訳ないような……だけど、やっぱり。

自分にはそんな資格がないような気がして、ぎゅっと唇《くちびる》を結《むす》んだ。

差し出されているゴーグルを、中々《なかなか》受け取ることができない。

だから、ひょい、とゴーグルはウィルの前から逃げていった。

「どうして、そんな顔をしてるの？」

「あ……」

「このゴーグル、嫌《いや》だった？」

「——違う！」

ゴーグルを持ったまま、くるりと再び背を向ける少女に、ウィルはとうとう叫《さけ》んでいた。

胸の中のぐちゃぐちゃの思いを何とか集めて、けれどちっとも整理できなくて。

何を伝えればいいのかもわからないまま、言葉にした。

「僕は君の隣《となり》に立ちたくてっ！　でも魔法が使えなくて、みっともなくて、弱虫でっ……」

「……」

「君に相応《ふさわ》しくない僕のままっ……これを受け取る資格が……あるのかな、って……」

威勢《いせい》が良かったのは最初だけで、最後はかき消えてしまいそうだった。

天色《あまいろ》の髪は振り向いてくれない。幻滅《げんめつ》されてしまったかもしれない。

またうつむきそうになって、それでもぐっと歯を嚙《か》んで、今度は下を向かなかった。

空の光を浴びる後ろ姿を見つめ、答えを待っていると、

「私、知ってるよ」

髪から覗《のぞ》く横顔が、小さく微笑《ほほえ》んだ。

「ウィルは優しくて、誰よりも『勇気』があるんだって」

そして振り向いて、破顔する。

藤色《ふじいろ》の瞳《ひとみ》が見開かれる。

風が鳴った。

黒と天色《あまいろ》の髪が揺《ゆ》れ、二人の視線が絡《から》み合《あ》う。

あんなにも遠く感じたのが、今はこんなにも近く感じる。

どんなに距離が離《はな》れようと、二人の心はすぐ側《そば》にあることを、ウィルはようやく気付いた。

差し出された両手の上に置かれたゴーグルを、手を伸ばして、受け取る。

ゴーグルはひんやりと冷たく、重かった。

少女の想いと、別離《べつり》の決意がこもっているように、重たかった。

「それじゃあ……さよなら」

背を向けて、エルファリアが歩き出す。

彼女は、またね、とは言ってくれなかった。

『約束』のことに、何も触れようとしなかった。

まるでもうウィルを縛《しば》りたくないように。

叶《かな》うならもう、色々なものからウィルが傷付けられるのを避《さ》けるように。

今のエルファリアには自信がない。

勝手に決めて、勝手にお別れをして、何も話せず立ち去る自分に、資格なんてない、と。

きっとそう思い込んでる。

さっきのウィルと同じだ。

心が側にあるからわかる。

だから、今度は、ウィルの番だ。

「――エルフィ！　僕も絶対、『塔』に行く！」

塔に向かって歩んでいた少女の足が、止まった。

「魔法を使えなくても！　たくさんのものが僕達を引き裂いたとしても！　必ず、君を迎《むか》えに行く！」

ずっと言いたかったことがあった。

ずっと伝えたかったことがあった。
出会ってくれてありがとう。
側にいてくれてありがとう。
護《まも》ってくれて、大好きな笑顔をくれて、ありがとう。
次には会う時は、ほんの少しだけでもいいから、君に相応しい自分になれるように。
「だから、約束だ！」
そんな語りきれない想いを全て詰め込んで、ウィルは、少女に向かって言った。

「一緒に、『夕日』を見に行こう！」

その約束だけは、ずっと色褪《いろあ》せることはないのだから。
息を呑《の》む音が聞こえた。
天色《あまいろ》の髪が震えた。
ウィルと一緒で、本当は泣き虫な彼女が、目もとを拭《ぬぐ》った。
「うん……約束」
雪の宝石のように綺麗で、円《つぶ》らな瞳が、ウィルのことを見た。
穏《おだ》やかに揺れる花のように可憐《かれん》で、小振りな唇《くちびる》が、甘く、優しく、喜びに綻《ほころ》んだ。

初めて約束を結んだあの時のように、もう一度。

「待ってるよ！　ずっと、ずっと、ずっと！」

振り向いたエルファリアは目尻に浮かぶ涙とともに笑い、約束を新《あら》たにした。

今度こそ背を向けて、少女が『塔』へ向かっていく。

ウィルはそれを見つめる。

この光景だけは二度と忘れないように、瞳に焼き付ける。

胸の奥に宿る狂おしい想いだけが、今のウィルの全てだった。

「ウィル……」

その背中に、声がかかる。

ワークナーだ。

一部始終見ていたのだろう。

二人の時間を見守ってくれた少年の理解者は、そっと背後に歩み寄った。

「……ワークナー先生、これで最後にします」

ウィルはそこで、うつむいた。

「みっともなく……声を上げてっ、泣くのはっ……これで最後にっっ……」

動きを止めるワークナーの前で、肩を震わせ、振り返る。

『塔』に、少女に見えないよう背を向けて、声を上げて泣き始める。

「うぁぁぁぁぁぁぁぁぁっ……！　ああああああああぁぁぁっ…………‼」

その姿に、ワークナーの胸が詰まる。

もう僅かもない距離を埋めて、頭に手を回し、隠してあげるように抱き寄せる。

少年の涙は増えた。

嗚咽《おえつ》に終わりはなかった。

青年の腹に顔を埋めながら、服を握りしめ、いつまでも泣き続けた。

『塔』から少女の涙が落ちる。

地上では少年の涙が溢《あふ》れる。

それは、いつか遥《はる》かな物語に至る、始まりの涙。

『杖』は少年を見守りながら、どこまでも魔法の才を磨《みが》いていくだろう。

『剣』は少女を見上げながら、どこまでも学び、己を鍛《きた》え抜《ぬ》いていくだろう。

そんな、いつの日か交わる物語の紡《つむ》ぎ手《て》に、魔女は紅茶の香りと一緒に『提案』を一つ。

「ウィル、『日記』をつけなさい」

校長室に呼び出されたウィルは、そんなことを言われた。

「貴方の日々を記し、いつかエルファリアと読み返すことができるように」

特別に美味しい紅茶をごちそうされた後、美しい装丁《そうてい》の本を差し出された。

「もし……たとえ貴方が忘れてしまったとしても、こんなことがあったと思い出し、その軌跡《きせき》を力に変えられるように」


それは魔法の本。

最後の頁《ページ》に辿《たど》り着《つ》けば文章を記したインクが表紙にしまわれ、装丁《そうてい》を彩《いろど》っていく。

杖を振るえばインクが任意の頁《ページ》に戻り、いつでも読み返せる。事実上頁《ページ》に終わりはない。

魔法が使えないウィルは、誰かに手伝ってもらわないと読み返せはしないけれど。

その誰かはもう、今から決まっている。


蒼《あお》のインクを使うのもいいだろう。

見慣れた黒のインクでもいいだろう。

時には燃えるような赤を交《ま》ぜてみたり。

珍しい黄水晶《シトリン》の色を用いてみたり。

あるいは、青白いインクで気取《きど》るのもいいかもしれない。

高価な金色《こんじき》のインクを試してみたら、妖精の翅《はね》を使った翡翠《ひすい》のインクでも冒険できる。
そんな色々《いろいろ》に彩《いろど》られる装丁《そうてい》は、きっと美しいものになる筈《はず》だから。
世界に一冊だけの、『杖』と『剣』の物語になるに違いないから。
本の表紙に綴《つづ》られる題名《タイトル》は――。
「導きの魔録書《グリモアクタ》……」
「大切になさい。そして綴《つづ》っていきなさい。貴方達の物語を」
本をじっと見つめ、はい、と頷《うなず》き、窓の外を仰《あお》ぐ。
ここからでも見える蒼穹《そうきゅう》と『塔』へ、よく見えるようにかざした後、早速本《ほん》を開く。
羽根ペンを借り、蒼《あお》のインクを選んで、少しずつ浸《ひた》す。
魔女が穏やかに見守る先で、ウィルは最初の頁《ページ》に綴った。
涙から始まる、二人の約束の物語を。

五の月、三十三の日

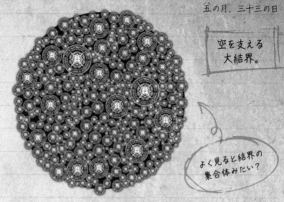

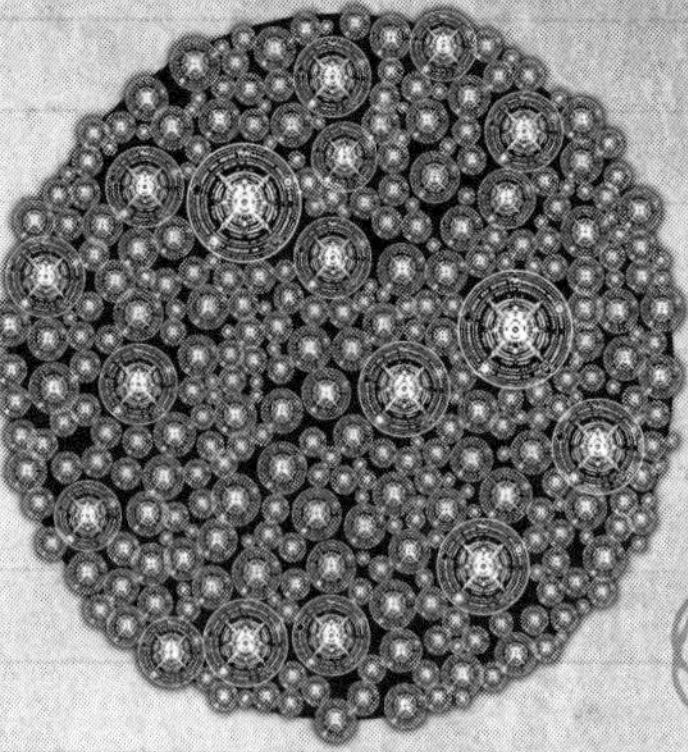

空を支える
大結界。

よく見ると結界の
集合体みたい？

至高の五杖《マギア・ヴェンデ》の大術式で、すごい魔力の塊。

エルフィは、これからこんな結界を生み出さないといけない。

大丈夫かな？　どうすれば力になってあげられる？

朝と昼は“大陽”のように眩しく、

夜は“月”のようにひっそりと輝いている。

朝と昼の空が青かったり、夜が暗かったりするのも、

この大結界の力。

日が経つにつれて、左上から欠けていく。

“半月の太陽”だったり、“三日月”みたいになる。

一年に一度、至高の五杖《マギア・ヴェンデ》が張り直している。

僕もあそこへ！

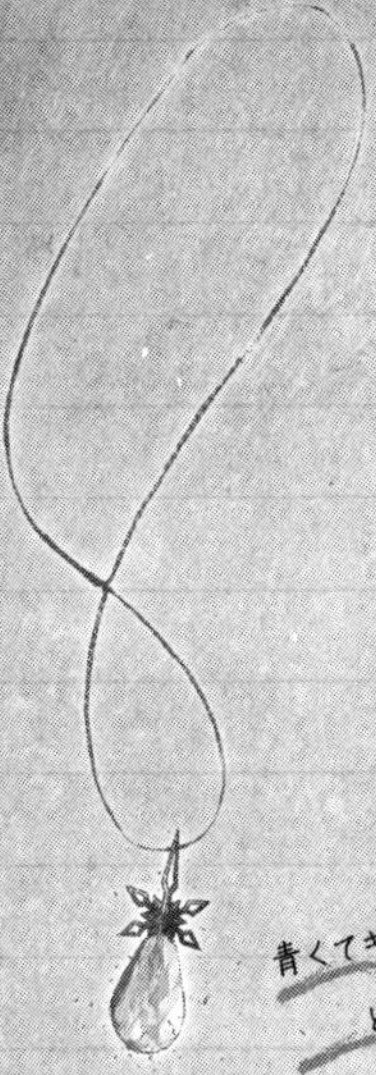

エルフィからもらった蒼涙《なみだ》のペンダント。

僕がお義父さん達と留守番してる間、
お隣のベンズおじさんの探検につい
ていって拾ってきた"蒼冬紅玉《タルヴィス・ルビー》"
からできてるらしい。

蒼冬紅玉ってすごい
宝石だった気がする……

なくしてしまったらしくて、どこにも見当たらない。すごく悲しい。
エルフィに謝らないといけないけど、校長先生は大丈夫って言ってた。
どうしてだろう？
僕にずっと"勇気"と"夢"を与えてくれていた。
今度会ったら、エルフィに伝えないといけない。
僕に"夢"を見させてくれて、ありがとう、って。

もう泣くのはなしだ。
たとえ君が流しても、その涙を拭いに行けるように、強くなるよ。
塔の上で、どうか君の唇に笑顔が咲きますように。

あとがき

この小説は講談社様、別冊少年マガジンより刊行されている漫画『杖と剣のウィストリア』の過去編となります。五年前、ウィル達が学院一年生のお話です。

漫画やその他の媒体より先んじて過去編を書かせて頂くということで、漫画のノベライズではなく、ただの外伝でもなく、もう一つの本編のつもりで執筆させてもらいました。

もしライトノベルを読んだことがないという方がいらっしゃったら、お勧めです。ラノベの入門書になれたらいいなぁ、なんて思いながら書き方をいじらせてもらいました。

本当になれるかはともかく、小説という長い物語を最後まで楽しんで頂けるよう真心を込めました。込めたつもりです。気軽に本をめくって頂けたら幸《さいわ》いです。

本編の漫画をまだ読んでいないという方にも、親指を上げて全然《ぜんぜん》大丈夫とスマイルします。学院一年生の時、ウィルという男の子にはこんなことがあった。エルファリアという女の子はこんなことを考えていた。そんなことを知って漫画を読み始めるとニヤリとできるかもしれません。逆も然《しか》りで、漫画を読んでからこの『始まりの涙』を読むと、ニヤニヤできちゃうかもしれません。

きっと人それぞれの読者体験ができると思います。

どんな読後感だったのか、もしよろしければ今度、私にこっそり教えてください。

皆さんのご感想を聞いて、私もニヤニヤ笑ったり、落ち込んだり、反省したり、次はもっと素敵な物語を書こう、と思いを新たにするかと思います。

皆さんと一緒にウィル達の冒険を見守っていけたら、幸せなことだと思っております。

興味が湧きましたら、ぜひ漫画やアニメのウィル達も見にいってあげてください。

漫画家の青井聖《あおいとし》先生が描くスーパー作画のウィル達、すごいです！

アニメでところ狭しと暴れ回るウィル達、カッコいいです！

そして漫画やアニメのウィル達を見て、この『始まりの涙』を手に取った方がいらっしゃったなら、本当の本当に、ありがとうございます。

それでは謝辞に移らせて頂きます。

担当の宇佐美様、高橋様、別作品から引き続きお世話になります。

イラストの夕薙《ゆうなぎ》先生、可愛くて綺麗なウィルやエルファリアを始め、沢山の登場人物を描いてくださって誠にありがとうございました。本編の漫画に登場しているキャラ、登場していないキャラ、全員が魅力的で、イラストが完成する度にわくわくし通しでした。特にエヴァン先生がお気に入りです！　夕薙先生にお仕事を引き受けて頂いて感無量でした。

漫画本編作画の青井聖先生に講談社様担当の山野様、ブレーキが壊れている大森のせいで色々ご心配かけてしまい申し訳ありませんでした。漫画も小説に負けないくらい盛り上げてまいりますので、今後ともどうかよろしくお願いいたします。体調にも気を付けます。青井聖先生には本巻のボスキャラや一年生コレットのデザインも担当してもらいました。非常にお忙しい中、重ね重ねありがとうございます！

また快《こころよ》く相談に乗って沢山の助言をしてくださった北村様、刊行に際して力を貸してくださった関係者の方々、深くお礼申し上げます。

最後に、読者の皆様にも最大級の感謝を。

『杖と剣のウィストリア』という物語のどこかでまたお会いできたら、とても嬉しいです。

ここまで目を通して頂いて、ありがとうございました。

失礼します。

大森藤ノ

ファンレター、作品の
ご感想をお待ちしています

〈あて先〉

〒105-0001
東京都港区虎ノ門2-2-1
SBクリエイティブ（株）
GA文庫編集部 気付

「大森藤ノ先生」係
「夕薙先生」係

本書に関するご意見・ご感想は
右のQRコードよりお寄せください。

※アクセスの際や登録時に発生する通信費等はご負担ください。

https://ga.sbcr.jp/

口絵モンスターデザイン：夕薙
挿絵モンスターデザイン：青井 聖

杖と剣のウィストリア　グリモアクタ
―始まりの涙―

発　行　2024年7月31日　初版第一刷発行

著　者　大森藤ノ
原　作　大森藤ノ・青井 聖
（講談社　週刊少年マガジンコミックス）
発行者　出井貴完
発行所　SBクリエイティブ株式会社
〒105-0001
東京都港区虎ノ門2-2-1

装　丁　FILTH

印刷・製本　中央精版印刷株式会社

ISBN978-4-8156-2639-6
Printed in Japan
GA 文庫

恋する少女にささやく愛は、
みそひともじだけあればいい

著：畑野ライ麦　画：巻羊

GA文庫

　高校生の大谷三球《おおたにさんた》は新しい趣味を探しに訪れた図書館で、ひときわ目立つ服装をした女の子、涼風救《すずかぜすくい》と出会う。三球は救が短歌が得意だということを知り弟子として詩を教えてもらうことに。

「三十一文字だけあればいいか？」

「許します。ただし十万文字分の想いがそこに込められてるなら」

　日々成長し隠された想いを吐露する三球に救は好意を抱きはじめ、三球の詩に応えるかのように短歌に想いを込め距離を縮めていく。

「スクイは照れ屋さんな先輩もちゃんと受け止めますから」

　三十一文字をきっかけに紡がれる、恋に憧れる少女との甘い青春を綴った恋物語。

一週間後、あなたを殺します

著：幼田ヒロ　画：あるてら

GA文庫

「一週間後、あなたを殺します」

　そんな言葉と共に、罪を犯した人の下に現れる猫耳姿の死神がいるという。

　コードネーム33。またの名をミミ。彼女は七日間の猶予を与えた後、標的を殺めるという変わった殺し屋であった。麻薬運びの青年、出産予定一週間後の妊婦、父親のために人を殺めた少女、世直しを志して悪人を殺し回る少年など。ミミに殺される運命となった彼らは残された一週間で何を願い、どう生きるのか？

「《汝の旅路に幸あらんことを》《Bon Voyage》」

　これは罪人に最期の時を与える猫耳姿の殺し屋と、彼女に殺される者たちの交流を描いた命と別れの物語。